Richard Adams

Neues vom Watership Down

Richard Adams

Neues vom Watership Down

Roman

Aus dem Englischen von
Fred Schmitz

Ullstein

Die englische Originalausgabe erschien 1996
bei Hutchinson, London
unter dem Titel *Tales from Watership Down*

Satz: MPM, Wasserburg
Druck und Verarbeitung: Grafischer Großbetrieb Pößneck
Ein Mohndruck-Betrieb
Printed in Germany 1997
ISBN 3-550-08242-8

Gedruckt auf alterungsbeständigem Papier
mit chlorfrei gebleichtem Zellstoff

Elizabeth
in Liebe und Dankbarkeit gewidmet

Inhalt

Einleitung

Das Buch hat drei Teile. Im ersten Teil werden fünf traditionelle Geschichten erzählt, die alle Kaninchen kennen: über den legendären Helden El-ahrairah, den Fürsten mit den tausend Feinden, und einige seiner Großtaten und Abenteuer. Zwei davon, »Der Fuchs im Wasser« und »Das Loch im Himmel«, wurden schon von Dandelion und Hawkbit am Ende des Kapitels 30 in »Unten am Fluß« beiläufig erwähnt, und als Bigwig mit General Woundwort kämpft (Kapitel 47) hört er, wie Bluebell den Weibchen die Geschichte vom »Fuchs im Wasser« erzählt. Zwei weitere Geschichten beschließen diesen ersten Teil: eine Gespenstergeschichte und »Speedwells Erzählung«. Letztere schien es wert, mit aufgenommen zu werden, weil sie so typisch ist für die Art der Nonsensgeschichten, an denen die Kaninchen soviel Spaß haben.

Im zweiten Teil werden vier der zahlreichen Geschichten, die von den Abenteuern von El-ahrairah und seinem wackeren Kämpen Rabscuttle im Laufe ihres langen Heimwegs nach der schrecklichen Begegnung mit dem Schwarzen Kaninchen von Inlé berichten, wiedergegeben.

Der dritte Teil enthält weitere Geschichten von den Erlebnissen Hazels und seiner Kaninchen im Winter, Frühling und Frühsommer nach dem Sieg über General Woundwort.

Erster Teil

1. Der Geruchssinn

... sie haben Nasen,
aber riechen nicht.

Psalm 115

Wer wagt, gewinnt.

Motto der S.A.S.

»Erzähl uns eine Geschichte, Dandelion!«

Es war ein schöner Maiabend im Frühling nach dem Sieg über General Woundwort und die Efrafranier auf Watership Down. Hazel und einige seiner Veteranen, die seinerzeit Sandleford verlassen hatten, lagerten auf dem warmen Rasen, grasgesättigt, müßig und bequem. Kehaar, die Möwe, pickte in der Nähe zwischen den Grasbüscheln herum, nicht sosehr, um Freßbares zu finden, als um die noch unverbrauchte Energie, die ihm verblieben war, auf seine rastlose Möwenart zu verbrauchen.

Die Kaninchen hatten sich schwatzend unterhalten und einiger ihrer großen Abenteuer des vergangenen Jahres gedacht: Wie sie das Sandleford-Gehege nach Fivers Vorahnung kommenden Unheils verlassen hatten; wie sie dann nach Watership Down, einem grasbedeckten Hügelland, gezogen waren, ihr neues Gehege dort gegraben und auf einmal verblüfft bemerkt hatten, daß kein einziges Weibchen unter ihnen weilte. Hazel hatte sich an den unbesonnenen Überfall auf die Nuthanger Farm erinnert, bei dem er beinahe sein Leben verloren hatte. Das wiederum hatte einigen von ihnen die Expedition zum großen Fluß ins Gedächtnis gerufen; Bigwig hatte immer wieder von neuem erzählen müssen, wie er als angeblicher Offizier von General Woundwort Efrafra unterwandert und Hyzenthlay überredet hatte, den Weibchentrupp aufzustellen, der dann während des Gewitters ausgebrochen war. Blackberry hatte versucht, den Trick mit dem Kahn zu erklären, der ihnen die Flucht flußabwärts ermöglicht hatte, aber es gelang ihm nicht recht. Bigwig hatte es allerdings abgelehnt, von seinem unterirdischen Kampf mit General Woundwort zu erzählen, den er, wie er betonte, möglichst schnell vergessen wollte. Statt dessen hatte Dandelion berichtet, wie der Hund der Nuthanger Farm, den Hazel losgebunden hatte, ihn und Blackberry bis in die Reihen der Efrafranier verfolgt hatte, die auf dem Down versammelt waren. Kaum war er mit seinem Bericht fertig, kam schon von allen Seiten der altbekannte Ruf: »Erzähl uns eine Geschichte, Dandelion!«

Dandelion ging nicht sofort darauf ein; er knabberte am Gras herum und hopste zu einem sonnigeren Platz, wo er sich niederließ; dabei dachte er offensichtlich nach. Schließlich eröffnete er den anderen: »Ich werde euch heute abend mal eine neue Geschichte erzählen, eine, die ihr noch nie gehört habt. Sie betrifft eines der größten Abenteuer von El-ahrairah.«

Er machte eine Pause, setzte sich aufrecht hin und rieb sich mit den Vorderpfoten über die Nase. Niemand drängte den Meistererzähler, der sich Zeit ließ und offenbar seinen Rang und seine Beliebtheit auskostete. Eine leichte Brise strich durch das Gras, und eine Lerche, die ihr Lied gerade beendet hatte, landete in ihrer Nähe und startete alsbald zu neuen Höhenflügen.

Es war einmal vor langer Zeit, erzählte Dandelion, daß die Kaninchen keinen Geruchssinn hatten. Sie lebten genauso wie heute, aber ohne Geruchssinn zu leben, ist ein unerhörter Nachteil. Sie hatten an einem Sommermorgen nur halb so viel Vergnügen wie alle andern und konnten im Gras nicht erkennen, was es da zum Fressen gab, wenn sie nicht direkt draufbissen. Aber das Schlimmste war, daß sie nicht riechen konnten, wenn Feinde nahten, und das bedeutete leider, daß viele Kaninchen Hermelinen und Füchsen zum Opfer fielen.

Nun wurde es El-ahrairah bewußt, daß seine Kaninchen keinen Geruchssinn besaßen, während doch ihre Feinde und andere Geschöpfe, sogar Vögel, durchaus darüber verfügten, und er beschloß, diesen Sondersinn zu finden und seinem Volk zugänglich zu machen, wie hoch auch immer der Preis wäre. Er hörte überall herum, bat um Rat und fragte, wo dieser Sinn des Geruchs zu finden sei. Doch das wußte niemand, bis er zum Schluß auf ein altes weises Kaninchen traf – Heartsease war sein Name –, das er in seinem Gehege aufsuchte und um Rat ersuchte.

»Ich weiß noch, als ich jung war«, sagte Heartsease, »wie unser Gehege einer verwundeten Schwalbe Obdach gewährte. Es war eine weitgereiste, weltläufige Schwalbe, und sie war voller Mitleid, weil wir keinen Geruchssinn hatten. Der Weg zum Geruchssinn, verriet sie uns, führt durch ein Land ewiger Finsternis, wo er von einer Bande grimmiger und gefährlicher Ungeheuer bewacht wird. Man nennt sie die Ilips, und sie wohnen in Höhlen. Mehr wußte sie auch nicht.«

El-ahrairah dankte Heartsease, und nach langem Grübeln suchte er den Fürsten Regenbogen auf. Er erzählte ihm, er habe vor, in dieses Land zu gehen, und bat den Fürsten um Rat.

»Du solltest es besser gar nicht erst versuchen, El-ahrairah«, sagte Fürst Regenbogen. »Wie willst du denn deinen

Weg durch ein Land ewiger Finsternis zu einem Ort finden, den du nicht kennst? Selbst ich bin nie dort gewesen, und ich habe auch nicht die geringste Absicht, jemals dorthin zu gehen. Du wirfst doch nur dein Leben weg.«

»Es ist für mein Volk«, antwortete El-ahrairah. »Ich bin nicht bereit zuzusehen, wie sie Tag für Tag zu Tode gehetzt werden, bloß weil sie keinen Geruchssinn haben. Habt Ihr keinen Rat für mich?«

»Nur diesen«, sagte Fürst Regenbogen. »Sag keinem, den du auf deiner Reise triffst, wohin du gehst und warum. In diesem Land laufen sehr seltsame Geschöpfe herum, und wenn es bekannt werden sollte, daß du keinen Geruchssinn hast, dann könnte es dir übel ergehen. Denk dir irgendein Ziel aus. Warte – ich gebe dir diesen Astralkragen mit, den du um den Hals tragen mußt. Den hat mir Frith, der Herr, einmal geschenkt. Vielleicht ist er dir nützlich.«

El-ahrairah dankte dem Fürsten und brach am nächsten Tage auf. Als er endlich an die Grenze des Landes der ewigen Finsternis gelangte, stellte er fest, daß sie sich mit einem Dämmerlicht ankündigte, welches sich allmählich zu einer umfassenden Finsternis vertiefte. Er wußte nicht, in welcher Richtung er weitergehen sollte, ihm fehlte jegliche Orientierung, so daß er möglicherweise letztlich immer im Kreise ging. Er hörte ringsum Bewegungen im Dunkel, und anscheinend kannten sich andere Geschöpfe da aus. Aber – waren sie freundlich gesinnt? Könnte man sie anreden, ohne Schaden zu nehmen? Voller Verzweiflung setzte er sich am Ende im Dunkeln hin und wartete schweigend, bis er eine Bewegung in seiner Nähe wahrnahm. Er sagte: »Ich habe mich verirrt und weiß nicht mehr aus noch ein. Kannst du mir helfen?«

Er hörte, wie das Geschöpf innehielt und nach einer kurzen Pause in einer fremdartigen, doch verständlichen Sprache fragte: »Wieso hast du dich verirrt? Wo kommst du her und wohin willst du?«

»Ich komme aus einem Land, in dem es Tageslicht gibt«, antwortete El-ahrairah, »und ich habe mich verirrt, weil ich nichts sehen kann und nicht an die Dunkelheit gewöhnt bin.«

»Aber du kannst doch riechen, wohin du läufst. Das kann doch jeder.«

El-ahrairah wollte gerade erwidern, daß es ihm an Geruchssinn ermangele, entsann sich aber der Warnung des Fürsten Regenbogen. Also sagte er nur: »Ja, ja, aber die Gerüche sind hier so anders, sie bringen mich ganz durcheinander.«

»Dann hast du also keine Ahnung, was für eine Art von Kreatur ich zum Beispiel bin?«

»Nicht die mindeste. Du scheinst jedenfalls nicht so ein Wilder zu sein. Das ist schon einmal ein Segen.«

El-ahrairah hörte, wie sich dieses Geschöpf hinsetzte. Nach einer Weile sagte er: »Ich bin ein Glanbrin. Gibt's da auch welche, wo du herkommst?«

»Nein, tut mir leid, ich habe noch nie von einem Glanbrin gehört. Ich bin ein Kaninchen.«

»Also ich habe noch nie von einem Kaninchen gehört. Ich will dich mal beschnüffeln.«

El-ahrairah saß mucksmäuschenstill, als das Geschöpf, das sich pelzig anfühlte und etwa so groß schien wie er, ihn sorgfältig von Kopf bis Fuß beschnüffelte. Schließlich sagte es: »Also mir kommt's vor, als wärst du so ziemlich von derselben Sorte wie ich. Du bist kein Raubtier, und du hast offenkundig ein sehr starkes Gehör. Was frißt du?«

»Gras.«

»Gibt's hier nicht. Im Dunkeln wächst kein Gras. Wir fressen Wurzeln. Aber ich glaube, du und ich sind uns sehr ähnlich. Willst du auch mal bei mir schnüffeln?«

El-ahrairah tat so, als beschnüffelte er den Glanbrin von oben bis unten. Dabei stellte er fest, daß der keine Augen hatte oder, anders gesagt, das, was seine Augen hätten sein können, das war hart, klein und eingesunken, fast in seinem Kopf verloren. Dennoch dachte El-ahrairah: Also, wenn das keine Abart von Kaninchen ist, dann heiße ich Dachs. Laut sagte er: »Ich glaube nicht, daß es viele Unterschiede zwischen uns gibt, außer daß ich eben ...« Er wollte gerade sagen »daß ich eben nicht riechen kann«, doch er beherrschte sich und endete mit »daß ich eben in dieser Dunkelheit völlig verwirrt und verloren bin.«

»Aber wenn deine Heimat ein Land im Licht ist, warum bist du dann hergekommen?«

»Ich will mit den Ilips reden.«

Er hörte, wie der Glanbrin erschreckt auffuhr. »Hast du gesagt, ›mit den Ilips‹?«

»Ja.«

»Aber niemand wagt sich in die Nähe der Ilips. Die murksen dich ab.«

»Warum sollten sie?«

»Zum einen sind das Fleischfresser, und zum anderen sind sie grausam und böse. Und von allen gefürchteten Kreaturen in diesem Land sind sie die wildesten. Sie beherrschen die Schwarze Magie und kennen schlimme Zaubersprüche. Warum willst du mit ihnen reden? Da kannst du genausogut gleich in den Schwarzen Fluß springen.«

Nun schien es El-ahrairah unumgänglich, dem Glanbrin mitzuteilen, warum er zum Land der Finsternis gekommen war und was er für sein Volk erreichen wollte. Der Glanbrin hörte ihm schweigend zu und sagte schließlich: »Immerhin bist du mutig und warmherzig, das muß ich dir lassen. Aber was du vorhast, ist unmöglich. Am besten kehrst du gleich um.«

»Kannst du mich zu den Ilips führen?« fragte El-ahrairah. »Ich bin jedenfalls entschlossen, dort hinzugehen.«

Nach längerem Hin und Her gab der Glanbrin endlich nach und willigte ein, El-ahrairah so nahe an die Ilips heranzuführen, wie er es wagen durfte. Es sei eine Zweitagereise, sagte er, durch ein fremdes Land, das er nicht kannte.

»Woher willst du dann die Richtung wissen, in die wir gehen müssen?« fragte El-ahrairah.

»Wir gehen natürlich dem Geruch nach. Das ganze Land stinkt nach den Ilips. Willst du etwa sagen, du kannst das überhaupt nicht riechen?«

»Nein«, sage El-ahrairah, »ich kann's wirklich nicht.«

»Also, jetzt weiß ich tatsächlich, daß du keinen Geruchssinn hast. An deiner Stelle wäre ich froh, ich würde das nicht ändern. Dann brauchst du jedenfalls nicht die Ilips zu riechen.«

Zusammen machten sie sich auf den Weg. Unterwegs erzählte der Glanbrin von den Sitten und Gebräuchen seines Volks, die sich, wie es El-ahrairah schien, nicht sehr von denen seiner Kaninchen unterschied.

»Ihr lebt offenbar so ähnlich wie wir«, sagte er. »Immer gesellig zusammen, meine ich. Wie kommt es, daß du allein warst, als du mich getroffen hast?«

»Das ist eine traurige Geschichte«, erwiderte der Glanbrin. »Ich hatte mir eine Gefährtin erkoren, ein wunderbares Weib. Sie hieß Flairgold, und jeder hat sie bewundert. Wir gruben uns gerade einen Bau und wollten einen Wurf aufziehen. Da kam ein Fremder daher, ein ungeschlachter großer Glanbrin namens Shindyke. Er wollte mit mir kämpfen, sagte er, und mir Flairgold wegnehmen. Wir kämpften, und er gewann. Ich bin einfach weggegangen. Das Herz tat mir weh. Tut's mir immer noch. Mein Leben ist zerstört. Ich weiß nicht, was ich mit mir anfangen soll. Als ich dich getroffen habe, da bin ich einfach ziellos herumgewandert. Deswegen kann ich dir jetzt den Weg zeigen. Ich habe ja nichts anderes vor.«

El-ahrairah drückte ihm sein Mitgefühl aus. »Die Geschichte ist nur allzu bekannt«, sagte er. »Da, wo ich herkomme, da passiert's auch. Und es passiert dauernd. Du bist nicht der einzige, falls dich das tröstet.«

Der Glanbrin hatte »zwei Tage« gesagt, aber in diesem schrecklichen Land konnte El-ahrairah keine Tage zählen. Fortwährend stolperte er und verletzte sich, weil er weder riechen noch sehen konnte. Prellungen und Blutergüsse bedeckten seinen Leib. Der Glanbrin war sehr mitfühlend und geduldig, aber El-ahrairah merkte, wie sehr er wünschte, schneller voranzukommen. Er war spürbar nervös und wollte diese Reise so schnell wie möglich hinter sich bringen.

Sie waren schon eine ganze Weile gegangen, viele Tage lang, wie es El-ahrairah schien, als der Glanbrin irgendwo haltmachte, wo Haufen von Steinen herumlagen. Wenigstens diese konnte El-ahrairah fühlen.

»Näher heran wage ich nicht zu gehen«, sagte der Glanbrin. »Jetzt mußt du deinen Weg allein machen. Benutze den Wind als Wegweiser, er bläst im allgemeinen ziemlich gleichmäßig in eine Richtung.«

»Und was hast du jetzt vor?« fragte El-ahrairah.

»Ich warte hier zwei Tage lang auf dich, für den Fall, daß du zurückkommst – was ich allerdings nicht glaube.«

»Doch, ich komme zurück«, meinte El-ahrairah. »Diese Steine werde ich wiederfinden, ob's dunkel ist oder nicht. So sag ich dir einstweilen ›Auf Wiedersehen‹, Freund Glanbrin.«

So brach er allein im Dunkeln auf, stets bedacht, stracks gegen den Wind zu marschieren. Doch es war schwierig, die Richtung beizubehalten, deshalb ging er langsam. Es war tatsächlich so, daß ihm diese Finsternis allmählich unerträglich wurde. Sie zermürbte ihn, und im Gegensatz zu dem, was er dem Glanbrin gesagt hatte, fragte er sich, ob er sie lange genug aushalten könnte, um noch die Kraft für den Heimweg zu haben. Da er nichts sah, stolperte er dauernd und fiel hin, und beim kleinsten Geräusch schrak er zusammen. Das war ziemlich schlimm, aber die Stille war noch schlimmer. Dieses Dunkel, so kam es ihm vor, war lebendig, und es haßte ihn; es veränderte sich nie, es schlief nie, und es sprach nie. Es brauchte lediglich darauf zu warten, daß er wahnsinnig würde, daß er zusammenbräche, aufgäbe und kapitulierte. Dann hätte er verloren, und die unerbittliche Dunkelheit hätte gewonnen.

Aber die Angst und die Unsicherheit waren nicht alles; hinzu kamen Hunger und Durst. Seit er in dieses schauerliche Land gekommen war, hatte er kein Gras mehr gefressen. Zwar war er nicht verhungert, das ist wahr, denn der Glanbrin hatte ein paar »Brüri«, wie er sie nannte, erschnüffelt und ausgegraben, eine Art wilder Rüben, von denen sich sein Volk hauptsächlich ernährte, wie er erklärte. Sie waren sehr saftig, löschten den Durst und stillten den Hunger. Aber ohne Glanbrin würde er nie welche finden können. Er betete zu Frith, er möge ihm Mut verleihen, hatte allerdings seine Zweifel, ob nicht sogar Frith, der Herr, dem Dunkel unterlegen wäre.

Dennoch schritt er rüstig weiter, denn täte er das nicht, das war ihm bewußt, wäre es sein Ende. Er fühlte sich von Frith und aller Welt verlassen und hätte alles darum gegeben, Rabscuttle an seiner Seite zu haben. Rabscuttle hatte sogar unbedingt mitgehen wollen, doch El-ahrairah hatte das strikt abgelehnt.

Stunden vergingen. Wenigstens blies der Wind gleichmäßig, aber El-ahrairah hatte keine Ahnung, wie weit und wie lange er noch gehen müßte. Jetzt umzukehren wäre genauso schlimm wie weiterzugehen, dachte er.

Just als diese niederdrückende Erkenntnis ihm durch den Kopf ging, hörte er in der Finsternis die Bewegung von etwas Lebendem, das auf ihn zukam. Er spürte, daß es groß war, viel größer als er selbst, und daß es völlig selbstsicher daherkam. Er erstarrte, hielt den Atem an, so gut es ging, und hoffte, diese Kreatur, wer immer das war, möge an ihm vorbeigehen.

Jedoch die Kreatur tat nichts dergleichen. Sie mußte ihn gerochen haben, bevor er irgend etwas gemerkt hatte. Sie kam geradewegs auf ihn zu, hielt kurz inne und nagelte ihn dann mit einer enormen, weichen Tatze fest. Er fühlte die eingezogenen Krallen. Dann sprach sie, was er mehr oder weniger verstehen konnte, zu einer anderen Kreatur in der Nähe.

»Ich hab's erwischt, Zhuron. Keine Ahnung, was es ist.«

El-ahrairah hörte andere, ähnliche Kreaturen näherkommen. Kurz darauf war er von ihnen umringt, wurde beschnüffelt und mit ihren riesigen Tatzen betastet.

»So eine Art Glanbrin«, sagte eines dieser Wesen.

»Was machst du hier?« fragte ein anderes. »Gib Antwort. Warum bist du hergekommen?«

»Herr«, erwiderte El-ahrairah, vor Schrecken kaum der Sprache mächtig, »ich komme aus dem Land der Sonne und suche die Ilips.«

»Wir sind die Ilips. Wir machen alle Fremden tot. Hat dir das keiner gesagt?«

In diesem Augenblick sprach ein anderer der Ilips. »Wartet mal. Der trägt so was wie einen Kragen.«

Ein anderer Ilip steckte seine Schnauze in den Nacken von El-ahrairah und beschnüffelte den Kragen, den Fürst Regenbogen ihm geschenkt hatte.

»Das ist ein Astralkragen.« El-ahrairah merkte, daß die Gestalten um ihn herum alle etwas zurückwichen.

»Woher hast du das?« fragte der erste Ilip. »Wohl gestohlen, wie?«

»Nein, Herr«, antwortete El-ahrairah. »Ich habe den Kragen geschenkt bekommen, bevor ich aufgebrochen bin, es ist ein Geschenk von Frith, unserem Herrn, ein Unterpfand der Freundschaft, um mir bei deinem Volk Schutz zu gewähren.«

»Von Frith, unserem Herrn, sagst du?«

»Jawohl, Herr. Fürst Regenbogen hat ihn mir persönlich umgelegt.«

Darauf herrschte eine Weile Schweigen. Die Tatze des Ilips gab ihn frei, und ein anderer fragte: »Also gut, warum bist du gekommen, und was willst du bei uns?«

»Herr«, entgegnete El-ahrairah, »mein Volk, das man ›Kaninchen‹ nennt, ermangelt des Geruchssinns. Deswegen leben meine Leute in Not und Elend und von Gefahren bedroht. Sie leiden darunter, wie ihr euch vorstellen könnt. Nun hörte ich, daß euer Volk die Macht hat, diese Gabe zu übertragen, und so bin ich gekommen, um euch zu bitten, sie meinem Volk zu verleihen.«

»Du bist also der Häuptling dieser Kreaturen, dieser ›Kaninchen‹, ist das richtig?«

»Jawohl, Herr.«

»Und du bist allein hergekommen?«

»Jawohl, Herr.«

»Also, an Mut mangelt's dir wohl nicht?«

El-ahrairah sagte nichts dazu, und wieder herrschte Schweigen. Sie standen alle um ihn herum, und ihm war, als bekäme er in ihrem heißen Atem keine Luft mehr. Schließlich sagte derselbe Ilip: »Das stimmt schon. Viele Jahre lang waren wir die Hüter des Geruchssinns. Aber wir konnten nichts damit anfangen, denn kein anderes Geschöpf schien den Sinn zu entbehren. Er wurde uns nur lästig, und am Ende gaben wir ihn weg.«

»Wem?« fragte El-ahrairah bebend.

»Wem? Na, dem König von Gestern natürlich. Jemand anderem hätten wir ihn ja nicht geben können, oder?«

El-ahrairah fühlte sich bitterlich enttäuscht und gedemütigt. So eine schwere Reise hatte er überstanden, die fürchterlichen Ilips hatten ihn am Leben gelassen, und am Ende mußte er hören, daß sie das Gesuchte gar nicht mehr besaßen, und das war in der Tat ein Grund, sich zu härmen. Aber mit aller Macht versuchte er, sich zusammenzunehmen.

»Bitte, Herr«, sagte er, »wo ist dieser König, und wie muß ich gehen, um ihn zu finden?«

Er hörte, wie sie sich besprachen, und schließlich sagte der erste Ilip: »Zu Fuß wäre das viel zu weit für dich. Du würdest dich verirren. Du würdest verhungern und sterben. Du kannst mit mir kommen. Ich nehme dich auf meinem Rücken mit.«

Voller Erleichterung warf sich El-ahrairah vor den Ilips nieder und dankte ihnen ohne Unterlaß. Endlich sagte einer von ihnen: »Auf geht's!« Mit den Zähnen hob er ihn auf den Rücken des anderen Ilip, und El-ahrairah hatte keine Schwierigkeit, sich an dem groben Fell festzuhalten.

Sie brachen auf, und das Tempo schien El-ahrairah wirklich atemberaubend. Er erklärte dem Ilip unterwegs, daß sein Freund, der Glanbrin, bei den Steinhaufen auf ihn wartete, und fragte, ob man nicht dort vorbeigehen könnte.

»Natürlich können wir da anhalten«, erwiderte der Ilip. »Liegt auf dem Weg. Aber sowie mich dein Freund wittert, wird er rennen.«

»Wenn du mich etwas weiter weg absetzen könntest«, sagte El-ahrairah. »Dann finde ich ihn schon und kann ihm alles erklären. Und dann kommst du heran und nimmst uns beide auf.«

Damit war der Ilip einverstanden. El-ahrairah fand den Glanbrin, der zunächst beim schieren Gedanken, auf einem Ilip zu reiten, wie vom Donner gerührt war. Doch nach einer ganzen Weile hatte ihn El-ahrairah überredet, und der Ilip startete von neuem, diesmal mit beiden auf dem Rücken.

Bei diesem ilippischen Tempo schien es wie ein Kaninchensprung zu der Stelle, wo El-ahrairah den Glanbrin zum ersten Mal getroffen hatte. Dort angekommen, erzählte er dem Ilip die Geschichte, wie sein Freund seine zauberhafte Freundin verloren hatte.

»Ist es weit bis zu deinem Bau?« wollte der Ilip wissen.

»O nein, mein Herr«, antwortete der Glanbrin. »Der ist gleich um die Ecke.«

Vom Glanbrin geleitet, brachte der Ilip sie dorthin. Als Shindyke, der große Flegel, der sich Flairgold widerrechtlich angeeignet hatte, einen Ilip vor dem Bau witterte, kam er heraus und rannte weg so schnell er konnte. Der Glanbrin erklärte Flairgold alles, und sie war hochentzückt, ihn wieder als ihren Gefährten bei sich aufzunehmen. Sie habe Shindyke gehaßt, sagte sie, jedoch keine andere Wahl gehabt.

Der Glanbrin und El-ahrairah nahmen sehr herzlich und in gegenseitiger Dankbarkeit Abschied voneinander, und der Ilip machte sich erneut auf den Weg, um El-ahrairah zum Hof des Königs von Gestern zu bringen.

Alsbald tauchten sie in ein Zwielicht ein, wie es El-ahrairah noch nie so begeistert begrüßt hatte. Der Ilip setzte ihn an einem Waldrand ab.

»Der Hof des Königs ist dort drüben«, sagte er. »Ich werde dich jetzt verlassen. Aber ich freue mich, daß ich einem Freund von Frith, dem Herrn, dienlich sein konnte.«

Damit verschwand der Ilip im Wald, und El-ahrairah wanderte weiter zum königlichen Hof.

Nachdem er aus den Bäumen heraus war, überquerte er einen vernachlässigten Acker voller Unkraut. Dahinter befand sich eine wuchernde Weißdornhecke und ein altes, halb zerbrochenes Gatter. El-ahrairah schlüpfte durch das Gatter und stand einem Geschöpf gegenüber, das etwa so groß war wie er selbst, mit genauso langen Ohren, jedoch mit einem Schwanz ausgestattet. Er begrüßte es höflich und erbat Auskunft, wo er den König von Gestern antreffen könnte.

»Ich kann dich zu ihm bringen«, sagte das Geschöpf. »Bist du vielleicht zufällig ein englisches Kaninchen? Ja? Ja, ja, ich wußte schon, das mußte mal so kommen.«

»Und du?« fragte El-ahrairah.

»Ich bin ein Potoroo. Wir gehen hier entlang, runter zum Fluß. Der König ist jetzt vermutlich im großen Hinterhof.«

Zusammen gingen sie übers Feld und durch eine Lükke in der Hecke zum Ufer eines sehr stillen Flusses, der, wie es El-ahrairah vorkam, kaum floß. Sein Begleiter sprach ruhig zu einer Art Reiher mit braunem Gefieder und einem schwarzen Kopf, der im seichten Wasser watete. Der Vogel stolzierte auf sie zu und starrte gebannt auf El-ahrairah, dem diese Prüfung unangenehm war.

»Ein englisches Kaninchen«, erklärte der Potoroo. »Gerade angekommen. Ich bringe es zum König.«

Der Reiher sagte nichts dazu, sondern watete lustlos weiter. El-ahrairah und sein Begleiter folgten dem Uferpfad, der in ein dunkles Dickicht führte, in dem Eiben und Lorbeerbäume wuchsen, und dahinter standen ein paar alte Schuppen, die auf drei Seiten eine Art von Hinterhof begrenzten. Der Boden war hier festgetrampelt, und da lagen mehrere Tiere, die El-ahrairah alle unbekannt waren. Zwischen ihnen, in ihrer Mitte, stand ein großes gehörntes Tier, irgendwie einer Riesenkuh vergleichbar, jedoch einer, die zerzaust und ungepflegt war. Als sie den Hinterhof betraten, hob das Tier den schweren, bärtigen Kopf und kam langsam auf sie zu. El-ahrairah erschrak und wollte schon davonstürmen.

»Keine Angst«, sagte sein Begleiter. »Das ist der König. Der tut dir nichts.«

El-ahrairah lag bebend flach auf dem Bauch, als ihn das große Tier mit warmer Schnauze so lange beschnüffelte, bis er ganz naß war. Nach einer Weile äußerte es mit einer tiefen Stimme, aber nicht unfreundlich: »Steh bitte auf und sag, wer du bist!«

»Ich bin ein englisches Kaninchen, Euer Majestät.«

»Wie denn, so schnell sind sie schon dahingegangen?«

»Verzeihung, Euer Majestät, ich verstehe nicht.«

»Ist dein Volk nicht ausgestorben?«

»Ganz sicher nicht, Euer Majestät. Ich freue mich, sagen zu dürfen, wir sind sehr zahlreich. Ich habe eine lange und gefährliche Reise gemacht, um vor euch zu treten und eine große Gefälligkeit für mein Volk zu erbitten.«

»Aber das ist das Königreich von Gestern. Hast du das nicht gewußt, als du dich aufgemacht hast, hierher zu kommen?«

»Ich habe den Namen gehört, Euer Majestät, aber ich weiß nicht, was er bedeutet.«

»Jedes Geschöpf in meinem Königreich ist ausgestorben. Wie bist du überhaupt hergekommen, wenn du nicht ausgestorben bist?«

»Ein Ilip brachte mich auf seinem Rücken durch einen Wald der Finsternis. Die hat mich fast verrückt gemacht.«

Der König nickte mit seinem riesigen Kopf. »Verstehe. Ja. Anders hättest du gar nicht herkommen können. Und die Ilips haben dich nicht getötet? Du verfügst also über magische Kräfte?«

»Ja, gewissermaßen, Euer Majestät. Ich habe den Segen und den Schutz von Frith, unserem Herrn, und wie Ihr seht, trage ich einen Astralkragen. Darf ich mich erkühnen, Euch zu fragen, wer Ihr seid?«

»Ich bin ein Oregon-Bison. Ich regiere dieses Land, in dieses Amt eingesetzt von Frith, unserem Herrn. Als du ankamst, wollte ich mich gerade unter meinem Volk umsehen. Du darfst mitkommen.«

Sie schlenderten aus dem Hinterhof in die dahinter liegenden Felder, in denen sich Hunderte von Tieren unterschiedlicher Art tummelten. Vögel flogen über sie hinweg. El-ahrairah fand den Ort ziemlich düster und niederdrückend, aber natürlich sagte er dem König nichts dergleichen. Er hielt inne, um einen Vogel mit schwarzgetüpfeltem Rumpf, leuchtend roten Flügeln und Wangen und rotem Schwanz zu bewundern – anscheinend eine Art Specht –, der einen Baumstumpf in ihrer Nähe bearbeitete. Er fragte nach seinem Namen.

»Ein Guadeloupe-Goldspecht«, sagte der König. »Wir haben viel zu viele Spechte hier, mir wäre lieber, wir hätten nicht so viele.«

Als sie weitergingen, tauchten immer mehr Tiere und Vögel auf; viele von ihnen sprachen den König an und erkundigten sich nach El-ahrairah. Er sah verschiedene Arten von Löwen und Tigern und ein jaguarähnliches Tier, das seinen Kopf an einem Bein des Königs rieb und sie eine Strecke begleitete.

»Habt Ihr Kaninchen hier?« fragte El-ahrairah.

»Kein einziges«, antwortete der König. »Noch nicht.«

Das erfreute El-ahrairah zutiefst, und er triumphierte innerlich sogar, denn er erinnerte sich an das Versprechen von Frith, dem Herrn, vor langer Zeit, daß er und sein Volk, wiewohl von tausend Feinden umgeben, dennoch nie ausgelöscht würden. Und er erzählte dem König alles darüber.

»Es ist ausschließlich auf Menschenwesen zurückzuführen, daß jeder einzelne meiner Untertanen vernichtet worden ist«, teilte ihm der König mit, als sie stehenblieben, um einen großartigen Grizzly zu bewundern, dessen hellbraunes Pelzkleid mit silbernen Glanzlichtern geschmückt war, und sie sprachen kurz mit ihm.

»Einige, wie meinen mexikanischen Freund hier, haben die Menschen ganz vorsätzlich geschossen, in Fallen gefangen und mit Gift aus dieser Welt befördert; aber viele andere verschwanden, weil die Menschen ihren natürlichen Lebensraum zerstört haben und sie sich nicht mehr an andere Bedingungen gewöhnen konnten.«

Sie kamen zu einem Wald mit hohen Bäumen, deren Kronen, durch Schlingpflanzen miteinander verfilzt, einen großen Teil des Himmels ausschlossen. El-ahrairah war unruhig, sein Bedarf an Wäldern war im Augenblick gedeckt. Der König schien allerdings darauf versessen zu sein, die Vögel im Außenrevier zu beobachten. Wunderhübsche Exemplare waren darunter: Finken, Zukkervögel, dunkel gefiederte Molokais, Aras und viele andere, die friedlich zusammenlebten und dem König ihre Ergebenheit erwiesen.

»Dieser Wald«, sagte der König, »ist riesig, und er wächst täglich. Gingest du hinein, so würdest du dich alsbald verirren und nie mehr herausfinden. Er besteht aus all den Wäldern, die durch Menschenhand zerstört worden sind. In den letzten Jahren ist er so schnell gewachsen, daß Frith der Herr mir gesagt hat, er gedenke einen zweiten König zu ernennen, der darüber herrscht.« Er lächelte. »Ein König, der vielleicht selber ein Baum ist, El-ahrairah. Wie denkst du darüber?«

»Ich denke mir, daß Frith der Herr in allem, was er tut, dank seiner Weisheit gerechtfertigt ist, Euer Majestät.«

Der König lachte. »Eine sehr gute Antwort. Komm, wir schlendern jetzt zurück. Da ist eine Versammlung

Als am Ende der dritten Nacht die Morgendämmerung anbrach, setzte der Wolf El-ahrairah sanft ab und sagte: »Ich kann dich nicht weiter tragen, mein Freund. Ich bin ausgestorben, verstehst du, da kann ich nicht gut in das Land von Morgen gehen. Du mußt dich von hier aus zum Hof des Königs durchfragen. Viel Glück! Ich hoffe, daß alles gutgeht und daß sie dir geben, was du so tapfer suchst.«

So betrat also El-ahrairah das Land von Morgen und fragte sofort herum, wie man zum Hof des Königs kommt. Er fragte Waschbären, Backenhörnchen, Erdferkel und viele andere. Sie waren alle freundlich und hilfreich, und infolgedessen war die Reise angenehm. Schließlich hörte er eines Morgens in der Ferne einen ohrenbetäubenden Krach, als hieben alle Tiere der Welt aufeinander ein.

»Was hat der Lärm zu bedeuten?« fragte er einen Koalabären, der im nächstgelegenen Baum saß.

»Das da, Kumpel? Ach, das ist nur so eine Versammlung am Königshof«, antwortete der Koala. »Lautstarke Bande, was? Wirst dich aber schnell dran gewöhnen. Ein paar von denen spinnen, aber die sind fast alle ziemlich harmlos.«

El-ahrairah ging weiter, bis er an zwei große, mit Ornamenten geschmückten Tore kam, die in einer Hekke von weißblühenden Pflaumenbäumen mit kupferfarbenen Blättern standen. Als er durch die Tore auf den dahinterliegenden Garten spähte, kam ein Pfau mit voll aufgestelltem Rad heran und fragte nach seinem Begehr. El-ahrairah erwiderte, er habe eine lange und gefahrvolle Reise hinter sich und wolle um eine Audienz beim König nachsuchen.

»Ich lasse dich gern ein«, sagte der Pfau, »aber es wird

dir schwerfallen, in die Nähe des Königs zu kommen und mit ihm zu reden. Denn da sind Tausende, die dasselbe wollen. Der König hält täglich eine Versammlung ab, und die heutige wird gleich anfangen. Na, geh mal rein und versuche dein Glück.« Damit ließ er ein Tor aufschwingen.

Im Garten war El-ahrairah alsbald in der Menge eingezwängt: Tiere aller Art, Säugetiere, Vögel, Reptilien, schwatzten durcheinander, und alle waren von dem Wunsch beseelt, den König zu sprechen. Der Mut verließ ihn, denn er konnte sich nicht vorstellen, wie er im Wettstreit mit so vielen Mitbewerbern überhaupt zum König gelangen könnte. Aber er bahnte sich durch die Menge hindurch einen Weg auf die andere Seite, so gut es ging.

Dort befand er sich auf einer länglichen Wiese, die sich sanft zu einem flachen Rasen herabsenkte. Ein paar Tiere hatten sich schon am Hang gesammelt, und El-ahrairah fragte einen vorbeikommenden Luchs, was sich hier abspielen würde.

»Na, der König kommt doch gleich«, antwortete der Luchs, »um sich die Anliegen der Tiere anzuhören.«

»Werden viele Antragsteller da sein?« fragte El-ahrairah.

»Es sind immer viele da«, erwiderte der Luchs. »Mehr als der König an einem Tag anhören kann. Es gibt Tiere, die kommen schon seit Tagen her und sind immer noch nicht angehört worden.«

Die Menge am Hang vergrößerte sich schnell. Als El-ahrairah die vielen Tiere sah, verlor er den Mut. Bei so vielen Mitbewerbern, dachte er, käme er wohl nie dazu, den König zu sprechen. Es sei denn, es fiele ihm irgendeine List ein. Er zermarterte sein Gehirn. Eine

List brauchte er, eine Kaninchenlist! O Frith, mein Herr, eine Kaninchenlist bitte!

Plötzlich fiel ihm oben am Hang, gar nicht weit weg, ein ovales Zierbecken ins Auge, das etwa zweimal so lang war wie er; es stand auf einem steinernen Sockel und ragte etwas über das Gras ringsum heraus. Er kletterte zu dem Becken. Es war voll, aber nicht voller Wasser, sondern mit einer glitzernden Silberflüssigkeit angefüllt, die er noch nie gesehen hatte und die auch nicht, wie Wasser, durchsichtig war. Die glatte Oberfläche spiegelte das Sonnenlicht und die vorüberkommenden Tiere wieder.

»Wozu dient das?« fragte er ein anderes Geschöpf in der Nähe, das anscheinend auch eine Art von Katze war.

»Zu gar nichts«, schnauzte das Tier abweisend. »Das Zeug heißt Quecksilber. Der König erhielt es vor einiger Zeit als Geschenk und hat es hier aufgestellt, damit jeder es bewundern kann.«

Dies hörend, bewegte sich El-ahrairah schnell wie ein Blitz. Er stellte die Vorderpfoten auf den Beckenrand, zog sich hinauf und sprang in das Silber, das sich übrigens auch nicht wie Wasser verhielt; es war dicker, und es trug ihn. Sosehr er sich auch bemühte, es gelang ihm nicht, unter die Oberfläche zu tauchen. Er wälzte sich strampelnd herum. Jetzt standen viele Tiere um das Becken. »Wer is 'n das?« – »Was denkt der Kerl sich eigentlich?« – »Holt ihn raus, der hat da drinnen nichts zu suchen.« – »Ach so, eines von diesen dämlichen Kaninchen.« – »Komm raus, du!«

El-ahrairah krabbelte mit einiger Schwierigkeit aus dem Becken. Das Zeug hatte ihn nicht durchnäßt, sondern sich tröpfchenweise überall in seinem Fell festgesetzt; wenn er sich bewegte, schüttelte er es ab. Einige

Tiere wollten ihn zurückhalten, aber er riß sich los, drehte sich um und stürmte zum Fuß des Hangs, wo er sich vor der Menge niedersetzte, gerade als der König mit drei oder vier Begleitern von der Seite hinzutrat und seine Untertanen in Augenschein nahm.

Er war ein herrlicher Hirsch. Sein glattes Fell glänzte in der Sonne wie das eines gestriegelten Pferdes. Auch seine schwarzen Hufe glänzten, und er trug sein gewaltig verästeltes Geweih mit solcher Würde und Hoheit, daß die ganze plappernde Versammlung auf der Stelle verstummte. Er schritt zur Mitte des Rasens, drehte sich um und ließ seinen gütigen Blick langsam über die Menge seiner Untertanen schweifen.

Als er jedoch El-ahrairah in seiner Silberaura wahrnahm, kaum sechs Hirschlängen von ihm entfernt, starrte er ihn an, über die Maßen verblüfft.

»Was bist du denn für eine Art Tier?« fragte er mit einer tiefen, wohlklingenden Stimme; es war die Stimme eines, der es nie eilig hat und an sofortigen Gehorsam gewöhnt ist.

»Ich bin ein englisches Kaninchen, Euer Majestät«, antwortete El-ahrairah, »und bin von weither gekommen, um an Eure königliche Gnade zu appellieren.«

»Tritt vor«, sagte der König.

El-ahrairah trat vor und setzte sich nach Kaninchenart Männchenmachend vor die glänzenden Vorderhufe des Königs.

»Was ist dein Begehr?« fragte der König.

»Ich bin hier, um für mein Volk zu bitten, Euer Majestät. Meine Leute haben keinen Geruchssinn, überhaupt keinen, und dieser Mangel behindert sie nicht nur ganz wesentlich bei der Futtersuche und der allgemeinen Orientierung, sondern gibt sie ihren Feinden preis, den Raubtieren, die sie ja nicht riechen können, wenn sie sich anpirschen. Ich bitte Euch, edelmütiger König, um Hilfe. Bitte helft uns.«

Alles schwieg. Der König wandte sich an einen seines Gefolges.

»Habe ich denn diese Macht?«

»Jawohl, Euer Majestät.«

»Habe ich je davon Gebrauch gemacht?«

»Noch nie, Euer Majestät.«

Der König schien nachzudenken. Er sprach leise zu sich selbst.

»Aber das hieße ja, sich die Macht von Frith, unserem Herrn, anzumaßen, wenn man einer ganzen Tierart eine ihre fehlende Fähigkeit verleiht.«

Plötzlich rief El-ahrairah laut dem König zu: »Euer Majestät, gebt uns diesen Sinn, bitte, und ich verspreche Euch und jeder hier versammelten Kreatur, daß mein Volk für die menschliche Rasse die größte Plage der Welt sein wird. Wo immer wir sind, werden wir die Menschen drangsalieren und ihnen Ärger machen. Wir werden ihr Gemüse vernichten, ihre Zäune untergraben, ihre Ernten zerstören und sie Tag und Nacht peinigen.«

Darauf brachen alle Geschöpfe der Versammlung in lauten Jubel aus. Jemand brüllte: »Gebt ihm, was er will, Euer Majestät. Laßt sein Volk zum schlimmsten Feind der Menschen werden, so wie die Menschen unsere schlimmsten Feinde sind.«

Das Getöse dauerte noch eine Weile, bis der König schließlich gebieterisch in die Rund blickte und alles verstummte. Dann beugte er seinen herrlichen Kopf hinab und drückte sein Maul in El-ahrairahs Fell. Das gewaltige Geweih schien den Fürsten der Kaninchen einzuhegen wie eine unüberwindbare Palisade.

»So sei es also«, sagte er. »Bring deinem Volk meinen Segen und den Sinn des Geruchs, auf daß er ihnen auf ewig diene.«

Und auf der Stelle konnte El-ahrairah selber riechen: das feuchte Gras, die Masse der Versammlung und des Königs warmen Atem. Er war so überwältigt vor Freude und Dankbarkeit, daß er kaum Worte fand, um dem König zu danken. Alle Tiere klatschten und jubelten und wünschten ihm Glück.

Ein goldener Adler trug ihn nach Hause. Als er ihn auf seiner eigenen Wiese absetzte, sah er als erste Rabscuttle und einige Mitglieder seiner treuen Owsla. »Es ist dir also gelungen, du hast es fertiggebracht!« riefen sie und umringten ihn. »Wir können alle riechen. Wir alle!«

»Jetzt komm, Meister«, sagte Rabscuttle. »Du hast bestimmt Hunger. Riechst du diese wunderbaren Kohlköpfe da drüben im Küchenbeet? Du mußt uns helfen, sie aus der Welt zu schaffen. Ich habe schon einen Tunnel unter den Zaun gegraben.«

Und ihr alle, die ihr meine Geschichte gehört habt, ihr wißt in Zukunft, wenn ihr Flayrah von den Menschen stehlt, dann stopft ihr euch nicht nur die Bäuche damit voll, sondern erfüllt ein feierliches Versprechen, das El-ahrairah dem König von Morgen gegeben hat, und das sollten alle braven Kaninchen tun.

2. Die Geschichte von den Drei Kühen

Kühe sind meine Leidenschaft.

Charles Dickens
(Dombey & Son)

»Das ist Unsinn, was du da sagst, Fiver«, sagte Bigwig.

Sie saßen eines regnerischen, kühlen Nachmittags im Frühsommer in ihrem Wabenbau, zusammen mit Vilthuril und Hyzenthlay. »Natürlich altert El-ahrairah mit der Zeit wie wir alle. Wie jedes Kaninchen. Sonst existierte er nicht wirklich.«

»Nein, das stimmt nicht«, entgegnete Fiver. »Er altert nie.«

»Bist du ihm je begegnet? Hast du ihn je gesehen?«

»Nein, und das weißt du doch.«

»Wer waren seine Eltern?«

»Das wird uns nicht mitgeteilt. Aber die Legende sagt, wie du weißt, daß ganz am Anfang, als Frith der Herr die Tiere schuf, die Tiere sich alle untereinander vertrugen und daß damals schon El-ahrairah bei ihnen war. Es ist also ganz klar, daß er nicht älter wird – oder jedenfalls nicht so wie wir.«

»Und trotzdem glaube ich, daß er älter wird, älter werden muß.«

Die Auseinandersetzung wurde vorübergehend unterbrochen. Aber am selben Abend, als noch mehr Kaninchen im Wabenbau saßen, nahm Bigwig den Fall wieder auf.

»Wenn er nicht älter wird, wie kann er dann ein wirkliches Kaninchen sein?«

»Da gibt's eine Geschichte, wenn ich mich nicht täusche«, sagte Fiver. »Im Moment kann ich mich allerdings nicht mehr daran erinnern. Gibt's da nicht eine Geschichte, Dandelion?«

»Ach, die mit El-ahrairah und den Drei Kühen?«

»Mit den drei Kühen?« fragte Bigwig. »Was haben denn in Friths Namen drei Kühe damit zu tun? Da stimmt was nicht.«

»Also, ich kann euch die Geschichte erzählen«, sagte Dandelion, »so wie man sie mir erzählt hat. Oh, das ist schon lange her, lange bevor wir hierher kamen. Aber ich kann nichts hinzufügen, und ich kann sie auch nicht erklären. Ihr müßt sie euch einfach anhören, die ganze Geschichte, und euch selber ein Bild machen, und das ist alles, was ich tun kann.«

»In Ordnung«, sagte Bigwig. »Wir werden sie uns anhören. Drei Kühe – na, so was!«

Man erzählt sich – begann Dandelion –, daß El-ahrairah vor langer Zeit eine Weile auf unseren Downs wohnte. Er lebte wie wir, fröhlich und unbeschwert, fraß Gras und machte gelegentlich Ausflüge zum Anwesen des großen Hauses ganz hinten, um *flayrah* zu stehlen. Seine Glückseligkeit hätte die Zeit überdauert, wenn er sich nicht ganz allmählich einer inneren Veränderung bewußt geworden wäre. Er wußte sehr gut, was das bedeutete. Er wurde langsam alt und älter. Er merkte das hauptsächlich daran, daß sein vorzügliches Gehör schwächer wurde und eine gewisse Steifheit sich in seinen Vorderpfoten bemerkbar machte.

Eines Morgens, als er außerhalb des Baus im Tau frühstückte, sah er eine Goldammer in den nahen Dornbüschen und Wacholderbäumen herumspringen. Nach einiger Zeit begriff er, daß der kleine Vogel mit ihm sprechen wollte, aber aus reiner Schüchternheit nur hin und her zu schwirren wagte. Nach einer Ewigkeit, wie es ihm schien, sang der Vogel endlich deutlich und verständlich:

El-ahrairah würde dem Altern entrinnen,
würde er Witz und Kühnheit gewinnen.

»Moment mal, kleiner Vogel«, sagte El-ahrairah. »Was meinst du damit, und was meinst du, daß ich tun soll?«

Aber der kleine Vogel sang nur abermals:

El-ahrairah würde dem Altern entrinnen,
würde er Witz und Kühnheit gewinnen.

Er flog davon und ließ El-ahrairah nachdenklich zurück. Kühn war er ja, wie es ihm schien, aber wonach sollte er Ausschau halten, und welche Aufgabe war ihm gestellt, die seinen Witz und seine Kühnheit erforderte? Schließlich machte er sich auf, um das herauszufinden.

Er befragte Vögel und Insekten, Frösche und sogar die gelbbraunen Raupen auf dem Kreuzkraut, aber niemand konnte ihm verraten, wie er es anstellen sollte, um dem Altern zu entrinnen. Nach tagelangen Wanderungen traf er einen alten knurrigen knorrigen Hasen, der in einem Streifen hohen Grases kauerte. Der alte Hase starrte ihn schweigend an, und El-ahrairah brauchte eine Weile, um all seinen Mut zusammenzunehmen und seine Frage zu stellen.

»Versuch's mal mit dem Mond«, sagte der alte Hase, ohne El-ahrairah anzusehen.

Doch dieser war nun überzeugt davon, daß der alte

Hase mehr wußte, als er sagen wollte, es sei denn, man setzte ihm zu. Also rutschte er dicht an ihn heran und sagte: »Ich weiß, du bist größer als ich und du kannst schneller rennen, aber ich möchte erfahren, was du weißt, und ich werde dir so lange mit aller Kraft zusetzen, bis du es mir sagst. Ich bin kein närrisches, neugieriges Kaninchen, das dir nur die Zeit stiehlt, sondern eines, das diese Suche als seine Herzensangelegenheit betrachtet.«

»Dann tust du mir leid«, erwiderte der Hasengreis, »denn du fühlst dich offenbar verpflichtet, etwas zu suchen, was unmöglich gefunden werden kann, und bei der Suche wirfst du dein Leben weg.«

»Rate mir«, sagte El-ahrairah, »und ich werde tun, was du mir rätst.«

»Da gibt es nur eine Möglichkeit für dich«, entgegnete der greise Hase. »Das Geheimnis, das du suchst, ist mit Hilfe der Drei Kühe zu lösen und mit niemandem sonst. Hast du schon von den Drei Kühen gehört?«

»Nein, allerdings nicht«, sagte El-ahrairah. »Was haben denn Kaninchen mit Kühen zu schaffen? Natürlich habe ich schon Kühe gesehen, hatte aber noch nie etwas mit ihnen zu tun.«

»Ich kann dir auch nicht sagen, wo du sie findest«, gab ihm der Hasenpatriarch zu bedenken. »Aber das Geheimnis der Drei Kühe – beziehungsweise das Geheimnis, das sie hüten – ist das einzige, was deine Suche beenden kann.«

Und damit legte sich der alte Hase ohne weitere Umstände hin und schlief ein.

El-ahrairah lief nun überall herum und fragte nach den Drei Kühen, erhielt aber statt Antworten nur Nekkereien und Hohn und Spott. Schließlich hatte er das

Gefühl, daß er sich nur lächerlich machte. Manchmal wurde er bösartigerweise auf Irrwege verwiesen und erfuhr am Ende einer Reise, daß er hereingelegt worden war. Dennoch gab er nicht auf.

Eines Abends, Anfang Mai, als er unter einem blühenden Schlehdornbusch lag und die Sonne hinter einem Silberhimmel unterging, hörte er wieder, ganz in der Nähe, seine Freundin, die Goldammer, in den unteren Zweigen singen.

»Komm her, Freundin«, rief er. »Komm und hilf mir!«

Da sang die Goldammer:

Hinter den Downs und vor den Buchen,
El-ahrairah braucht nicht länger zu suchen.

»Wo, kleiner Vogel – wo?« rief El-ahrairah und sprang auf. »Sag's mir doch!«

Bei meinem goldenen Federkleid:
Die erste Kuh, die ist nicht weit.
Am Fuß des Hangs siehst du im Nu
den Zauberwald der Scheckenkuh.

Die Goldammer flog davon, und El-ahrairah schnüffelte an den ersten Bibernellen und den frühen purpurfarbenen Orchideen. Er war verwirrt, denn er wußte, daß sich hier in der Nähe kein Wald befand, geschweige denn ein Zauberwald. Dennoch ging er den Hang ganz hinab, und zu seiner Verblüffung sah er am Ende der Wiese einen dichten Wald, und direkt davor lagerte die größte braun-weiß gescheckte Kuh, die er jemals gesehen hatte.

Das mußte die Kuh sein, die er suchte; er wußte nun, daß der Wald tatsächlich irgendwie verzaubert war, denn wie sonst könnte er plötzlich an einer Stelle erstanden sein, wo seines Wissens sich noch nie ein Wald befunden hatte. Wenn er das finden wollte, was er suchte, mußte er zweifellos in diesen Wald hineingehen.

Er näherte sich der Kuh mit großer Vorsicht, da er unsicher war, ob sie ihn vielleicht angreifen würde oder nicht, doch andererseits, sagte er sich, im schlimmsten Fall kann ich immer noch wegrennen. Die Kuh aber, mit ihren großen braunen Augen, starrte ihn nur an und sagte nichts.

»Frith segne dich, Mutter«, sagte El-ahrairah. »Ich bin auf der Suche nach einem Weg durch den Wald.«

Die Kuh schwieg so lange, daß er sich fragte, ob sie ihn überhaupt gehört hatte. Doch endlich antwortete sie: »Es gibt keinen Weg, der da hindurchführt.«

»Aber ich muß hindurch«, sagte El-ahrairah.

Er sah nun, daß der Wald am Rand mit ineinander verfilztem und zusammengewachsenem Dornengestrüpp praktisch versiegelt war, so daß höchstens noch etwas von der Größe eines Käfers hineinkam. Nur wo die Kuh lagerte, war eine Lücke, die sie aber völlig ausfüllte. Irgendwann müßte sie sich ja einmal bewegen, dachte er und wußte, es war zwecklos, sie darum zu bitten, denn sie hatte ja gerade gesagt, es führe kein Weg hindurch.

Die Nacht brach herein, und die Kuh hatte sich nicht gerührt. Am Morgen lag sie noch immer am selben Fleck, und da wußte El-ahrairah, daß es eine Hexenkuh war, denn sie hatte offenbar kein Bedürfnis, zu grasen oder zu trinken. Es wurde ihm klar, daß er sich etwas einfallen lassen mußte. Er stand auf, unter den Augen der Kuh, und wanderte langsam am Waldrand entlang, bis er zu einer Art Einbuchtung kam, wo die Bäume und das zusammenhängende Dickicht in den Wald hineinrückten. Er hatte gehofft, eine Ecke zu finden, wo er den Wald vielleicht hätte umgehen können, aber so weit er sehen konnte gab es keine Möglichkeit. Er ging ein Stück weit in die Einbuchtung hinein und kam dann herausgerannt und eilte zu der Kuh.

»Bist du sicher, daß niemand in deinen Wald kommt, Mutter?« fragte er.

»Niemand betritt diesen Wald«, antwortete die Kuh. »Er ist Frith, unserem Herrn, geweiht und durch das Licht der Sonne und des Mondes verzaubert.«

»Na schön, ich weiß nicht, wie das mit dem Licht der Sonne und des Mondes ist«, sagte El-ahrairah. »Aber hinter der Biegung sind zwei Dachse am Werk, und die scheinen entschlossen, reinzugehen. Die graben schon wie verrückt, und sie brauchen nicht mehr lang.«

»Keine Chance«, entgegnete die Kuh. »Die Verzauberung ist viel zu stark. Aber ich werde trotzdem mal nachsehen und sie verjagen.« Sie rappelte sich auf und trottete schwerfällig fort.

Sowie sie in der Einbuchtung verschwunden war, schoß El-ahrairah wie der Blitz durch die Lücke und befand sich auf einmal in dem unwirklichen Licht des Waldes.

Das war kein Wald wie andere Wälder. Es fing schon damit an, daß unheimliche Geräusche laut wurden, angsterregende Geräusche, die möglicherweise aus Bäumen kamen oder aber von Tieren, wenngleich er sich nicht vorstellen konnte, von welchen Tieren. Außerdem gab es weder Weg noch Pfad. Manchmal kam es ihm vor, daß er Wasser roch oder hörte, aber als er darauf zugehen wollte, fand er nichts und wurde unsicher. Er hatte gedacht, durch einen Wald zu gehen, das sei doch nicht der Rede wert für ein Kaninchen seines Wissensstandes und seiner Erfahrung, doch bald wurde er eines Besseren belehrt, als er nämlich feststellte, daß er im Kreise ging. Auch war er überzeugt, daß sich trotz aller Geräusche weder ein Vogel noch sonst irgendein Lebewesen in dem ganzen Revier befand, das er abgegangen war.

Vier Tage lang oder sogar *hrair* Tage lang wanderte El-ahrairah hungernd durch diesen fürchterlichen Wald, in dem nicht einmal Gras wuchs. Mehr als einmal wäre er gern wieder zurückgegangen, aber er wußte weder, wo es zurück noch wo es vorwärts ging. Eines Tages gelangte er schließlich in dieser Waldwüste zu einem steilen Hang, an dem unten ein kleines Gewässer vorbeifloß, das völlig überwachsen war. Er beschloß, dem Gewässer zu folgen, das ja früher oder später aus dem Wald hinausfließen müßte, wie er sich dachte, wenngleich er nicht wußte, auf welcher Seite.

Er folgte dem Bach zwei Tage lang und wurde so schwach, daß er nicht weitergehen konnte. Er legte sich hin und schlief ein, und als er erwachte, sah er im weiteren Verlauf des Bachs den schwachen Abglanz eines stärkeren Lichts. Er stolperte vorwärts und kam endlich zu einer sumpfigen Stelle, wo das Gewässer aus dem Wald hinausfloß in eine ebene grüne Wiese so weit das Auge reichte. Das Gras dieser mit Schlüsselblumen übersäten Wiese war das beste, das er je gekostet hatte. Er fraß sich rundherum satt, und in einem Loch im Uferhang schlief er einen ganzen Tag und eine Nacht.

Wach geworden, wanderte er über die weite Wiese, die voller Blumen war: Hahnenfuß, Margeriten, Blutwurz, Orchideen und Bibernelle. Er hatte neue Kraft gewonnen und fragte sich, welche Richtung er nun bei diesem merkwürdigen Ausflug einschlagen müßte. Am Uferhang lagernd, wo Baldriankräuter wuchsen, schrak er zusammen, als er wieder seine Freundin, die Goldammer, durch die Hecke flitzen sah. Sie sang:

El-ahrairah! El-ahrairah!
Jetzt geheilt und satt allhier,
sucht den großen, weißen Stier.

El-ahrairah war darüber höchst verwundert, denn er hatte gedacht, er müsse jetzt die Zweite Kuh suchen, von der aber nichts zu sehen war. Doch er vertraute der Goldammer und wanderte weiter über die große Wiese. Er begegnete keinem anderen Tier und fühlte sich so sicher, daß er zwei Nächte lang im Freien schlief.

Am dritten Tag kam er an eine Stelle, wo das Gras abgefressen und zertrampelt war, und da gewahrte er vor sich den weißen Stier. Er hatte noch nie eine so edle Gestalt gesehen. Die großen Augen waren blau wie der Himmel, und die langen geschwungenen Hörner schimmerten wie reines Gold, und sein Fell war samtig weich und so weiß wie Wolken im Sommer.

El-ahrairah grüßte den Stier wie ein Freund, denn er sah dem Tier an, daß es ihm nichts tun würde. Sie setzten sich zusammen ins Gras und sprachen über Nichtigkeiten – über Blumen und Sonnenschein.

»Lebst du hier allein?« fragte El-ahrairah.

»Ach ja, ich bin allein«, antwortete der Stier. »Ich sehne mich nach einer Gefährtin, und vor langer Zeit hat mir Frith auch eine versprochen, die man die Zweite Kuh nennt. Aber ich kann nie zu ihr kommen, denn sie ist umgeben von einem Schluchtengürtel voller spitzer Steine und scharfeckiger Felsbrocken, die mir die Beine zerschneiden und die Hufe brechen. Ich lebe seit vielen Monaten hier, aber ich habe noch keinen Weg durch diesen grausamen Graben gefunden.«

»Zeig mir, wo das ist«, sagte El-ahrairah. »Ein Kaninchen kommt vielleicht durch.«

Der weiße Stier führte ihn dann lange über die Ebene, bis sie am Ende zum Rand der Schlucht kamen, von der er gesprochen hatte. Es war ein unübersehbares Meer von Steinen, so undurchdringlich wie ein Dornengestrüpp, und die Steine waren so spitz wie Stechginster.

»Das kann kein Stier der Welt überqueren«, sagte der weiße Stier, vor Kummer seufzend. »Und doch ist das der einzige Weg zur Zweiten Kuh.«

»Ein Kaninchen schlüpft oft durch, wo es einem Stier verwehrt ist«, meinte El-ahrairah. »Ich werde mal gehen, Freund Stier, und dir Nachricht bringen von dem, was ich finden werde.«

So machte sich El-ahrairah auf und zwängte sich zwischen den scharfen Felsbrocken hindurch, aber selbst für ein Kaninchen war das eine mühsame Sache. Oft war er gezwungen stehenzubleiben und sich erst einmal über den möglichen weiteren Weg klarzuwerden. So mühte er sich drei Tage lang ab, über Steine, die in seine Füße schnitten und über seine Flanken schrammten, als er sich hindurchquetschte. Aber am dritten Tag erreichte er bei Sonnenuntergang das Ende des Steinmeeres und kam auf eine Fläche, und dort sah er die Zweite Kuh, die ihn anblickte.

Sie war mager, mit einer so kummervollen Miene, daß sein Herz sofort vor Mitleid schmolz. Er begrüßte sie heiter, aber sie antwortete kaum und sagte nur, er könne hier gern versuchen, das Beste aus dem jämmerlichen Gras zu machen und hinter der nächstbesten Böschung schlafen. Am Morgen sprach er wieder mit ihr wie ein Freund, erzählte ihr von seiner Reise und dem weißen Stier, aber sie schien so geistesabwesend und niedergedrückt, daß er nicht wußte, ob sie ihn überhaupt verstanden hatte.

El-ahrairah blieb mehrere Tage bei der armen, unglücklichen Kuh und fand kein Mittel, um ihre düstere Stimmung zu vertreiben. Er folgte ihr eines Tages über das ausgedünnte Gras und sah in ihren Hufspuren scharfe Steine aus dem Boden hochschießen. Da erkannte er das Geheimnis ihrer Verzauberung. Das karge Land rings umher und – ja, und auch die abweisende, unüberquerbare Schlucht waren nichts anderes als ein Abbild ihres steinernen Herzens, dessen Ausstrahlung alles in Stein verwandelte.

El-ahrairah ging nun mit aller Macht daran, der Zweiten Kuh Trost und neuen Mut zu spenden. Er erzählte ihr von den seichten Gewässern bei Sonnenuntergang, in denen Elritzen schwimmen und wo ganze Kolonien von Sumpfdotterblumen glühen. Er erzählte ihr von Sauerampfer und Hahnenklee in den Wiesen, auf denen die Kühe an den langen Nachmittagen im Juni und Juli grasen und mit den Schwänzen wedeln. Er erzählte ihr von den neugeborenen Kälbchen, die herumsprangen und im Gras spielten. Er erzählte von allem, was ihm einfiel, um sie etwas fröhlicher zu stimmen.

Anfangs schien sie wenig von dem, was er zu sagen hatte, in sich aufzunehmen, aber als die Tage vergingen, der Regen fiel und die Sonne auf die öde Landschaft schien, wurde sie allmählich etwas munterer. Eines

Nachts sagte sie endlich, wenn er sie geleitete, würde sie ihr Bestes tun, um die Schlucht zu durchqueren. Als sie am nächsten Morgen zum Rand der Schlucht kamen, siehe – da sahen sie die scharfen Steine zerbröckeln und grünes Gras aufsprießen. Ihr gequältes Herz war geschmolzen – und dies war die Wirkung davon.

Vorsichtig und behutsam führte El-ahrairah die Zweite Kuh in die Schlucht, die vor ihren Schritten aufbrach. Einen Tag und eine Nacht später kletterten sie langsam den jetzt mit Gras überwachsenen Hang der Schlucht hinauf, den Gundelreben und blauer Günsel schmückten, und oben stand der weiße Stier, der auf sie gewartet hatte.

Nun begann eine schöne, frohe Zeit, als El-ahrairah bei seinen Freunden auf der großen Ebene weilte. Er blieb den ganzen Winter und den nächsten Sommer, und als es Herbst wurde, brachte die Zweite Kuh ein wunderschönes Kälbchen auf die Welt, das sie Weißhorn nannte.

Weißhorn und El-ahrairah wurden gute Freunde, und an den Abenden erzählte er dem Kälbchen immer Geschichten über sein Gehege und über die Abenteuer, die er vor seiner jetzigen Suche erlebt hatte. Als er ihm eines Tages von dem Streich erzählte, den er dem Hund Rowsby Wuff gespielt hatte, flog die Goldammer zum Wacholderbusch und sang:

Der Sommer schwindet schon dahin,
El-ahrairah muß jetzt weiterziehn.

»O kleiner Vogel!« rief El-ahrairah. »Sag nicht, ich soll meine Freunde verlassen. Ich bin hier so glücklich.«

Doch die Goldammer antwortete nur singend:

Der Winter kommt mit Schnee und Eis,
was El-ahrairah sehr gut weiß.
Er muß noch vor dem Frost hier weichen,
um seine Ziele zu erreichen.

Also teilte El-ahrairah seinen Freunden traurig mit, daß es für ihn nun Zeit wäre, wieder aufzubrechen, um die Dritte Kuh zu finden.

»Sei vorsichtig, El-ahrairah«, sagte der weiße Stier. »Sei vorsichtig und wachsam, denn nach allem, was ich höre, hat die Dritte Kuh nicht ihresgleichen. Sie lebt am Ende der Welt und kann die ganze Welt mit allem, was sie enthält, verschlingen. Warum willst du dich solch einer fürchterlichen Gefahr aussetzen? Bleib bei uns und sei glücklich.«

Das war eine große Versuchung für El-ahrairah, und er dachte lange darüber nach, kam aber am Ende zu dem Schluß, daß die Goldammer ihm die Wahrheit gesagt hatte und daß es nun tatsächlich Zeit für ihn sei, die Dritte Kuh zu finden.

»Dann nimm Weißhorn mit«, sagte die Zweite Kuh. »Er wird dein Gefährte und Beschützer sein und dir Gesellschaft leisten. Ich bitte dich allerdings nur, gut auf ihn aufzupassen. Er ist unserem Herzen sehr nahe. Aber es gibt nichts, was ich nicht für dich tun würde, mein liebes Kaninchen.«

So brachen die beiden auf, und wie mir berichtet wurde, war das die schlimmste Phase in allen Ausflügen von El-ahrairah, denn der Weg führte über Gebirge und durch angsterregende Regionen, die dick mit Eis verkrustet waren. Der Winter war hereingebrochen, und sie litten oft unter Hunger und Kälte. Hätte er sich nicht nachts an Weißhorn schmiegen können, wäre El-ahrairah gewiß erfroren. Selbst der kleine Vogel war gezwungen, sie zu verlassen, denn die Nächte waren kälter, als er es aushalten konnte.

Es kam ihnen wie eine Ewigkeit vor, bis der Winter zu Ende ging, aber schließlich kamen Weißhorn und El-ahrairah, dünn wie Wiesel, langsam das Hügelland hinunter und befanden sich im Land der Dritten Kuh.

Nun ist die Dritte Kuh allerdings selber das Ende der Welt. In diesem Land ist nichts, das nicht Dritte Kuh ist – Hörner und Hufe und Schwanz und Ohren. Sie hätten immer weiter wandern können und hätten sich stets auf dem Körper der Dritten Kuh befunden, denn sie füllte die ganze Welt aus und ist die ganze Welt. Viele Tage lang suchten sie den Kopf der Kuh, und schließlich fanden sie ihn auch – riesige Augen- und Nüsternformen und ein gigantisches aufgerissenes Maul, das wie eine Höhle war. Und die Kuh sprach zu ihnen mit der Stimme einer Höhle.

»Was willst du, El-ahrairah? Was suchst du?«

»Ich suche meine Jugend«, antwortete El-ahrairah.

»Ich habe sie verschlungen«, erwiderte die Dritte Kuh. »Ich habe sie verschlungen, wie ich alles verschlinge, was in der Welt ist. Mein Name ist Zeit, und kein Geschöpf entgeht mir.« Und damit gähnte sie und verschluckte den halben Tag.

In der Stille wandte sich El-ahrairah an Weißhorn, der schaudernd neben ihm stand.

»Ich werde meine Jugend finden.«

»Geh nicht, El-ahrairah«, bat ihn Weißhorn. »Sonst bist du verloren, ich weiß es. Bleib bei mir. Gehen wir doch zurück zu meinen lieben Eltern und leben dort auf der grünen Wiese.«

El-ahrairah sagte nichts mehr. Als die Dritte Kuh das

Maul bei einem lauten Schnarcher aufmachte, stürzte er sich hinein und verschwand in der roten Höhle.

Niemand weiß, was El-ahrairah alles im Herzen und Magen der Dritten Kuh zugestoßen ist, denn es ist nie erzählt worden und wird nie erzählt werden. Es gibt keine Worte, um die greulichen Abenteuer dort unten zu beschreiben, die ihn wie gestaltlose Träume befielen, denn er befand sich mitten in allen Dingen, die vergangen waren, in allem, was die Dritte Kuh in vielen, vielen Jahren verschlungen hatte. Welche Gefahren hat er überstanden? Welche schauderhaften Spottgeburten hat er dort getroffen und in die Irre geführt? Was hat er da zu fressen gefunden? Wir werden es nie erfahren. Er wurde selber zum Traum, zu einem wandernden Bruchstück der Vergangenheit. Und ob er sich überhaupt daran erinnern konnte, wer er einmal gewesen war – die Legende verrät es uns nicht. Die Dritte Kuh ist jenseits von allem, was wir kennen, und jenseits des Fassungsvermögens eines jeglichen Kaninchens.

Als er am Ende lange durch die Eingeweide der Kuh gewankt und gestolpert war, erschöpft, zermürbt und ausgelaugt, kam er zu einem Steilhang, an dessen Fuß er ein schwaches Licht gewahrte. Und da lag ein See, ein leuchtender See mit goldener Milch. Das war nichts anderes als der Euter der Dritten Kuh, deren Milch die Segnungen aller Jahre enthält und die Wärme aller Sonnen, die je geschienen haben: Es ist der See der Jugend.

El-ahrairah stand staunend an diesem herrlichen See, und während er hinabblickte, überwältigte der wunderbare Anblick seine Sinne. Seine Pfoten glitten aus, und plötzlich fiel er kopfüber in die goldene Milch.

Er mühte sich paddelnd und strampelnd ab, denn er fand keinen Ausstieg. Er merkte, wie seine Kräfte ihn allmählich verließen. Er sank hinab, er ertrank, und er gab sich selbst auf.

Doch ganz zum Schluß fühlte er sich in eine glatte Röhre hineingezogen und von dort in einen warmen, nassen Mund. Im nächsten Augenblick lag er spuckend und würgend im Freien, auf warmem Gras. Neben ihm hing der runde Kuheuter. Weißhorn hatte ihn aus einer Zitze der Kuh herausgesuckelt.

Jugendglut und Jugendkraft befeuerten El-ahrairah. Er tanzte auf dem Gras. Er machte Freudensprünge auf den Steinen. Er sang Weißhorn etwas vor, ohne zu wissen, was er sang. Weißhorn sang mit, und singend wanderten sie zusammen nach Hause.

Der Heimweg war kurz, denn nun war es Sommer geworden, und sie kamen dreimal so schnell voran, weil sie wußten, daß ihre Abenteuer glücklicherweise vorüber waren. Von El-ahrairahs Heimkehr weiß ich nur noch ein wunderliches Ding. Als er zu dem Ort kam, wo der verzauberte Wald der Ersten Kuh gestanden hatte, war nichts mehr davon zu sehen. Der Wald unter dem Down war genauso geheimnisvoll verschwunden, wie er aufgetaucht war, und niemand hat ihn je wieder gesehen. Nur eines war noch zu sehen: die Goldammer auf dem Weißdorn, die sang:

El-ahrairah hat's Altern überwunden
und das Geheimnis ewiger Jugend gefunden.

»Na ja«, sagte Bigwig, »das waren sicher keine gewöhnlichen Kühe. Ziemlich dämlich von mir, daß ich das zuerst gedacht habe, obwohl ich ja wissen mußte, daß es sich um ein Abenteuer El-ahrairahs handelte. Und was ist mit Weißhorn? Ist er auch alterslos geworden?«

»Die Legende sagt darüber nichts aus«, erwiderte Dandelion. »Aber ich bin sicher, El-ahrairah würde nie einen Freund vergessen, der ihm soviel bedeutet hat.«

3. Die Sache mit König Berser-Kerl

Bedenke, wo eines Mannes Ruhm beginnt und endet,
und sag: Mein Ruhm war,
daß ich solche Freunde hatte.

W. B. Yeats
(The Municipal Gallery Revisited)

Der Regen fiel auf Watership Down aus langen, hochaufgetürmten Wolken, durchnäßte den Rasenboden und die Birken am Waldhang. Hazel und mehrere andere Kaninchen saßen gemütlich unter der Erde in ihrem Wabenbau; einige waren mit ihrer Körperpflege beschäftigt, andere unterhielten sich plaudernd über kommende Sonnentage. Kehaar, die Möwe, war vor ein paar Tagen aus dem Süden gekommen und rastete stillzufrieden auf halbem Wege in Hazels Gang.

»Wer erzählt uns was?« fragte Bigwig und kugelte sich über den Boden. »Dandelion?«

»Jetzt mal ein anderer zur Abwechslung«, sagte Dandelion. »Bluebell, erzähl uns die Geschichte, die du mir im vergangenen Jahr erzählt hast, die über El-ahrairah und den Krieg mit Berser-Kerl. Die haben sie alle noch nicht gehört.«

»Das war das einzige Mal, daß El-ahrairah Krieg führte«, sagte Bluebell. »Das erste und letzte Mal.«

»Hat er gewonnen?« fragte Silver.

»Natürlich hat er gewonnen. Aber wie er das gemacht hat, war wirklich raffiniert. Hätte er nicht gewonnen, wären wir nicht hier.«

Wir wissen alle – erzählte Bluebell –, daß Kaninchen niemals ernsthaft Krieg führen, und ganz bestimmt nicht

El-ahrairah, der gar keinen Grund hatte und auf den Downs ein glückliches Leben führte. Doch eines Tages, als er sich draußen sonnte, schreckte er plötzlich zusammen. Rabscuttle wetzte über das Gras, und es war klar, daß er wichtige Neuigkeiten brachte.

»Meister!« keuchte Rabscuttle. »Da sind Tausende von Kaninchen, fremde Kaninchen, im Anmarsch. Genug, um den ganzen Down kahlzufressen und uns alle aus Bau und Heim zu werfen. Da gibt's nur eines – wir müssen wegrennen, solange noch Zeit ist.«

»Ich renne niemals weg«, erwiderte El-ahrairah lässig. »Ich muß mir diese fremden Kaninchen mal ansehen. Laß sie kommen!«

Kurz darauf sah er sie tatsächlich, Horden von Kaninchen, die über den Down kamen. El-ahrairah hatte noch nie in seinem Leben so viele Kaninchen auf einmal gesehen. Sie bedeckten das ganze Gras. In ihrer Mitte war ein übergroßes Kaninchen, so groß wie ein Hase, und das kam auf El-ahrairah zu und fletschte die Zähne.

»Du bist doch El-ahrairah, nicht wahr?« fragte das Riesenkaninchen. »Besser, du verschwindest hier, solange du noch kannst. Ab sofort ist das mein Down, und meine Kaninchen werden hier leben.«

El-ahrairah musterte das Kaninchen von oben bis unten. »Wer bist du?« fragte er. »Und wie heißt du?«

»Ich bin König Berser-Kerl«, antwortete das Kaninchen, »und ich bin nicht nur der Herr der Kaninchen, sondern auch der Ratten, der Wiesel und der Hermeline. Du mußt mir alle deine Kaninchen übergeben.«

El-ahrairah sah ein, daß es hoffnungslos wäre, mit König Berser-Kerl zu kämpfen; er drehte sich einfach um und ging weg, um Zeit zu gewinnen. Er mußte überlegen. Aber er war noch nicht weit gegangen, als er ein Trappeln hinter sich hörte; Rabscuttle kam ihm nachgelaufen.

»O Meister!« rief Rabscuttle. »Dieser elende König Berser-Kerl! Er hat dein Lieblingsweibchen genommen, Nur-Rama, und sagt, daß er die für sich behalten will.«

»Was?« schrie El-ahrairah. »Nur-Rama? Den zerreiße ich in der Luft, das wirst du schon sehen.«

»Wüßte nicht, wie«, gab Rabscuttle zurück. »Seine Kaninchen sind überall auf dem Down; er hat sogar Ratten und Wiesel, die er sich als Gefangene hält. Schlechte Aussichten für uns, El-ahrairah.«

Das machte El-ahrairah mutlos, denn es war so gar nicht Rabscuttles Art, so zu reden. Am besten ist es wohl, dachte er, Fürst Regenbogen um Hilfe zu bitten, denn der hatte ihm vor langer Zeit versichert, daß er und sein Volk ungehindert auf dem Down leben und es als ihr eigen betrachten könnten.

Er gelangte kurz nach ni-Frith zum Fürsten und erzählte ihm die traurige Geschichte.

»Ich fürchte, da kann ich dir nicht helfen, El-ahrairah«, sagte Fürst Regenbogen, als er alles gehört hatte. »Du mußt diesen König Berser-Kerl allein besiegen. Da führt kein Weg drum herum.«

»Wie denn?« fragte El-ahrairah. »Der hat mehr Kaninchen als es Gänseblümchen auf dem Down gibt, aber sie werden wohl bald alles Gras gefressen haben.«

»Ich will dir einen Rat geben, El-ahrairah«, sagte Fürst Regenbogen. »Ein Tyrann wird gewöhnlich von vielen ganz verschiedenen Leuten gehaßt. Dieser Berser-Kerl hat zweifellos andere Feinde, nicht nur Kaninchen. Du wirst Freunde und Verbündete brauchen.«

El-ahrairah hörte sich das an, hatte aber wenig Hoffnung. Andererseits war er wegen seiner schönen Nur-Rama so empört, daß er bereit war, sein Bestes zu geben, um König Berser-Kerl in der Luft zu zerreißen oder dabei den Tod zu finden. Er machte sich also auf, um zurückzukehren.

Unterwegs kam er an einer Katze vorbei, die sich sonnte. Die Katze schien, zur Abwechslung, recht friedlich und fragte: »Wohin des Wegs, El-ahrairah?«

»Ich will diesem stinkenden König Berser-Kerl das Fell gerben, daß er lebensmüde wird«, sagte El-ahrairah, »und er muß mir mein Weibchen zurückgeben.«

»Also, dann komm ich mit«, sagte die Katze. »Ich hab' gehört, dieser König Berser-Kerl ersäuft oft kleine Kätzchen.«

»Dann spring in mein Ohr«, sagte El-ahrairah. Und die Katze sprang in sein Ohr und legte sich dort schlafen, während er weiterging.

Dann begegnete er einigen Ameisen.

»Wohin des Wegs, El-ahrairah?« fragten die Ameisen.

»Ich will diesen dreckigen König Berser-Kerl so verbimsen, daß er wünscht, nie geboren worden zu sein«, antwortete El-ahrairah, »und er muß mir mein Weibchen zurückgeben.«

»Wir kommen mit«, sagten die Ameisen. »Dieser König Berser-Kerl dürfte gar nicht am Leben sein; seine Kaninchen reißen Ameisenhaufen ein, für nichts und wieder nichts.«

»Na, dann springt in mein Ohr«, sagte El-ahrairah. »Auf geht's!«

Also sprangen die Ameisen in sein Ohr.

Nach einer Weile traf er auf ein paar große schwarze Krähen.

»Wohin des Wegs, El-ahrairah?« fragten die Krähen.

»Ich will diesen widerlichen König Berser-Kerl verdreschen«, erwiderte El-ahrairah, »der muß mir mein Weibchen zurückgeben.«

»Wir kommen mit«, sagten die Krähen. »Von diesem König Berser-Kerl hören wir nur Greueltaten. Er ist ein Tiereschinder und Tyrann.«

»Na, dann springt in mein Ohr«, sagte El-ahrairah, »solche wie euch kann ich brauchen.«

Schließlich kam El-ahrairah an einen Fluß. »Hallo, El-ahrairah!« rief der Fluß. »Wohin des Wegs? Du siehst so grimmig aus.«

»Genauso grimmig, wie ich bin«, gab El-ahrairah zur Antwort. »Ich werde diesen Stinkerkönig Berser-Kerl verwamsen, daß er nicht mehr aufsteht; der muß mir mein Weibchen Nur-Rama zurückgeben.«

»Da komm ich mit«, sagte der Fluß. »Von diesem König Berser-Kerl hab' ich schon gehört – und nur Schlechtes. Der bildet sich Frith weiß was ein.«

»Na, dann spring in mein Ohr«, sagte El-ahrairah, »nein, in das andere. Du bist mir hochwillkommen.«

Bald darauf kam El-ahrairah zum Down zurück, und da saß König Berser-Kerl im Kreis seiner schweren Kaninchen und tat sich nach Herzenslust an El-ahrairahs Gras gütlich.

»Ah! El-ahrairah!« sprach König Berser-Kerl mit vollem Mund. »Ich hab' dich doch heute vormittag verabschiedet, oder? Was bringt dich wieder her?«

»Du ekelhafter stinkender Kaninchenverschnitt«, sagte El-ahrairah. »Gib mir mein Weibchen Nur-Rama zurück und verschwinde von meinem Down!«

»Ergreift dieses unverschämte Tier!« schrie der König. »Ergreift es und sperrt es über Nacht zu den

Rasenden Ratten. Dann wollen wir mal sehen, was am nächsten Morgen noch von ihm übrig ist.«

Also sperrten sie El-ahrairah zu den Rasenden Ratten. Sowie es dunkel war, sang El-ahrairah:

Mieze, spring aus deiner Enge,
hier gibt's Ratten jede Menge.
Jag sie bis zum Morgenrot,
beiß sie, bis sie mausetot.

Sofort war die Miezekatze draußen. Die Ratten rannten in alle Richtungen, aber wie der Blitz war sie unter ihnen und fraß sie zu Hunderten, bis keine einzige mehr übrig war. Dann sprang sie in El-ahrairahs Ohr zurück, der darauf schlafen ging.

Am Morgen sagte König Berser-Kerl zu seinen Kaninchen: »Holt mir das Skelett von dem frechen El-ahrairah und werft es draußen aufs Gras.«

Aber als sie hineingingen, sahen sie El-ahrairah singend zwischen den toten Ratten sitzen. »Wo ist dieser widerwärtige König?« fragte El-ahrairah. »Bestellt ihm, er soll mir mein Weib zurückgeben.«

»Die bekommst du nicht«, sagte der König. »Nehmt ihn und sperrt ihn zu den Wilden Wieseln. Dann wollen wir mal sehen, was aus seinen verrückten Forderungen wird.«

Also sperrten sie El-ahrairah zu den Wilden Wieseln. Mitten in der Nacht sang El-ahrairah:

Kommt, ihr Krähen, wohlgemut,
und besorgt's den Wieseln gut.
Hackt sie, bis die Schädel knallen,
bis sie tot zu Boden fallen.

Sofort kamen die Krähen aus El-ahrairahs Ohr und hackten die Wilden Wiesel in Stücke.

Dann gingen sie in sein Ohr zurück, und El-ahrairah legte sich schlafen.

Am Morgen sagte der König: »Die Wilden Wiesel, die haben El-ahrairah jetzt sauber erledigt. Geht mal lieber und schmeißt seine Leiche raus.«

Aber die rüpelhaften Kaninchen sahen El-ahrairah über den toten Wieseln tanzen; er verlangte sein schönes Weibchen zurück.

»Ich dulde diese Unverschämtheit nicht«, brüllte König Berser-Kerl. »Heute nacht muß dieses Kaninchen daran glauben. Nehmt es und sperrt es zu den Grausamen Hermelinen.«

Sie sperrten El-ahrairah zu den Grausamen Hermelinen, und um Mitternacht sang er:

Ameisen, flitzt aus dem Ohr,
nehmt euch Hermeline vor,
beißt sie, stecht sie, wo ihr wollt,
bis der Teufel sie geholt.

Sofort kamen die Ameisen aus dem Ohr herausgeschwärmt. Sie krabbelten über die Grausamen Hermeline, bohrten sich in ihre Gehirne und stachen sie so heftig, daß sie alle umfielen und verröchelten.

Wie zuvor schickte König Berser-Kerl nach El-ahrairahs Leichnam. Doch El-ahrairah kam selber und sagte: »Du verdrecktes rotznäsiges Jammergestell von König, gib mir mein Weibchen zurück!«

Ich kann mir nicht denken, wie dieser elende El-ahrairah das alles fertigbringt, dachte der König. Ich muß das herausfinden, um jeden Preis.

»Ihr bindet dieses Kaninchen diese Nacht neben meinem Schlafplatz an«, sagte er seinem Gefolge. »Dann wollen wir mal sehen, was er anstellt, und vereiteln seine Tricks ein für allemal.«

In dieser Nacht wurde El-ahrairah also neben König Berser-Kerls Schlafplatz festgebunden. In der Nacht sang er:

Fließe, Fluß, heraus aus mir,
überspül den Stinker hier,
bis er in der Flut versunken,
bis er endlich ist ertrunken.

Da floß der Fluß schwallartig aus El-ahrairahs Ohr und überflutete alles, und der König, bis zum Kinn im Wasser, erschrak zu Tode.

»Nimm dein Weibchen, nimm es!« schrie er. »Geh weg, El-ahrairah! Nur laß mich in Frieden!«

»Nichts da«, befahl El-ahrairah. »Du gehst hier weg. Laß mein Weibchen frei, nimm deine abstoßende Mannschaft und verschwinde für immer von meinem Down!«

An diesem Morgen wurde El-ahrairah wieder mit Nur-Rama vereint, und auf dem Down wurde von König Berser-Kerl und seiner Armee kein Fitzelchen mehr gefunden. Das war der einzige Krieg, den El-ahrairah geführt hat, und so hat er ihn gewonnen.

Man hörte ein Geraschel aus einem der Gänge, und schon kam Buckthorn herab, Regentropfen glitzerten in seinem Fell.

»Hazel-rah, es hat sich wunderbar aufgeklärt«, sagte er.

»Es regnet nicht mehr, es wird noch ein schöner Abend.«

Kurz darauf war niemand mehr im Wabenbau – außer Bluebell, der sich den Rücken wusch und nach der langen Erzählung wieder zu Atem kam.

4. Der Fuchs im Wasser

Der Brer Fuchs weiß genau,
wie gemein sie ihn reingelegt haben.

Joel Chandler Harris (Uncle Remus)

»Füchse«, sagte Dandelion, rückte etwas weiter in die Abendsonne und knabberte an einem Bibernell-Schößling, »Füchse sind eine schlimme Sache, wenn sie in deine Nähe ziehen wollen, hab' ich immer gehört. Hier sind wir noch nie von Füchsen belästigt worden, Frith sei Dank, und ich hoffe, das bleibt auch so.«

»Sie riechen auch so streng«, meinte Bigwig, »und man kann oft einen Blick auf sie erhaschen, wie geschickt sie sich auch verhalten, weil sie so ein rotes Fell haben.«

»Ich weiß. Aber wenn sich ein Fuchs neben einem Gehege niederläßt, ist das schlimm. Denn die Kaninchen können ja nicht unaufhörlich auf der Hut sein.«

Man erzählt sich – fuhr Dandelion fort –, daß El-ahrairah und sein Gehege einmal wegen eines Fuchses, der einen Bau neben ihnen gegraben hatte, in großer Unruhe waren. Genauer gesagt, war es ein Paar, und sie zogen Welpen auf. Da die beiden Alten fortwährend nach Nahrung jagten, kam das Gehege nie zur Ruhe. Sie verloren zwar nicht allzu viele Kaninchen – einige allerdings –, aber die andauernde Spannung und Furcht zermürbten das Gehege. Alle erwarteten von El-ahrairah eine Lösung des Problems, aber er schien genauso verunsichert wie alle anderen. Er sagte kaum etwas, wenn überhaupt, und alle nahmen an, er denke über einen Ausweg nach. Doch die Tage gingen vorüber, und nichts änderte sich. Die Weibchen wurden immer ängstlicher.

Eines Morgens war El-ahrairah verschwunden. Nirgends ein Zeichen von ihm. Selbst Rabscuttle, der Vorsteher der Owsla, hatte keine Ahnung, wohin er gegangen sein könnte. Als er am nächsten und auch am übernächsten Tag nicht zurückkam, flüsterten einige Kaninchen untereinander, daß er sie vermutlich im Stich gelassen habe und weggelaufen sei, um ein neues Gehege zu finden. Das bedrückte sie sehr, um so mehr, als der Fuchs am selben Tag ein weiteres Kaninchen umbrachte.

El-ahrairah war fast wie in Trance aus dem Gehege gegangen. Er brauchte Einsamkeit und Zeit, um nachzudenken; er fühlte, daß es ihm aufgegeben war, etwas zu finden, was dieses schreckliche Problem lösen konnte.

Zwei Tage lang weilte er am Rande eines Dorfes. Nichts störte ihn dabei, doch trotzdem fiel ihm keine Lösung ein. Eines Abends, als er außerhalb eines Gartens in einem Graben schon im Halbschlaf lag, schreckte ihn ein Rascheln und eine Bewegung in seiner Nähe auf. Es war allerdings kein Feind, wie sich zeigte, sondern Yona, der Igel, der nach Nahrung jagte. El-ahrairah begrüßte ihn als Freund, und sie unterhielten sich eine Weile.

»So schwierig, Schnecken zu finden«, sagte der Igel. »Die werden offenbar immer weniger, besonders im Herbst. Möchte mal wissen, wo die hingehen.«

»Das kann ich dir sagen«, erwiderte El-ahrairah. »Sie befinden sich alle in den Gärten dieses Dorfes. In den Gärten gibt's Gemüse und Blumen und alles mögliche Grünfutter, und das lockt die Schnecken an. Wenn du Schnecken haben willst, Yona, dann geh in die Gärten der Menschen.«

»Die machen mich doch tot«, meinte Yona.

»Keineswegs«, entgegnete El-ahrairah. »Das wurde mir klargemacht: Du bist ihnen sogar willkommen, weil sie wissen, daß du bei ihnen die Schnecken fressen willst. Sie werden sich ein Bein ausreißen, um dich dazubehalten. Paß mal auf, wie recht ich habe.«

Also ging Yona in die Gärten der Menschen, und da gedieh er genauso prächtig, wie es ihm El-ahrairah vorausgesagt hatte. Und seit jenem Tag suchen die Igel die Gärten der Menschen auf, wo sie immer willkommen sind.

El-ahrairah wanderte weiter, und sein Gemüt war immer noch umdüstert; er war ratlos. Er verließ das Dorf und kam bald auf Ackerland, wo alle Arten von Getreide angepflanzt waren. Hier, im Umland des Dorfes, traf er auf Kaninchen, die ihm zwar fremd waren, ihn jedoch kannten und seinen Rat erbaten.

»Sieh mal, El-ahrairah«, sagte das Leitkaninchen, »hier haben wir ein schönes Feld mit Grünfutter, so schmackhaft wie kaum eines. Aber der Farmer weiß, wie listig wir sind. Er hat es mit Draht eingezäunt und den Draht so tief in den Boden eingelassen, daß wir nicht darunter durchgraben können. Hier kannst du sehen, wie tief unsere besten Ausgräber gekommen sind. Aber unter den Draht konnten sie nicht kommen. Was sollen wir tun?«

»Zwecklos, es weiter zu versuchen«, sagte El-ahrairah. »Ihr verschwendet nur eure Zeit. Gebt's auf!«

In diesem Augenblick kam ein Schwarm Saatkrähen heran, und die Leitkrähe landete neben ihm und sprach ihn an.

»Wir wollen da reinfliegen und das Feld abräumen. Was sollte uns aufhalten?«

»Der Mann wartet schon auf euch«, sagte El-ahrairah. »Er versteckt sich im Gebüsch und hat ein Gewehr. Wenn ihr da reinfliegt, werdet ihr abgeschossen.«

Aber die Leitkrähe wollte nicht auf El-ahrairah hören und führte ihren Schwarm über den hohen Drahtzaun in das grüne Feld. Sofort eröffneten zwei Gewehre das Feuer, und bevor der Schwarm wieder abhob, waren vier Krähen tot. El-ahrairah riet den Kaninchen, diesen Ort zu verlassen, und das taten sie auch.

Man erzählt sich, daß El-ahrairah weit wanderte, und wo immer er hinkam, stand er den Tieren mit Rat und Tat zur Seite. So half er Mäusen und Wasserratten und sogar einem Otter, was ihm nicht schadete, doch bei dem, was er selber suchte, auch nicht half.

Eines Tages gelangte er schließlich auf ein großes Stück Gemeindeland mit schwarzem, torfigem Boden, das meilenweit von Heidekraut, Wacholder und Sandbirken bewachsen war. An den sumpfigen Stellen wuchsen fleischfressende Pflanzen und Braunellen, und Steinschmätzer flogen hier und da, sprachen El-ahrairah aber nicht an, denn sie kannten ihn nicht. Als Fremder wanderte er weiter, bis er sich schließlich völlig erschöpft an einer sonnenbeschienenen Stelle niederlegte, ohne überhaupt an ein streunendes Hermelin oder Wiesel zu denken.

Während er so döste, spürte er die Gegenwart einer anderen Kreatur in seiner Nähe und machte die Augen auf; da sah er eine Schlange, die ihn beobachtete. Natürlich hatte er keine Angst vor Schlangen; er begrüßte sie und wollte hören, was sie zu vermelden hatte.

»Kalt!« sagte die Schlange endlich. »Wie kalt es ist!«

Es war ein sonniger Tag, und El-ahrairah fühlte sich in seinem Fell schon fast zu warm. Recht vorsichtig streckte er eine Pfote aus und berührte den langen, grünen Leib der Schlange – der sich in der Tat kalt anfühlte. Er grübelte darüber nach, fand aber keine Erklärung.

Lange lagen sie zusammen auf dem Gras, bis El-ahrairah endlich etwas auffiel, was ihm noch nie aufgefallen war.

»Euer Blut ist nicht wie unseres«, teilte er der Schlange mit. »Du hast keinen Puls, verstehst du?«

»Was ist ein Puls?«

»Fühl mal meinen«, sagte El-ahrairah.

Die Schlange drückte sich an ihn heran und fühlte seinen Herzschlag.

»Dir ist kalt«, erklärte El-ahrairah, »weil dein Blut kalt ist, Schlange. Du mußt dich sooft wie möglich in der Sonne baden. Wenn du das nicht kannst, wirst du dich schläfrig fühlen. Aber wenn du's kannst, dann erwärmt sich dein Blut und du wirst lebhaft und munter. Das ist die Lösung deines Problems: Sonnenschein.«

Sie lagen noch ein paar Stunden in der Sonne, bis die Schlange sich wieder so lebhaft und munter fühlte, daß sie Lust hatte, nach Nahrung zu jagen.

»Du bist ein guter Freund, El-ahrairah«, sagte die Schlange. »Ich habe gehört, wie du schon vielen Geschöpfen mit deinem Rat geholfen hast. Ich möchte dir etwas schenken. Ich gebe dir die hypnotische Kraft der Schlangen, die in meinen Augen ist. Wofür du sie auch immer einsetzen willst, setze sie bald ein, denn sie hält nicht vor. Starre mich jetzt an!«

El-ahrairah blickte gebannt in die Augen der Schlange und fühlte, wie seine Willenskraft sich auflöste und wie selbst die Kraft, sich zu bewegen, von ihm wich. Nach einiger Zeit wandte die Schlange den Blick ab. »Das genügt«, sagte sie. El-ahrairah stand auf und verabschiedete sich von ihr.

Nun machte er sich auf den Heimweg zu seinem Gehege. Es war ein langer Weg, und erst am folgenden Abend näherte er sich seinem Ziel.

Jetzt erzählt uns die Legende, daß ein Bach seinen Weg kreuzte, über den eine kleine Brücke führte. Auf der Brücke blieb er stehen und wartete, denn er wußte in seinem Herzen, was geschehen würde.

Und gleich darauf kam der Fuchs aus dem höhergelegenen Wald. El-ahrairah sah ihn kommen, und Furcht befiel sein Herz, dennoch blieb er auf der Brücke stehen, und der Fuchs legte sich neben ihn und leckte sich die Lippen.

»Ein Kaninchen!« sagte der Fuchs. »Wahr und wahrhaftig, ein wohlgenährtes, junges Kaninchen. Was für ein Glücksfall!«

Darauf sprach El-ahrairah zum Fuchs: »Wie ein Fuchs magst du riechen und wie ein Fuchs siehst du aus. Aber ich bin ein Wahrsager, und ich sehe deine Zukunft im Wasser.«

»Was du nicht sagst!« erwiderte der Fuchs. »Siehst meine Zukunft im Wasser, wie? Was? Und was siehst du im Wasser, mein Freund? Fette Kaninchen laufen übers Gras, wie? Was?«

»Nein«, erwiderte El-ahrairah, »fette Kaninchen sehe ich nicht, wohl aber flinke Bluthunde, die ihr Wild verfolgen, und meinen Feind, der um sein Leben läuft.«

Damit wandte er sich um und blickte dem Fuchs starr in die Augen. Der Fuchs starrte zurück, und El-ahrairah wußte, daß er seinem Blick nicht ausweichen konnte. Der Fuchs schien vor seinen Augen zu einem Häufchen zu schrumpfen, und dabei war es El-ahrairah, als sähe er wie im Traum große Bluthunde den Hügel hinabjagen, als hörte er sie sogar Laut geben.

»Weg!« flüsterte El-ahrairah dem Fuchs zu. »Weg mit dir! Und komm nie wieder!«

Der Fuchs stand auf, wie betäubt, stolperte zum Rand der Brücke; halb sprang er, halb fiel er ins Wasser. El-ahrairah sah zu, wie er abwärtstrieb. Der Fuchs kämpfte sich aufs andere Ufer und schlug sich, mit eingezogenem Schwanz, seitwärts in die Büsche.

Erschöpft von der schrecklichen Begegnung, wandte sich El-ahrairah ab und machte sich auf den Weg zu seinem Gehege, wo alle seine Kaninchen überglücklich waren, ihn wiederzusehen. Fuchs samt Füchsin verschwanden aus ihrer Nachbarschaft. Sie haben wohl von ihrer Erfahrung berichtet, denn es kamen keine Füchse mehr, um ihren Platz einzunehmen, und das Gehege hatte endlich Frieden – so wie wir heute, Frith sei Preis und Dank!

5. Das Loch im Himmel

Doch er wird ihnen antworten:
Wahrlich, ich sage euch, was ihr
einem von diesen Geringsten da nicht getan habt,
das habt ihr auch mir nicht getan.

Matthäus-Evangelium, 25:45

Unsere Werte sind jetzt das Hohe und das Grausige
aus einer Wunde strömend, die im Bösen heilt.

Roy Fuller (Autumn 1942)

Es wird erzählt, daß El-ahrairah oft in diesem Gehege zu Besuch war, ein paar Tage bei dem Leitkaninchen und seinen Owsla blieb, um sie bei eventuell vorhandenen Problemen zu beraten. Selbst die ältesten und erfahrensten Kaninchen nahmen seinen Rat gern an und freuten sich, ihn zu sehen. Gewöhnlich fühlte er sich nicht bemüßigt, von sich selber zu sprechen, doch war er ein äußerst teilnahmsvoller Zuhörer, immer bereit, auf Schwierigkeiten und Abenteuer von anderen einzugehen, und Lob zu spenden, wo es am Platze war. Ich habe selbst oft gehofft, daß er eines Tages hier hereinschaut, und wir sollten wohl alle immer wachsam sein für diesen Fall; man sagt nämlich, daß er oft nicht so leicht zu erkennen ist, und dafür gibt es gute Gründe, wie ihr gleich hören werdet.

Es war einmal ein Gehege namens Parda-rail – so wird erzählt –, und die Kaninchen dort waren ungeheuer eingebildet. Wenn man sie hörte, war niemand so adrett, so wagemutig, so hurtig zu Fuß wie die Kaninchen von Parda-rail. Wer dorthin kam, sollte also wenigstens eine persönliche Empfehlung vom Fürsten Regenbogen haben, um eingelassen zu werden. Der Anführer hieß Henthred, und bevor jemand Henthred-rah ansprechen durfte, mußte er von einem der Owsla hereingebracht und vorgestellt werden. Was seine Kaninchenfrau betrifft, Anflellen – o was war sie für eine himmlische Erscheinung, bis man dahinterkam, daß ihr so gut wie alle Eigenschaften eines ehrlichen Kaninchens abgingen; sie hatte andere Kaninchen, die ihr zu Diensten waren.

Nun, eines Abends befanden sich zwei der Owsla dieses großartigen Geheges, Hallion und Thyken, auf dem Heimweg, nachdem sie einen fernen Küchengarten erfolgreich geplündert hatten, als sie im Umland von Parda-rail auf ein Kaninchen stießen – offensichtlich ein *hlessi*, ein Streuner –, das unter einem Dornbusch auf der Seite lag, schwer atmete und sichtbarlich böse zugerichtet war. Ein Ohr war aufgerissen und blutete, seine beiden Vorderpfoten waren in getrocknetem Schlamm fast eingebacken, und die Hälfte des Fells auf dem Kopf hatte er verloren. Als sie näher kamen, versuchte es aufzustehen, fiel aber nach zwei Ansätzen wieder zurück und blieb liegen. Sie hielten kurz an, um sich zu vergewissern, daß es nicht vom Parda-rail war. Als sie es beschnüffelten, sagte es zu Hallion: »Herr, ich glaube, ich bin in einem bösen Zustand. Ich bin völlig erschöpft und weiß, ich kann nicht mehr laufen. Wenn ich so hier liegen bleibe, dann wird mich sicher der eine oder andere der Tausend erwischen. Könnt ihr mir in eurem Gehege Obdach für eine Nacht gewähren?«

»Dir Obdach gewähren?« fragte Hallion. »Einem schmutzigen, gemeinen Kaninchen wie dir? Na, so was –«

»Oh, es ist also tatsächlich ein Kaninchen?« warf

Thyken ein. »Hab' mich schon gefragt, was das für ein Viech ist.«

»Du machst dich hier besser aus dem Staub«, fuhr Hallion fort. »Solche wie dich wollen wir nicht um Parda-rail herumgammeln sehen. Da könnte einer meinen, du kämst von uns.«

Der *hlessi* bat sie ziemlich verzweifelt, ihm zu ihrem Gehege zu helfen, er hielt das für seine einzige Überlebenschance. Aber keiner von beiden wollte ihm helfen; sie meinten, so ein dreckiger Vagabund würde dem Namen Parda-rail nur Scham und Schande bringen. Obwohl er sie weiter anflehte, gingen sie weg und verschwendeten keinen Gedanken mehr an ihn.

Zwei oder drei Tage später schaute El-ahrairah vorbei, wie es an langen Sommertagen seine Gewohnheit war. Henthred begrüßte ihn mit großem Respekt und sagte, er hoffe, daß er einige Tage bleibe, um den Klee zu genießen, dessen Zeit gerade war. El-ahrairah nahm die Einladung an und meinte, er würde gern die Owsla treffen, die er lange Zeit nicht mehr gesehen hatte.

Sie kamen alle stolz an, mit glänzendem Fell und weißblitzenden Schwänzen, und El-ahrairah lobte ihre Erscheinung und sagte zu Henthred, sie sähen wirklich phantastisch aus. Dann sprach er zu ihnen und blickte dabei von einem zum anderen.

»Ihr seid tatsächlich der bestaussehende Kaninchenhaufen, den man sich nur wünschen kann«, sagte er. »Ich bin sicher, in eurem Herzen und in eurer Seele sieht es genauso schön aus. Zum Beispiel«, fuhr er fort und wandte sich dabei an ein großes Kaninchen namens Frezail, »was würdest du tun, angenommen, du findest eines Abends auf dem Heimweg einen verwundeten *hlessi*, der dich bittet, ihm zu deinem Gehege zu helfen und ihm für die Nacht Obdach zu geben?«

»Natürlich würde ich ihm helfen«, antwortete Frezail, »ich würde ihn bleiben lassen, so lange er will.«

»Und du?« fragte El-ahrairah das nächste Kaninchen.

»Ich auch, Herr.«

Und das sagten sie alle.

Doch vor ihren Augen veränderte sich El-ahrairah ganz allmählich und verwandelte sich in den erbarmungswürdigen *hlessi*, den Hallion und Thyken einige Abende zuvor angetroffen hatten. Er ließ sich auf die Seite fallen und sah Hallion und Thyken an. »Und wie ist das mit euch?« fragte er. Aber sie antworteten nicht, sie starrten ihn nur verwirrt an.

»Ihr habt mich also nicht erkannt?« forschte El-ahrairah nach. Die anderen Owslas blickten von ihm zu Hallion und Thyken; sie verstanden nichts, ahnten aber, daß es da etwas höchst Unangenehmes zwischen El-ahrairah und den beiden gab.

»Du ... du hast nicht ausgesehen wie du«, sagte Thyken schließlich stockend. »Wir konnten ja nicht wissen –«

»Konntet nicht wissen, daß ich ein Kaninchen war, richtig?« fragte El-ahrairah. »Wißt ihr's denn jetzt?«

Bevor er sich zurückverwandelte, ließ er alle nähertreten und ihn aus der Nähe betrachten. »Um sicher zu sein«, sagte er, »daß sie mich das nächste Mal erkennen.«

Hallion und Thyken erwarteten nun eine harte Strafpredigt von ihm, aber er erzählte nur Henthred, während alle zuhörten, was an jenem Abend geschehen war, als sie ihn unter dem Dornbusch hatten liegen sehen. Sie wußten alle in ihren Herzen, daß sie sich ebenso verhalten hätten, und sie gingen alle schweigend fort. Nur

Henthred blieb da und ein graufelliges, uralt aussehendes Kaninchen, das Henthred als Themmeron vorstellte, das älteste Kaninchen im Gehege.

»Was ich nur noch sagen will«, äußerte Themmeron mit zittriger Stimme, »ist folgendes: Hätte ich dich an jenem Abend gesehen, dann hätte ich gewußt, daß du nicht der bist, der du vorgibst zu sein. Ich hätte vielleicht nicht gewußt, daß du unser Fürst bist, der tausend Feinde hat. Aber deine Verstellung hätte ich gewiß durchschaut.«

»Wie das?« fragte El-ahrairah verdutzt. Er war ganz sicher gewesen, daß niemand einem armen alten *hlessi* ähnlicher gesehen hätte als er.

»Weil ich erkannt hätte, Herr, daß du nicht aussiehst wie ein Kaninchen, das das Loch im Himmel gesehen hat. Und übrigens, jetzt auch noch nicht.«

»Das Loch im Himmel?« fragte El-ahrairah. »Was soll denn das sein?«

»Das kann man nicht erklären«, antwortete Themmeron. »Es kann nicht erklärt werden. Das ist keine Mißachtung, Herr.«

»Nein, nein, das weiß ich«, sagte El-ahrairah. »Ich möchte nur wissen, was du unter Loch im Himmel verstehst. Wie kann ein Loch im Himmel sein?«

Aber das alte Kaninchen schien auf einmal nicht mehr zu wissen, daß es überhaupt gesprochen hatte. Es nickte El-ahrairah kurz zu, drehte sich um und humpelte langsam fort.

»Wir lassen ihn gewöhnlich ganz in Ruhe, Herr«, sagte Henthred. »Er ist ganz harmlos, aber manchmal frage ich mich, ob er weiß, wann Nacht und wann Tag ist. Aber wie ich höre, war er seinerzeit ein forscher Kavalier unter den Owsla.«

»Was hat er denn gemeint, mit dem Loch im Himmel?«

»Wenn du's nicht weißt, Herr, ich weiß es ganz bestimmt nicht«, erwiderte Henthred, der, um die Wahrheit zu sagen, ziemlich verärgert gewesen war, als zwei seiner Owsla als rüpelhafte Widerlinge vorgeführt worden waren.

El-ahrairah kam auf den Zwischenfall nicht mehr zurück. Er blieb noch zwei oder drei Tage und tat so, als wäre nichts Ungewöhnliches vorgefallen. Als er sich verabschiedete, wünschte er dem Gehege Glück und Wohlergehen, wie es seine Gewohnheit war.

Er grübelte lange über die Worte von Themmeron nach, und wohin er auch kam, fragte er andere Kaninchen, ob sie ihm etwas über das Loch im Himmel sagen könnten. Aber keines war in dieser Sache kundig. Am Ende merkte er, daß man ihn wegen dieser Nachforschung etwas als seltsamen Kauz betrachtete, deshalb gab er sie auf. Doch insgeheim beschäftigte ihn die Frage weiter. Was konnte der alte Themmeron gemeint haben. Schließlich folgerte er, daß ihm, dem Fürsten der Kaninchen, offenbar eine nützliche, aber auch fabelhafte Sache bis jetzt entgangen war, und zwar irgend etwas Geheimnisvolles. Vermutlich hatten schon einige, die er befragt hatte, genau Bescheid gewußt, jedoch geschwiegen. Das mußte eine tolle Sache sein, das Loch im Himmel. Könnte er es doch nur finden und irgendwie dort hindurch auf die andere Seite gelangen, da waren sicher höchst wunderbare Dinge zu entdecken. Nichts konnte ihn mehr zufriedenstellen, bis er es gefunden hätte.

Also, wie ihr alle wißt, führten seine Wanderungen El-ahrairah überallhin, weit über den Lebensraum gewöhnlicher Kaninchen wie wir hinaus; wir sind ja schon mit unseren Gemüsefeldern, mit blühendem Holunder, mit sauberem Farn und Ginster zufrieden. Er kannte die Berge und tiefen Wälder und konnte Flüsse durchschwimmen wie eine Wasserratte. Bei solchen Wanderungen begegnete er notgedrungen allerdings auch sonderbaren und ungewöhnlichen Gestalten, die zum Teil ausgesprochen gefährlich waren. Die Legende erzählt uns, daß er eines Abends kurz vor dem Einbruch der Nacht einen schmalen Pfad in einem abgelegenen Hügelland entlangwanderte und dort plötzlich einem Geschöpf gegenüberstand, das als Timblier bekannt ist. Wir wissen zum Glück nichts von diesem Getier, Frith sei Dank, nur daß Timbliers hitzig und angriffslustig sind.

»Was machst du hier?« fragte der Timblier unfreundlich. »Mach dich fort, dorthin, wo du hingehörst, du dreckiges Kaninchen.«

»Ich tue doch nichts Böses«, gab El-ahrairah zurück. »Ich gehe nur diesen Pfad entlang und belästige weder dich noch andere Geschöpfe.«

»Du hast hier nichts zu suchen«, sagte der Timblier. »Drehst du dich nun um und haust ab oder nicht?«

»Nichts dergleichen«, antwortete El-ahrairah, »und du hast kein Recht, mich herumzukommandieren.«

Darauf stürzte sich der Timblier auf El-ahrairah, und dieser rang mit dem Timblier im Kreuzkraut und in den Nesseln, und ein schrecklicher Kampf wogte auf dem Pfad hin und her. Der Timblier war kräftig und äußerst beweglich und verwundete El-ahrairah derart, daß dieser eine Menge Blut verlor. Doch El-ahrairah wehrte sich wacker, und am Ende war der Timblier froh, daß er den Kampf abbrechen und unter Flüchen und Verwünschungen weghumpeln konnte.

El-ahrairah fühlte sich schwach und schwindlig. Er sank zu Boden, wo er gerade stand, und versuchte sich auszuruhen, aber seine Wunden taten ihm so weh, daß er keine Stellung oder Lage fand, die ihm Linderung gebracht hätte. Es wurde Nacht, und er wälzte sich vor Schmerzen hin und her. Doch schließlich mußte er eingeschlafen sein, denn als er wieder umherschaute, brach der Tag an, und eine Drossel sang aus einer Birke in der Nähe. Er versuchte aufzustehen, fiel aber sofort wieder um. Die Wunden schmerzten immer noch sehr, und da er nicht gehen konnte, mußte er wohl oder übel auf dem Pfad bleiben, wo er gerade war. Allmählich begann er zu befürchten, daß er dort sterben würde.

Bald hatte er Fieberphantasien und lag den ganzen Tag da, ohne Bewußtsein für die Zeit. Manchmal schlief er, aber sogar im Schlaf empfand er den Schmerz. Er wähnte, daß Rabscuttle bei ihm wäre, und er bat ihn um Hilfe. Aber Rabscuttle löste sich langsam auf und verwandelte sich in einen krummen Wacholderbusch auf dem Down, wo El-ahrairah zu liegen glaubte. Dann bildete er sich ein, Hazel zu sein und bat Hyzenthlay, gut aufs Gehege aufzupassen, während er mit Campion auf eine besondere weiträumige Streife ging. Doch all diese Bruchstücke vergingen entweder oder die Bilder überblendeten sich und wurden zu Feinden, die er aus dem Augenwinkel wahrnahm. Den ganzen Tag lang drehte er den Kopf hin und her im Bemühen, sie deutlicher zu erkennen. Inzwischen flüsterte ihm ein Kaninchen Witze ins Ohr, doch er begriff nicht, um was es eigentlich ging. Er hörte ein Kaninchen hilfesuchend nach Rabscuttle rufen, bis ihm nach einer Weile klar wurde, daß er es selbst war.

Er knabberte am Gras, dort wo er lag, konnte es aber

nicht schmecken. »Es ist ein besonderes Gras, Meister«, sagte Rabscuttle, den er nicht sehen konnte, hinter ihm. »Ein Spezialgras, um dich zu heilen. Schlaf jetzt wieder.«

Am nächsten Morgen sah er ganz deutlich einen grünen Fuchs, der auf dem Pfad näherkam. Wieder versuchte er aufzustehen, aber gerade als der Fuchs verschwand, gaben die Beine unter ihm nach, er fiel auf den Rücken, lag da und starrte dumm in den Himmel.

Dann fing er an, vor Angst zu zittern. In der blauen Kurve des Himmels sah er einen großen Riß, der aber, wie er erkannte, eine klaffende Wunde war. Die beiden Ränder waren unregelmäßig gezackt, als hätte man sie mit einem stumpfen Gegenstand geschlagen, mit einem Instrument, das erst geschnitten und dann gerissen hatte. Hie und da hingen noch Fleischfetzen an den Rändern und über der Wunde, deren Inneres dadurch verdeckt wurde. Er konnte nur Blut und Eiter in der Tiefe der Wunde ausmachen, eine glitzernde, dickflüssige, unebene Oberfläche wie auf einem Morast. Die Ränder waren außerdem ausgefranst, mit Blut und gelber Masse besudelt, und Fliegen spazierten darauf herum. Während er noch entsetzt darauf schaute, fiel der Leichnam eines Kaninchens aus der Wunde, der sich aber im Fallen auflöste.

Bestürzt sah er, daß sich die ganze klaffende Wunde offenbar bewegte, daß sie wie ein geöffnetes Lippenpaar herabsank, um ihn einzusaugen und sich über ihm zu schließen. Schrill schreiend fiel er über den Wegrand, rollte den Hang hinab und überschlug sich mehrmals, bevor er die Sinne verlor.

Als er wieder zu sich kam, hatte er einen klaren Kopf, und seine Wunden waren nicht mehr so schmerzhaft. Er glaubte, daß er jetzt wahrscheinlich aus eigener Kraft nach Hause fände, wo sein Weibchen, Nur-Rama, und der getreue Rabscuttle ihn solange pflegen könnten, bis er wieder der alte war. Er ging ein kurzes Stück, ganz langsam, und legte sich dann in die Sonne, um sich zu säubern, so gut er konnte.

Und jetzt, während er am Hang ruhte, hörte er in seinem Herzen Frith, den Herrn, der zu ihm sprach.

»El-ahrairah, du solltest nicht mehr auf gefährliche Abenteuer aus sein, zumindest nicht in absehbarer Zeit. Du brauchst deinem Volk nicht mehr mit weiteren großen Kämpfen und Reisen zu imponieren. Du hast genug getan. Sie lieben und bewundern dich ohnehin schon über die Maßen, und mehr wäre von Übel, sowohl für sie wie für dich. Sei faul und genieße den Sommer wie ein anständiges Kaninchen. Du hast dich bereits allem, was dir über den Weg gelaufen ist, gewachsen gezeigt.«

»O Herr«, sprach El-ahrairah, »deine Wege, so dunkel und geheimnisvoll sie mir oft erscheinen, habe ich nie in Zweifel gezogen. Aber ... wie kannst du es nur zulassen, daß in deiner Schöpfung so etwas wahnwitzig Grausiges existiert wie diese Wunde, etwas so Furchtbares, das niemand ertragen kann?«

»Ich lasse es nicht zu, El-ahrairah. Schau empor zum Himmel. Da ist nichts zu sehen, nicht wahr?«

El-ahrairah sah ängstlich nach oben. Das Loch im Himmel war nicht mehr zu sehen.

»Selbst wenn du es nur einen Augenblick lang zuläßt, Herr –«

»Es war nie da, El-ahrairah.«

»Nie da? Aber ich habe es mit eigenen Augen gesehen.«

»Was du gesehen hast, El-ahrairah, war eine Wahnvorstellung. Unwirklich. Ich hatte keine Möglichkeit, sie wegzuwischen.«

»Und der alte Themmeron, in Parda-rail –«

»Er konnte erkennen, daß du das Loch im Himmel nie gesehen hast. Sprich nie mehr darüber. Kaninchen, die es gesehen haben wie du, wollen nicht darüber reden, und solche, die es nicht gesehen haben, halten dich nur für einen komischen Kauz.«

El-ahrairah nahm sich das zu Herzen. Er hatte etwas Neues gelernt. Das Loch im Himmel sah er nie mehr, und er sprach auch nie mehr leichtfertig darüber, besonders nicht gegenüber Kaninchen, denen er anmerkte, daß sie Ähnliches durchlitten hatten wie er.

6. Die Sache mit dem Kaninchengespenst

Da gibt's hier herum keins, weder Mann noch Schaf,
was am Jammerbrunnen jammert,
und gab's auch nie, solang ich hier leb'.

M. R. James (Wailing Well)

Von den vier Efrafraniern, die sich seinerzeit, am Morgen von General Woundworts Niederlage, in dem verwüsteten Wabenbau Fiver ergeben hatten, waren drei sehr bald darauf in Hazels Gehege gut gelitten.

Groundsel, der auf Streifengängen noch geschickter und findiger war als Blackavar, war trotz seiner leidenschaftlichen Verehrung für das Andenken des Generals eine wertvolle Bereicherung des Geheges, und der junge Thistle erwies sich alsbald, befreit von der harten Efrafra-Disziplin, als warmherziger und fröhlicher Baugenosse.

Die Ausnahme war Coltsfoot. Niemand wußte, woran man bei ihm war. Ein verdrießliches, schweigsames Kaninchen, zwar höflich gegenüber Hazel und Bigwig, aber doch oft ausgesprochen ruppig gegenüber anderen; selbst mit seinen Efrafra-Genossen sprach er kaum etwas. Beim *silflay* graste er fast immer in einiger Entfernung von allen anderen. Niemand hätte im Traum daran gedacht, ihn zu bitten, eine Geschichte zu erzählen.

Als Bigwig sich eines Tages bei Hazel über »diesen lästigen Widerling mit dem Gesicht so lang wie ein Krähenschnabel« beschwerte, riet Hazel, ihn in Ruhe zu lassen, weil es offenbar das war, was er wollte; wenn er sich erst einmal hier mehr zu Hause fühlte, würde man weiter sehen.

Bluebell wurde gebeten, keine Witze mehr auf Kosten von Coltsfoot zu machen; er bemerkte, daß ihn dessen Schweigen und trauriger Blick an eine Kuh erinnerte, die im Regen zusammengeschrumpft war.

Die erste Hälfte des Winters, der diesem ereignisreichen Sommer folgte, war von trügerischer Milde. Der November hatte viele Sonnentage, welche die kleinen weißen Blüten von Sternmiere und Hirtentäschel herauslockten, und hie und da brachen unten am Down sogar schon die samtigen schwarzen Eschenknospen hervor, und es zeigten sich auch die Büschel karminroter Narben an den Zweigknospen der Haselsträucher.

Kehaar, die Möwe, kam eines Tages zur Freude des ganzen Geheges angeflogen und brachte eine Freundin namens Lekkri mit, die mit ihrer Sprache, Silver zufolge, einen neuen Rekord auf dem Gebiet totaler Unverständlichkeit aufstellte. Kehaar wußte natürlich nichts von dem, was alles seit dem Morgen nach dem großen Ausbruch aus Efrafra vorgefallen war. Er hörte die ganze Geschichte eines windigen, wolkenverhangenen Nachmittags von Dandelion, als das Birkenlaub flog und das windzerzauste Gras raschelte, und bemerkte am Ende gegenüber dem begriffstutzigen Erzähler, daß die Katze der Nuthanger-Farm »sein viel, sehr viel gemein wie Haufen Kormoran«, eine Ansicht, die Lekkri bestätigte mit einem raspelnden Urlaut, der ein junges Kaninchen in der Nähe hoch in die Luft springen und sofort zu seinem Loch stürzen ließ.

An schönen Vormittagen sah man die zwei Möwen vom Nordhang des Downs aus, wie sie, weißglänzend im schwachen Sonnenschein, über dem gepflügten Akker, auf dem sich der Weizen des nächsten Jahres schon zartgrün ankündigte, nach Nahrung suchten.

Gegen Ende des Monats hatte Blackavar eines Nachmittags Scabious und Jung-Threar, den Sohn von Fiver, auf eine Übung mitgenommen; das Ziel war, den Garten von Ladle Hill House etwa eine Meile weiter westlich zu überfallen. Blackavar nannte das »spielerische Ausbildung«. Hazel war etwas in Sorge wegen der großen Entfernung, hatte aber die Entscheidung Bigwig, dem Chef der Owsla, überlassen (ähnlich dem Ausspruch von Edward III.: *Der Knabe soll sich seine Sporen verdienen*). Gegen Abend waren sie noch nicht zurück, und Hazel, der mit Bigwig den Einbruch der Novembernacht beobachtet hatte, bis es vollständig dunkel war, lief in großer Unruhe in den Wabenbau.

»Keine Sorge, Hazel-rah«, sagte Bigwig wohlgemut. »Vermutlich behält sie Blackavar zum Training die ganze Nacht draußen.«

»Aber er hat dir gesagt, das würde er nicht tun«, erwiderte Hazel. »Du weißt doch noch, wie er sagte –«

In diesem Augenblick hörte man ein Geraschel im Gang von Kehaar, und kurz darauf erschienen die drei Abenteurer, verschmutzt und müde, aber sonst anscheinend unverändert.

Da waren alle erfreut und erleichtert. Scabious allerdings, der sehr niedergeschlagen wirkte, blieb einfach dort, wo er war, auf dem Boden liegen.

»Was hat euch aufgehalten?« fragte Hazel mit einiger Schärfe.

Blackavar sagte nichts. Er hatte die Miene eines Anführers, der nicht gewillt ist, schlecht über seine Untergebenen zu sprechen.

»Es war mein Fehler, Hazel-rah«, stieß Scabious hervor. »Da ist mir auf dem Heimweg was ... Blödes passiert. Ich weiß nicht, was es zu bedeuten hat. Blackavar sagt –«

»Dieser dumme Kerl, der hat zu viele Geschichten gehört«, sagte Blackavar. »Also jetzt hör mal, Scabious, du bist zu Hause und in Sicherheit. Lassen wir's dabei bewenden.«

»Worum ging's?« fragte Hazel freundlicher. Aber er wollte es wissen.

»Ach, er glaubt, er hätte das Gespenst des Generals auf dem Down gesehen«, sagte Blackavar ungeduldig. »Ich hab' ihm gesagt –«

»Ich hab's gesehen«, verkündete Scabious. »Blackavar hatte mir aufgetragen vorauszugehen und in die Büsche zu schauen, und ich war da draußen ganz allein, als ich ihn gesehen habe. Ganz schwarz um die Ohren herum ... ein riesiges, großes ... also genauso, wie sie's dir immer sagen –«

»Und ich hab' dir gesagt, es war ein Hase«, unterbrach ihn Blackavar ungehalten. »Frith noch mal! Glaubst du, ich weiß nicht, wie ein Hase aussieht?« Etwas leiser teilte er Bigwig mit: »Der Kerl stand ganz starr, bis ich ihn getreten habe. Der war *tharn* – erstarrt vor Angst.«

»Es war aber ein Gespenst«, sagte Scabious, aber diesmal nicht mehr so sicher. »Vielleicht ein Hasengeist.«

»Mit Hasengeistern weiß ich nicht Bescheid«, meinte Bluebell, »aber ich sage euch, vorgestern Nacht hab' ich beinahe einen Flohgeist getroffen. Muß ein Geist gewesen sein, denn ich wurde wach, gebissen wie eine Pimpinelle, und ich hab' gesucht und gesucht, aber nirgends was gefunden. Stellt euch vor, weiß und durchscheinend, dieser furchtbare Phantomfloh –«

Hazel war zu Scabious gegangen und stieß ihn sanft an der Schulter an. »Hör mal«, sagte er, »das war kein

Gespenst! Klar? Ich hab' in meinem Leben noch kein Kaninchen gesehen, das ein Gespenst gesehen hat.«

»Doch. Jetzt!« sagte eine Stimme von der anderen Seite im Wabenbau. Alle fuhren überrascht herum. Es war Coltsfoot, der gesprochen hatte. Er saß allein in einer Einbuchtung zwischen zwei Buchenwurzeln. Zusammen mit seiner sonstigen Schweigsamkeit grenzte ihn diese Stellung von den anderen ab und schien ihm eine Alleinstellung voller Autorität zu geben, so daß sogar Hazel, der Jung-Scabious unbedingt zu trösten und zu beruhigen suchte, nichts mehr sagte, sondern abwartete, was er hören würde.

»Du meinst, du hättest tatsächlich ein Gespenst gesehen?« fragte Dandelion, der sofort eine Geschichte witterte. Aber Coltsfoot brauchte anscheinend keinen Anreiz mehr, nun, da er seine Sprache wiedergefunden hatte. Wie der *Alte Seemann*, im Gedicht von S. M. Coleridge, kannte er diejenigen, die verdammt waren, ihn anzuhören; so hatte er eine willige Zuhörerschaft, denn unter seinem dunklen Zwang verstummte alles im Wabenbau und hörte ihm zu, als er fortfuhr.

»Ich weiß nicht, ob euch allen klar ist, daß ich kein gebürtiger Efrafranier bin. Ich wurde in Nutley Copse geboren, in dem Gehege, das der General zerstört hat. Ich gehörte zur Owsla dort und hätte sicher gegen ihn gekämpft wie alle anderen, aber zufällig befand ich mich weit draußen beim *silflay*, als der Überfall stattfand, und die Efrafranier nahmen mich auf der Stelle gefangen. Sie brachten mich zum ›Hals-Kennzeichnen‹, ihr seht ja meine weiße Narbe hier. Im vergangenen Sommer wurde ich ausgesucht, um beim Überfall auf Watership Down mitzumachen. Aber das hat alles nichts mit dem zu tun, was ich eurem Anführer gerade gesagt habe.« Er verstummte.

»Na, und was hat damit zu tun?« fragte Dandelion.

»Da gab's ein kleines enges Tal hinter den Feldern, nicht weit von Nutley Copse entfernt«, fuhr Coltsfoot fort. »Es war ganz zugewachsen mit Brombeerbüschen und Dornengestrüpp, wie uns gesagt wurde, und voller alter Höhlenlöcher und Kaninchenbaue. Sie waren alle leer und kalt, kein Kaninchen von Nutley Copse ging dort in die Nähe, nicht einmal mit *hrair* Wiesel auf den Fersen.

Wir wußten nur – die Geschichte war seit Frith weiß wie lang immer wieder überliefert worden –, daß da vor langer Zeit Kaninchen irgend etwas Schlimmes zugestoßen war, was mit Männern oder Jungen zu tun hatte, und daß es dort spukte. Die Owsla glaubten das, jeder einzelne von ihnen, folglich glaubten es auch alle anderen im Gehege. Soweit wir wußten, hatte da seit Kaninchengedenken kein Kaninchen jemals sein weißes Schwänzchen gezeigt. Manche sagten allerdings, daß man dort nach Einbruch der Nacht und an nebligen Morgen schon schrille Schreie gehört habe. Ich muß sagen, ich habe mir darüber keine Gedanken gemacht, ich machte einfach, was jeder machte – ich ging einfach nicht hin.

In meinem ersten Jahr, als ich in Nutley Copse nur eine Randfigur war, ging's mir ziemlich dreckig, und ein paar Freunden von mir ging's genauso. Eines Tages beschlossen wir auszuziehen und ein besseres Heim zu suchen, ich und zwei gleichaltrige Freunde; der eine hieß Stitchwort und der andere, ein recht schüchternes Kaninchen, Fescue. Wir hatten auch ein Weibchen dabei, ich glaube, sie hieß Mian. Wir brachen an einem ziemlich kühlen Apriltag gegen ni-Frith auf.«

Coltsfoot machte eine Pause, kaute eine Weile auf

seinen Kügelchen herum, als überlegte er, wie er fortfahren sollte.

»Aber auf unserem Ausflug ging alles schief. Am späten Nachmittag wurde es bitter kalt, und es regnete in Strömen. Wir liefen einer streunenden Katze über den Weg und kamen gerade noch davon. Wir waren völlig unerfahren. Wir hatten keine Ahnung, wohin wir gehen sollten, und nach kurzer Zeit verloren wir jede Orientierung. Wir konnten ja die Sonne nicht sehen und als die Nacht kam, auch keine Sterne. Am nächsten Morgen stöberte uns ein Wiesel auf, ein Großwiesel.

Ich weiß nicht, was sie mit einem machen, ich habe seit damals nie wieder eins gesehen, El-ahrairah sei's gedankt, aber wir saßen damals alle drei hilflos da, während es Mian totmachte; sie gab keinen Laut von sich. Irgendwie kamen wir davon, aber Fescue war in einer schlimmen Verfassung, er weinte und gebärdete sich wie wahnsinnig, der arme, kleine Kerl. Und schließlich, etwas nach ni-Frith am zweiten Tag, beschlossen wir, wieder zum ursprünglichen Gehege zurückzukehren.

Das war leichter gesagt als getan. Ich glaube, wir sind lange Zeit im Kreis gewandert. Jedenfalls waren wir am Abend in die Irre gelaufen wie am ersten Tag, und wir wankten einfach hilflos und hoffnungslos weiter. Aber auf einmal lief ich einen Hang hinunter und durch einen Brombeerstrauch hindurch – und da war ein Kaninchen, ein Fremdling, ganz nah vor mir. Er war beim *silflay*, stöberte durch das Gras, und hinter ihm sah ich das Loch seines Baus, genauer gesagt mehrere Löcher auf der anderen Seite der Mulde, in der wir standen.

Ich war ungeheuer erleichtert und froh und wollte gerade zu ihm gehen und es ansprechen, aber da war etwas, was mich zurückhielt. Und als ich innehielt und es ansah, dämmerte es mir, wo wir hier hineingestolpert waren.

Der Wind, was an Wind jedenfalls da war, kam aus seiner Richtung, und mitten im Grasen hörte es auf und machte *hraka*. Ich war ganz nah, aber da war nichts zu riechen, gar nichts, da war nicht die Spur eines Geruchs. Wir waren unbedacht durch das Gestrüpp gestolpert, direkt vor ihm, und es hatte nicht einmal aufgeschaut, nicht einmal zu erkennen gegeben, daß es uns bemerkt hatte. Und dann sah ich etwas, was mich jetzt noch schaudern läßt – ich werde das nie vergessen können. Eine Fliege, eine dicke Schmeißfliege, flog ihm genau ins Auge. Das Kaninchen zwinkerte nicht und schüttelte auch nicht den Kopf. Es graste weiter, und die Fliege ... sie verschwand einfach. Gleich darauf sprang es eine Körperlänge vorwärts, und ich sah sie auf dem Gras, dort, wo sein Kopf gewesen war.

Fescue stand neben mir, und ich hörte ihn aufstöhnen. Und als ich das hörte, wurde mir bewußt, daß in der Mulde, in der wir waren, kein anderer Laut hörbar wurde. Es war ein schöner Abend mit einer leichten Brise, aber da sang keine Amsel, da raschelte kein Blatt – nichts. Die Erde rund um alle Kaninchenlöcher war kalt und hart – aber nirgends ein Kratzer, nirgends eine Markierung. Ich wußte dann, was es war, das ich sah, und war meiner Sinne – Sicht, Geruch – auf einmal nicht mehr mächtig. Eine Art von Ohnmacht erfaßte mich, die ganze Welt kippte unter mir weg, und ich war ganz allein an diesem fürchterlichen Ort der Stille, wo es keine Gerüche gab. Wir waren in einem unirdischen Niemandsland. Ich sah kurz aus dem Augenwinkel auf

Stitchwort, der neben mir stand und aussah wie ein Kaninchen, das in der Schlinge erstickt.

Und da sahen wir den Jungen. Er kroch seitlich von uns auf dem Bauch durchs Gestrüpp, in Richtung Kaninchen, gegen den Wind. Es war ein großer Junge, und ich kann nur sagen, die Menschen haben vielleicht einmal so ausgesehen wie er, aber jetzt nicht mehr. Er war von einer schmutzigen, fremdartigen Wildheit, so wie der ganze Ort. Er hatte ein dummes, grausames Gesicht mit schlechten Zähnen und großen Warzen auf einer Backe. Seine Kleider waren verdreckt und zerrissen. Er trug alte Stiefel, die viel zu groß für ihn waren. Auch er machte kein Geräusch und hatte keinen eigenen Geruch.

In einer Hand hielt er einen gegabelten Stock mit einer daran befestigten Art von Schlinge, und ich sah, wie er einen Stein hineinlegte, die Schlinge fast bis zu seinem Auge zurückzog. Dann ließ er los, und der Stein flog auf das Kaninchen und traf es am rechten Hinterbein. Ich hörte den Knochen brechen, und das Kaninchen sprang auf und schrie. Ja, das hörte ich genau – und ich höre es immer noch und träume davon. Könnt ihr euch vorstellen, wie sich ein Schrei ohne Atemluft, ohne Lunge, anhört? Er schien eher aus der Luft als von dem strampelnden Kaninchen auf dem Gras zu kommen. Es war, als hätte der ganze Ort geschrien.

Der Junge stand auf, lachte gackernd, und auf einmal schien das ganze Tal von Kaninchen zu wimmeln, die wir aber nicht sahen, und alle liefen sie zu diesen kalten, leeren Bauen. Der Junge war sehr erfreut über das, was er getan hatte, das konnte man sehen. Nicht nur, weil er selber ein Kaninchen erlegt hatte, sondern daß es verletzt war und schrie. Er ging zu ihm, tötete es aber nicht.

Er stand über ihm und sah zu, wie es mit den Beinen zuckte. Das Gras war blutig, aber seine Stiefel hinterließen keinen Abdruck, weder auf dem Gras noch auf der Erde.

Was als nächstes geschah, weiß ich nicht, und Frith sei Dank werde ich es niemals wissen. Ich glaube, mein Herz wäre mir stehengeblieben, ich wäre gestorben. Doch plötzlich hörte ich etwas, wie ein Geräusch, das draußen allmählich näherkommt, wenn man unter der Erde ist, nämlich Männerstimmen, und ich roch die brennenden weißen Stäbchen. Wie froh war ich da, froh wie ein Zeisig im hohen Gras, als ich die Stimmen hörte und das weiße Stäbchen riechen konnte. Gleich darauf zwängten sie sich durch die blühenden Schlehdornbüsche, und die weißen Blütenblätter fielen überall zu Boden. Es waren zwei Männer, groß und nach Fleisch riechend, und sie sahen den Jungen, ja, sie sahen ihn und riefen ihn an.

Wie kann ich euch nur den Unterschied zwischen den Männern und dem ganzen Ort erklären? Erst, als sie durch das Dornengestrüpp brachen, begriff ich, daß das Kaninchen und der Junge – und ... alles da ... so wie Eicheln waren, die vom Baum fielen. Ich habe einmal ein *hrududu* gesehen, das allein einen Hang hinunterrollte. Der Mann hatte es oben stehenlassen und vermutlich irgend etwas falsch gemacht – es rollte langsam in einen Bachlauf unten und blieb dort stehen.

So ähnlich war das mit denen auch. Sie taten, was sie tun mußten ... sie hatten gar keine Wahl ... sie hatten das alles schon einmal getan ... sie würden es immer wieder tun ... ihre Augen waren glanzlos ... es waren Wesen, die weder sehen noch fühlen konnten –«

Coltsfoot verstummte und würgte. In der Totenstille

verließ Fiver seinen Platz und legte sich neben ihn, zwischen die Wurzeln, und sprach so leise auf ihn ein, daß niemand es hören konnte. Nach einer langen Pause setzte sich Coltsfoot auf, schüttelte die Ohren und fuhr fort.

»Diese ... Bilder ... diese Dinge ... das Kaninchen und der Junge ... die schmolzen, vergingen, noch während die Männer redeten. Sie lösten sich auf, so wie Reif auf dem Gras, wenn man es anhaucht. Und die Männer ... sie bemerkten nichts Besonderes. Ich glaube jetzt, daß sie den Jungen sahen und ihn ansprachen, so wie in einer Art Traum, und als er und sein armes Opfer verschwanden, hatten sie keine Erinnerung mehr daran. Sei dem, wie es wolle, sie waren offenbar gekommen, weil sie das Kaninchen schreien gehört hatten, und man sah auch sofort den Grund.

Einer von ihnen trug ein Kaninchen, das an der Weißen Blindheit gestorben war, ich sah diese armen Augen und erkannte auch, daß der Körper noch warm war. Vielleicht wißt ihr nicht, was das für ein schmutziges Geschäft der Menschen ist; sie stecken nämlich den noch warmen Körper eines toten Kaninchens in ein Loch in einem Kaninchenbau, bevor die Flöhe seine Ohren verlassen haben. Wenn die Leiche dann kalt wird, gehen die Flöhe zu den anderen Kaninchen und stecken sie mit der Mondblindheit an. Man kann nichts anderes tun als wegrennen – vorausgesetzt, man merkt noch zur rechten Zeit, welche Gefahr droht.

Die Männer schauten sich um und deuteten auf die verlassenen Bauen. Keiner von ihnen war der Farmer, wir wußten alle, wie der aussah. Er hatte sie wohl hergerufen, damit sie das tote Kaninchen brächten, und war dann zu faul gewesen, sie zu begleiten, hatte ihnen nur gesagt, wohin sie gehen sollten, und sie waren sich nicht sicher, ob das der richtige Ort wäre. Das sah man an der Art, wie sie umherschauten.

Nach einer Weile trat einer sein weißes Stäbchen aus und zündete ein anderes an. Dann gingen sie zu einem Loch und schoben das tote Kaninchen mit einem langen Stock tief hinein. Danach gingen sie weg.

Wir gingen auch weg ... aber ich weiß nicht mehr wie. Fescue war fast wahnsinnig. Als wir wieder in Nutley Copse waren, legte er sich *tharn* in den erstbesten Bau und kam weder am nächsten noch am übernächsten Tag heraus. Ich weiß nicht, was aus ihm geworden ist ... ich habe ihn nie wieder gesehen. Stitchwort und mir gelang es dann später im Sommer, einen eigenen Bau in Besitz zu nehmen, und den hielten wir gemeinsam lange besetzt. Wir sprachen nicht über das, was wir gesehen hatten, nicht einmal, wenn wir allein waren. Stitchwort wurde später getötet, als die Efrafranier unser Gehege überfielen.

Ich weiß, ihr denkt alle, ich wäre unfreundlich. Vielleicht glaubt ihr, daß ich keinen hier mag, daß ich gegen euch bin. Aber das ist nicht so. Das wißt ihr jetzt. Was mich die ganze Zeit verfolgt ... dauernd muß ich daran denken ... muß dieses unglückliche Kaninchen das immer wieder von neuem durchmachen ... immer wieder und immer wieder ... in alle Ewigkeit? Den Stein ... den Schmerz ... und müssen wir vielleicht auch –«

Der große stämmige Coltsfoot schluchzte wie ein Junges. Auch Pipkin weinte, und Hazel fühlte im Dunkel des Wabenbaus Blackberry an seiner Seite zittern. Dann sprach Fiver mit einer ruhigen Gelassenheit, die den Schrecken im Bau durchschnitt wie der nächtliche Ruf des Regenpfeifers den Dunst über kahlen Feldern.

»Nein, Coltsfoot. So ist das nicht. Es stimmt zwar, daß es viele schreckliche und gefährliche Dinge in jenem Land gibt, wohin du mit deinen Freunden damals gegangen bist, aber am Ende, wie weit das auch noch entfernt sein mag, bleibt das Versprechen bestehen, das Frith einst El-ahrairah gegeben hat. Ich weiß das, und du kannst es glauben. Das waren ja keine wirklichen Geschöpfe, die du gesehen hast. Wo allerdings einmal böse Dinge geschehen sind, da leben oft noch seltsame Kräfte weiter, so wie Teiche nach einem Sturm noch lange nachzittern, und hie und da fallen manche von uns in diese Teiche. Was du gesehen hast, existiert nicht in Wirklichkeit, das hast du selbst gesagt. Was du gehört hast, war ein Echo, keine Stimme. Und bedenke: Es hat dir an jenem Abend dein Gehege gerettet. Wohin hätte man sonst noch dieses tote Kaninchen hineinschieben können? Und wer kann denn alles verstehen, was Frith weiß und geschehen läßt?«

Er schwieg und sagte auch nichts mehr, als Coltsfoot nicht darauf antwortete. Sicher meinte er, daß Coltsfoot es einfach so annehmen müßte, ohne daß Wiederholungen oder weiteres Zureden nötig wären. Nach einer Weile verzogen sich die anderen in ihre Wohnkessel und ließen Coltsfoot und Fiver zurück.

Coltsfoot nahm es an. Danach sah man ihn mehrere Tage zusammen mit Fiver *silflay* machen, gelassen das Gras durchstöbern, in Unterhaltungen mit seinem neuen Freund vertieft.

Als der bittere Winter vorüber war, hellte sich sein Gemüt langsam auf, und im folgenden Frühling verwandelte er sich in ein recht gesprächiges und fröhliches Kaninchen, und nicht selten hörte man ihn den Kleinen am Uferhang Geschichten erzählen.

»Fiver«, sagte Bluebell eines Abends Anfang April, als der Duft der ersten Veilchen unter den neuen Birkenblättchen vorüberschwebte, »glaubst du, du könntest mir ein nettes, sanftes, harmloses Gespenst besorgen? Ich habe nämlich gedacht – auf die Dauer scheinen sie doch manches Gute zu bewirken.«

»Auf sehr lange Dauer, ja«, antwortete Fiver, »für den, der lang genug warten kann.«

7. Speedwells Erzählung

Es ist sehr viel besser,
fest im Nonsens verankert zu sein,
als sich aufs aufgewühlte Meer
der Gedanken zu begeben.

J. K. Galbraith
(The Affluent Society)

»Ach, immer bittet ihr mich um eine Geschichte«, sagte Dandelion eines Abends im Wabenbau, als sich alle darin vor dem Aprilregen gerettet hatten. »Bittet doch mal einen andern um eine Geschichte. Was ist denn zum Beispiel mit Speedwell? Der erzählte uns fast so viele Witze wie Bluebell, aber ich habe noch nie eine Geschichte von ihm gehört. Ich könnte mir vorstellen, daß all die Witze zusammengenommen eine gute Geschichte ergeben würden, das heißt, wenn man sie entsprechend aneinanderfügt. Was meinst du, Speedwell?«

»Ja, ja«, schrien sie alle zusammen. »Speedwell, erzähl uns eine Geschichte!«

»Na, schön«, sagte Speedwell, als er sich endlich wieder verständlich machen konnte. »Ich werde euch also eine Geschichte erzählen über ein Abenteuer, das ich letzten Sommer erlebt habe. Aber solange ich erzähle, darf mich kein Kaninchen unterbrechen oder Fragen stellen. Das erste Kaninchen, das mich unterbricht, muß raus in den Regen. Einverstanden?«

Sie stimmten alle zu, denn sie waren viel zu neugierig auf seine Geschichte. Als sich alle bequem hingesetzt hatten, fing er an.

»Eines Tages, gegen Ende des letzten Sommers, als es so furchtbar heiß und trocken war, wollte ich mir das

Fell kühlen. Ich habe es immer sehr bedauert, daß Kaninchen an heißen Tagen nicht ihr Fell abnehmen können. Aber es ist eine Erleichterung, daß wir wenigstens in die Kühlkammer gehen können.«

Hawkbit machte den Mund auf, um eine Frage zu stellen, die ihm auf der Zunge lag. Speedwell hielt inne, und Hawkbit verschluckte eilends, was er sagen wollte. Speedwell fuhr fort:

»Also lief ich runter zum Feld, wo der Eisenbaum wächst. Aber als ich hinkam, sah ich, daß jemand ihn über und über mit Schmetterlingen bepflanzt hatte, mit blauen übrigens, und ich brachte ihn einfach nicht dazu zu tun, was ich wollte. Da ließ ich alle größeren Schmetterlinge antreten und wies sie an, mit mir rüber zur Farm zu fliegen.

Kurz bevor wir zur Farm kamen, was sah ich da? Saß da doch ein Fuchs im Hof und fraß den ganzen Salat. Ich habe den Schmetterlingen befohlen, ihn zu attackieren, aber sie hatten Angst. Also sprang ich runter und suchte einen Eimer, in den ich den Fuchs packen konnte. Ich hab' ihn auch gefunden, er war zum Trocknen an der Wäscheleine aufgehängt, aber ein paar Stare hatten sich Nester darin gebaut, und ich mußte ihn mit all den Nestlingen runternehmen, und die piepsten alle nach was zu schnabulieren. Ich sagte ihnen, ein saftiger frischer Fuchs sei für sie serviert, und sie hüpften alle raus und jagten dem Fuchs so einen Schrecken ein, daß er das Hasenpanier ergriff, wenn ich so sagen darf. Er rannte weg und die Nestlinge alle hinterher. Ich ließ sie ziehen und behielt den Eimer für mich.

Ich spielte mit dem Eimer herum, rollte ihn vorwärts und rückwärts über den Hof, und plötzlich guckte da ein Dachs heraus und fragte, was ich mir eigentlich dächte, ihn da drinnen aufzuwecken. Ich sagte, er könne noch nicht lange drin sein, weil der Eimer ja noch leer war, als ich reingeguckt habe, aber da sagte er nur: ›Ho, das wollen wir doch mal sehen!‹ Er sprang heraus und jagte mich. Na, da gab's ja nur noch eines. Ich nahm mir den Kopf ab und ließ ihn die Straße runterrollen – und der Dachs hinterher, immer ba-bumm, ba-bumm, ba-bumm! Ich setzte mich hin, wo ich war, und das kleine Mädchen vom Farmer kam raus und brachte mir einen großen Teller Karotten.«

An dieser Stelle sagte Bluebell: »Aber –« Speedwell wartete, doch Bluebell tat so, als müßte er husten, verschluckte das »Aber«, und Speedwell sprach weiter.

»Als ich mit den Karotten fertig war, hörte ich ein Gescharre und Gestampfe in der Nähe, also ging ich hin, um zu sehen, was da los war. Und im Straßengraben war ein ganzer Haufen von Igeln, und die stritten sich, wer stachliger wäre. Ich erklärte ihnen, daß ich das sei, und da stürzten sie alle auf mich zu und blökten vor Wut wie eine Schafherde. Ich rannte weg, so schnell ich konnte, aber sie hätten mich trotzdem gekriegt, wenn ich nicht plötzlich meinen Kopf in einer Pfütze gesehen hätte. Schnell setzte ich mir den Kopf auf und sah die Igel richtig grimmig an, und da kugelten sie alle übereinander, um bloß schnell wegzukommen. Ich aber ließ sie gehen und setzte mich, um zu rasten.

Aber was glaubt ihr? Ich hatte gerade zweieinhalbmal Luft geholt, fliegt da doch Kehaar mit drei Kameraden herunter, und alle fragen sie, wo sie sich befänden und was mit Bigwig geschehen sei. Ich hab' ihnen erzählt, Bigwig sei dabei, auf einen Baum zu klettern, um der Hitze zu entgehen, aber da kamen sie alle her und setzten sich im Kreis um mich und fragten, ob ich auch wirklich die Wahrheit sagte. Also, da wurde ich richtig sauer und machte ihnen klar, daß ich in meinem ganzen Leben noch nie die Wahrheit gesagt hätte.

Ich wollte weg von ihnen, zog mich an meinen Ohren hoch und kletterte auf einen Salatbaum direkt hinter mir. Ich versteckte mich hinter den Salatblättern und wartete, bis die Möwen endlich weggeflogen waren. Dann fraß ich jeden Salat, den ich finden konnte, und dazu noch drei, die ich nicht finden konnte, einfach um sicher zu sein.

Ich kletterte dann runter, fühlte mich richtig schön schwer, und da war ein wunderschöner Fluß mit klarem Wasser, der floß an einem Beet von Rosen und Krokussen vorbei. Ich pflückte mir also einen hübschen gelben Krokus, sprang hinein, setzte mich, und nun glitt ich übers Wasser, unbekümmert und gutgelaunt, aber da fiel mir ein, daß ich ja eigentlich mein Fell kühlen wollte.

Es war nicht mehr weit bis zur Kühlkammer, also rammte ich meinen Krokus in den Uferhang, sagte ihm, er solle warten, bis ich zurückkomme, und rannte übers Feld. Da grasten zwei Pferde, ein grünes und ein himmelblaues, und ich fragte das grüne, ob es wohl so gut sei, mich auf ihm zur Kühlkammer reiten zu lassen, und das himmelblaue sagte, nichts sei ihm lieber, und weg waren wir.«

In diesem Augenblick bekam Hawkbit einen Hustenanfall, aber einige Wörter konnte man dennoch verstehen: »Quatsch« ... »also so was« ... »himmelblaues Pferd.« Speedwell wartete höflich, bis der Hustenanfall vorüber war, und fragte dann: »Wo war ich stehengeblieben? Ach so, ja.

Das war wirklich ein wundervoller Anblick, ich da

auf dem himmelblauen Pferd. Alle schwarzen und gelben und grünen Finken weit und breit kamen herbei, um das zu sehen. Und schwuppdiwupp, waren wir schon bei der Kühlkammer, und ich bat mein himmelblaues Roß, draußen zu warten.

In der Kühlkammer war es wunderbar, und ich fühlte mich sofort besser. Sobald ich das ganze Eis aus meinem Fell bekommen hatte, ging ich hinaus – und was sehe ich da? Sitzen doch da der Fuchs und der Dachs und reden miteinander und sagen die scheußlichsten Sachen, die ihnen einfallen – über mich!

Na, die hob ich hoch und knallte ihre Köpfe gegeneinander, und das hörte sich an wie ein Kuckuck im April. Dann sprang ich wieder auf mein himmelblaues Pferd, und wir galoppierten fort. ›Wohin, Meister?‹ fragte das Pferd. ›Nun‹, erwiderte ich, ›wir sollten mal nach meinem gelben Krokusboot im Fluß sehen, wenn's nicht zu weit ist.‹

›Kein Problem, Meister‹, sagte mein Pferd. ›Sieh mal, wir sind ja schon da.‹

Tatsächlich, und ich hatte das nicht gemerkt, weil wir nämlich rückwärts geritten waren, versteht ihr? Da lag nun mein Boot, heil und sicher, das Pferd stieg ein, und ich stieg ein, und wir fuhren stromaufwärts das Tal hinunter. Und da stand auch schon die süße kleine Tochter des Farmers und wartete auf uns am Ufer, und ich nahm sie mit auf meinem himmelblauen Pferd.

Wir kamen zu einer Kaninchenversammlung – Tausende und Abertausende von Kaninchen –, und als sie uns sahen, riefen sie alle: ›Den machen wir zu unserem Anführer, unserem König, und Klein-Lucy soll seine Königin sein.‹

Also, jetzt waren wir König und Königin der Kaninchen, und Lucy wurde mit Blumen überschüttet und ich mit Löwenzahnblättern. Ich hab' uns dann einen schönen Bau zum Schlafen gegraben, und bis sie einschlief, hab' ich ihr Geschichten erzählt.

Auch mein Pferd ist eingeschlafen, aber dann kam sein Herr, der nach ihm suchte, und der Farmer suchte Lucy. Er hatte ein großes Büschel Heu dabei, damit mein Pferd nicht hungern mußte, und meine Lucy ritt darauf nach Hause zu ihrer Farm, und ich versprach ihr, zu Besuch zu kommen, immer, wenn's regnet. Für sie hat's Honig geregnet und Salatblätter für mich, und wir lebten glücklich und in Freuden wie König und Königin.

Kaninchen so schlau
wie der Himmel so blau.
Kaninchen soll'n leben,
wie ich sich erheben,
ihre Königin haschen,
auf Pferden reiten
und Salate vernaschen
für alle Zeiten.

Und damit endet meine Geschichte«, sagte Speedwell.

Zweiter Teil

8. Die Geschichte vom Komischen Feld

Aber als die Nacht hereinbrach,
wurde ihm allmählich bewußt,
daß irgend etwas mit ihm Schritt hielt,
und während er darüber nachdachte,
vom Seitenweg her auf ihn herabspähte.

M. R. James
(Mr. Humphreys and His Inheritance)

Das ist nun eine der vielen Geschichten, sagte Dandelion, die man von El-ahrairah und Rabscuttle erzählt, von ihren Abenteuern auf ihrer langen Heimreise von dem Steinernen Bau des Schwarzen Kaninchens von Inlé.

Sie gingen langsam, denn sie waren beide erschöpft und noch schwer erschüttert von dem, was sie durchgemacht hatten. Zum Glück war es schönes Wetter, jeder Tag sonnig und warm.

El-ahrairah machte immer nachmittags ein Schläfchen, während Rabscuttle Wache hielt und aufpaßte, daß keine *elil* sich näherten. Doch die Tage verliefen friedlich, es gab keinen Alarm, keine plötzlichen Fluchten, und El-ahrairah gewann allmählich seine frühere Kraft und Energie zurück. Die Lerchen sangen oben am Himmel und die Amseln unten in den Büschen, und es sah so aus, als machte Frith der Herr es ihnen leicht, wieder in die geruhsame, natürliche Welt zu kommen, die sie als die ihre betrachteten.

Eines klaren, schönen Abends gegen Sonnenuntergang trotteten die beiden gemütlich über den Hügel und hielten dabei Ausschau nach einem geschützten, sicheren Platz, um zu übernachten. Über den Kamm gekommen, blieben sie stehen, um die Landschaft unten zu betrachten und den besten Weg nach unten auszusuchen.

Es war genau die Art von Gelände, die ihnen vertraut war: grüne Felder – denn es war Frühsommer – und kleine Gehölze mit neuen Blättchen, die in der Sonne schimmerten. Weiter hinten ließ ein Mann ein *hrududu* knattern. Es war alles wie gewohnt – mit Ausnahme einer merkwürdigen Sache, dergleichen noch keiner von ihnen gesehen hatte.

Nicht weit von einer einsam wirkenden Straße stand ein großes Haus mit rauchlosen Kaminen, Fenstern ohne Glas und eingefallenem Dach. Jedes Kaninchen hätte konstatiert, daß es eine verlassene Ruine war, denn dort zeigte sich kein Mensch. Sie sahen beide den überwucherten, verwahrlosten Garten – die Pfade darin mit Unkraut überwachsen. Hier und da standen einige Schuppen, und El-ahrairah dachte gerade, daß einer davon sicher ein gutes Obdach für die Nacht wäre, aber da fiel ihm noch etwas völlig Ungewöhnliches auf.

Auf der vorderen Seite des Gartens und von diesem durch eine niedrige Mauer getrennt, lag ein Stück Land von der Größe einer normalen Wiese. Es hätte auch eine Wiese sein können, nur wurde sie von vielen grünen Pfaden durchquert, die in allen Richtungen von dicken Hecken gesäumt waren. Das Ganze lag da im Sonnenschein, menschenleer, und obgleich El-ahrairah es eine ganze Weile betrachtete, konnte er auch kein einziges Tier ausmachen.

»Was mag das sein?« fragte er Rabscuttle. »Es ist offensichtlich Menschenwerk, aber so was hab' ich noch nie gesehen. Du vielleicht?«

»Ich weiß nicht mehr als du, Meister«, antwortete

Rabscuttle. »Für uns bedeutet das nichts Gutes, soviel ist gewiß. Wir lassen es besser links liegen, oder?«

»Nicht doch«, entgegnete El-ahrairah. »Das möchte ich mir doch genauer ansehen. Wir wollen hier hinuntergehen. Schaden kann es uns nicht, und ich möchte doch gern wissen, wozu in aller Welt das dient. Soweit ich sehe, dient es überhaupt keinem Zweck, nicht mal für Menschen.«

Langsam gingen sie den Hang hinunter, hielten auch mal inne für ein Häppchen Gras, liefen an Hecken entlang, und bald standen sie vor dem »Komischen Feld«, wie El-ahrairah den Garten getauft hatte. Ein Tor oder sonst irgendein Eingang war nicht zu sehen, und El-ahrairah ging immer verwirrter an einer Seite entlang.

»Es muß einen Einlaß geben«, sagte er zu Rabscuttle. »Sonst wär's ja nutzlos.«

Rabscuttle war immer noch der Meinung, man sollte es besser links liegen lassen, doch in Wahrheit freute er sich, daß sein Meister seine Lebenskraft zurückgewonnen hatte und offenbar auf ein neues Abenteuer oder auf Unfug aus war, denn viele Tage lang war er, nachdem sie das Schwarze Kaninchen verlassen hatten, ausgelaugt und recht niedergedrückt gewesen. Also sagte er nichts und folgte El-ahrairah gehorsam an den Hecken entlang bis zum hinteren Ende und dort um die Ecke.

Das erste, was sie sahen, als sie um die Ecke kamen, war ein einzelnes Kaninchen, das auf einem kleinen Stück mit kurzem Gras *silflay* machte. Es stand mit dem Rücken zu ihnen und merkte nicht, daß sie sich näherten. Als es jedoch ihrer ansichtig wurde, schreckte es hoch und sah sie ängstlich an, lief allerdings nicht weg, sondern blieb stehen und zitterte nur ein wenig, als

El-ahrairah es begrüßte und ihm Wohlergehen wünschte. Sie sahen nun, daß es schon alt war, mit ergrautem Fell, angestrengt starrenden Augen und langsamen Bewegungen. Irgendwie, und ohne daß er es erklären konnte, fand El-ahrairah es unsympathisch, führte das aber auf die sonderbaren, verworrenen Zustände zurück, unter deren Bann er wiederholt gestanden hatte, seit sie das Schwarze Kaninchen verlassen hatten. Er wußte, er war noch nicht ganz der alte, hatte sich aber daran gewöhnt, diesen immer wiederkehrenden Stimmungen keine Beachtung zu schenken.

Das alte Kaninchen sagte, es heiße Greenweed und lebe hier seit langer Zeit. Andere Kaninchen gebe es hier nicht, es sei ganz allein. El-ahrairah fragte es, ob es keine Angst vor *elil* habe bei diesem Einsiedlerleben. Doch Greenweed antwortete, kein *elil* habe ihn je belästigt. »Ich nehme an, ich bin zu alt und zu zäh«, meinte er, »ich wäre sicher nicht nach ihrem Geschmack.« El-ahrairah konnte nicht erkennen, ob das nur ein Witz oder ernst gemeint war.

Nach Sonnenuntergang, als sie sich für die Nacht zusammenhockten, fragte El-ahrairah Greenweed nach dem großen verkommenen Haus aus und ob er sich erinnern könnte, daß da jemals Menschen gewohnt hätten.

»Das weiß ich genau«, antwortete Greenweed. »Früher waren da jede Menge Menschen.«

»Warum sind sie weggegangen?« fragte El-ahrairah.

»Das kann ich nicht sagen«, erwiderte Greenweed. »Soweit ich mich erinnere, gingen immer ein paar zusammen gleichzeitig weg, so lange, bis niemand mehr da war.«

»Und diese seltsame Sache da, dieses komische Feld

mit den grünen Pfaden? Weißt du, wozu das diente? Was war sein Zweck?«

»Da gab's keinen Zweck«, antwortete Greenweed. »Ich habe gesehen, wie Männer da reingingen und umherwanderten, bis sie zur Mitte kamen, so weit kamen sie immer. Dann versuchten sie, wieder herauszufinden. Sie strengten sich wirklich an, es war so eine Art Sport, ein Spiel, das sie spielten. Du solltest es dir mal anschauen, wenn du schon hier bist.«

El-ahrairah war verblüfft. »Ein Spiel? Was für ein Blödsinn!«

»Nun ja«, sagte Greenweed, »das ist ja nur eine der blödsinnigen Sachen, die Menschen tun, um sich zu amüsieren. Wenn du so nahe bei ihnen gelebt hättest wie ich, dann wüßtest du das. Aber es lohnt sich trotzdem, da mal reinzuschauen.«

»Warst du schon mal drin?« fragte El-ahrairah.

»Ja freilich, schon oft ... als ich jünger war. Aber für ein Kaninchen ist das ziemlich unnütz.«

»Na, schön«, meinte El-ahrairah, »vielleicht schauen wir morgen mal rein, bevor wir weitergehen, wenn das Wetter so schön bleibt und wenn's nicht regnet.«

Am nächsten Morgen war es wieder genauso schön, und El-ahrairah und Rabscuttle suchten als erstes einen Weg in den verlassenen, überwucherten Garten. Sie hofften, vielleicht etwas Gutes zum Fressen zu finden, aber selbst im Gemüsegarten wuchs nichts, was sie verlockt hätte.

»Sieht aus, als wären schon haufenweise Kaninchen vor uns hier gewesen«, meinte Rabscuttle. »Überlassen wir das hier den Mäusen und den Vögeln.«

»Ja, wir können umkehren«, meinte El-ahrairah, »und mal sehen, was wir in dem komischen Feld finden.«

»Ich weiß nicht wieso, aber irgendwie mißfällt mir dieses Feld«, sagte Rabscuttle.

»Das ist nur, weil's neu für dich ist«, belehrte ihn El-ahrairah. »Der ganz natürliche Argwohn des Kaninchens. Na ja, wir bleiben sowieso nicht lange hier. Wir müssen dann weiter.«

Greenweed erwartete sie, um sie zu ermutigen und um sich zu verabschieden. Er zeigte ihnen den Weg in das komische Feld und kam noch ein paar Schritte mit hinein.

»Gibt's da einen bestimmten Pfad zur Mitte, den wir gehen müßten?« fragte El-ahrairah.

»Nicht daß ich wüßte«, sagte Greenweed. »So wie ich das verstanden habe, war es gerade das, was den Menschen soviel Spaß machte. Sie mußten selber den Weg finden, sowohl hinein wie heraus. Daß sie sich verirrten, das gehörte eben zum Spiel.«

Er verließ sie. Sie setzten sich eine Weile hin und überlegten, welchen Weg sie am besten nehmen sollten. Schließlich sagten sie sich, daß ein Pfad so gut ist wie der andere, und gingen einfach los, zwischen den Hecken hindurch. Eine Zeitlang war es ihnen, als gingen sie im Kreis, und das wurde ihnen allmählich langweilig. Sie wollten sich schon auf den Rückweg machen, als sie sich plötzlich unerwartet im Mittelpunkt befanden. Da stand ein großer aufrechter Stein inmitten eines grasbewachsenen Gevierts und auf einer Seite eine alte hölzerne Bank.

»Das ist sicher das Zentrum«, sagte El-ahrairah, »denn nur ein Weg führt dahin. Wir können uns ruhig noch ein bißchen in die Sonne legen, bevor wir zurückgehen.«

Sie grasten ein wenig und legten sich dann zu einem

Schläfchen in der Sonne hin. Es war friedvoll und ruhig. El-ahrairah wachte zwar ein paarmal auf, fiel aber sofort wieder in Schlaf.

Als sie endlich erwachten, war die Sonne schon im Sinken. Es war spät geworden, und es wurde kälter.

»Wir gehen am besten so schnell wie möglich zurück«, sagte El-ahrairah. »Dieser Greenweed wundert sich wahrscheinlich, wo wir gelandet sind. Wir werden die Nacht wohl bei ihm verbringen und erst morgen weiterziehen.«

Sie hatten angenommen, es wäre leicht, wieder hinauszufinden, aber wie sie bald feststellen mußten, war dem nicht so. Sie hatten keine Ahnung, wie sie gehen sollten, und wanderten die grünen Pfade hinauf und hinunter, bis sie völlig verwirrt waren.

Aber bei einer dieser Rastpausen, bei denen sie sich verzweifelt zu vergewissern suchten, merkte El-ahrairah auf einmal etwas, was er schon die ganze Zeit unbewußt wahrgenommen hatte, ohne darauf zu achten: Da lief noch etwas anderes mit ihnen durch das komische Feld, da bewegte sich irgendein Geschöpf. Er konnte es hören – manchmal ganz nahe, manchmal etwas weiter weg. Das erschreckte ihn, denn Kaninchen, wie ihr ja alle wißt, neigen von Natur aus dazu, ängstlich zu sein, wenn sie etwas Unbekanntes oder gar fremdartige Wesen in ihrer Nähe nicht genau ausmachen können. Er und Rabscuttle saßen mucksmäuschenstill und starrten einander an, beide zutiefst beunruhigt.

»Sollen wir uns ihm anschließen? Was meinst du?« fragte El-ahrairah nach einer Weile. »Es könnte uns den Weg nach draußen zeigen.«

»Mach bloß keinen Fehler, Meister«, mahnte Rabscuttle. »Ich weiß nicht, wer oder was das ist, aber ich weiß, daß es hinter uns her ist und uns totmacht, wenn es uns findet. Wir werden gejagt.«

Jetzt fingen sie beide an zu rennen, es war eine Flucht in Panik, einmal diesen Weg, dann den anderen, ohne zu wissen, wohin sie liefen. Es war ein Alptraum, eine ziellose Flucht, die der Kaninchennatur widerspricht. Denn normalerweise, wie ihr alle wißt, erkennt ein Kaninchen, woher Gefahr droht oder wo der Feind steht, und es läuft in die entgegengesetzte Richtung. Aber hier, in diesem komischen Feld mit seinen vielen Pfaden, konnten sie nicht feststellen, wo sich die Gefahr befand; sie konnten auch nicht vor ihrem Verfolger davonlaufen, denn jeder verschlungene Pfad war plötzlich zu Ende und zwang zur Umkehr auf demselben Weg. Es konnte auch sein, daß sie genau auf diesen unbekannten Feind zurannten, und die Angst vor ihm hielt ihre Herzen umklammert und packte jeden Augenblick stärker zu. Sie liefen hinauf und hinunter, hin und her, hilflos und voller Entsetzen, und zugleich wuchs ihre Erschöpfung.

Schließlich sanken sie im einbrechenden Dunkel zu Boden, wo eine der Hecken endete und eine Lücke ließ, hinter der sich ein gerade verlaufender Pfad öffnete.

»Ich kann nicht mehr, Meister«, keuchte Rabscuttle. »Ich bin fertig. Und außerdem laufen wir im Kreis. Hier waren wir schon einmal. Hier liegt noch mein *hraka* von vorhin.«

An diesem Punkt erkannte El-ahrairah, wie vergeblich ihre Flucht war. Er wandte den Kopf, um zu sehen, woher sie gekommen waren, und in diesem Augenblick sah er zum ersten Mal hinter sich den Verfolger, der näherkam.

In den Jahren danach war El-ahrairah niemals bereit

zu beschreiben, was er gesehen hatte, und nur einmal sprach er überhaupt davon. Das war, als ein Kaninchen ihn einst fragte: »Aber du hast doch das Schwarze Kaninchen von Inlé gesehen und mit ihm gesprochen ... wie hätte das komische Feld denn schlimmer sein können?«

»Das Schwarze Kaninchen«, erklärte El-ahrairah, »flößte einem einen gewaltigen Schrecken ein, das Gefühl der Hilflosigkeit und Angst vor immerwährender Finsternis. Aber es ist nicht böse oder grausam.« Und kein weiteres Wort kam über seine Lippen.

Angesichts dieses schaurigen, grausigen, furchtbaren Anblicks raste El-ahrairah blindlings durch eine Lücke direkt neben ihnen, und Rabscuttle folgte ihm auf dem Fuße. Und nun sahen sie auch den Weg, der hinausführte, den sie offenbar vorher immer übersehen hatten.

»Auch wenn der Weg sich nicht von selbst dorthin gezaubert hat«, pflegte Rabscuttle zu sagen, »würde ich das trotzdem immer noch gern glauben. Es gibt nichts von diesem Feld, was ich nicht glauben würde.«

Einmal draußen, rannten sie über die offene Wiese, wußten aber instinktiv, daß sie nicht mehr verfolgt wurden. »Es geht nicht über sein Revier hinaus«, sagte El-ahrairah.

Bald sahen sie auch Greenweed beim *silflay* im letzten Tageslicht. Als sie vor ihm standen, fuhr er erschreckt in die Höhe, starrte sie ungläubig und völlig entgeistert an und versuchte wegzulaufen. El-ahrairah packte ihn und drückte ihn zu Boden.

»Hat also diesmal nicht geklappt, Greenweed«, sagte er. »Du widerliche, lügenhafte Kreatur. Jetzt ist uns alles klar. Dieses – dieses ruchlose Wesen hat dir erlaubt, hier zu leben, und beschützt dich aus eigenem Interesse vor *elil*. Es war deine Aufgabe, dich mit jedem Kaninchen, das sich hierher verirrte, anzufreunden und es zu ermuntern, in das Feld zu gehen, weil es so interessant wäre. Und wenn es drinnen war, hast du deinen Herrn verständigt.«

Der elende Greenweed brachte kein Wort hervor, überzeugt, daß El-ahrairah ihn töten würde.

»Aber das war das letzte Mal«, sagte El-ahrairah zum Schluß. »Du kommst morgen mit uns, und wir werden schon ein Plätzchen für dich finden, wo du wie ein anständiges Kaninchen bis ans Ende deiner Tage leben kannst.«

Greenweed brach am nächsten Tage mit ihnen auf, und sie ließen ihn im ersten Gehege, zu dem sie kamen. El-ahrairah erzählte dem Leitkaninchen nichts von dem schändlichen Verrat, sagte nur, er sei zu alt, um mit ihnen weiterzureisen. Sie haben nie wieder etwas von ihm gehört.

9. Der Marsch über den großen Sumpf

... und er neigte sich zu mir
und hörte mein Schreien
und zog mich aus der grausamen Grube
und aus dem Schlamm und stellte
meine Füße auf einen Fels,
daß ich gewiß treten kann.

Psalm 40:2

An einem schönen klaren Mittsommermorgen kurz nach Tagesanbruch überquerten El-ahrairah und Rabscuttle auf ihrem Heimweg eine grasbewachsene Senke zwischen zwei Hügeln. Kolonien von Margeriten standen schon in voller Blüte, und auch lila Esparsetten waren da. Sie hielten an, um sich am frischen Gras gütlich zu tun, und derweil wehte ihnen eine leichte Brise von unten herauf die Gerüche von Schafen und Flußpflanzen zu.

Vor ihnen lag ein Gelände von einer Beschaffenheit, mit der sie vertraut waren. Nur an der Westseite grenzten die Felder an ein Sumpfland, das sich weit nach Norden erstreckte. Ein Mann war dabei, Schilf zu schneiden, doch sonst war das Tal friedlich und still.

Die Kaninchen kletterten gemächlich hinunter und kamen an ein Feld, das neben dem Sumpf lag und an der gegenüberliegenden Seite von einem Abhang begrenzt wurde, den oben Holunder- und Weißdornhecken krönten. Im Hang war eine Reihe von Kaninchenlöchern, und als sie sich denen näherten, kamen zwei Kaninchen heraus und beobachteten sie. El-ahrairah begrüßte sie und erwähnte das schöne Wetter.

»Ihr seid doch *hlessil*, oder?« fragte eines der Kaninchen. Das andere starrte nur auf El-ahrairahs verletzte Ohren und sagte nichts.

»Ja, so könnte man sagen«, antwortete El-ahrairah. »Wir sind schon ziemlich lange unterwegs, aber jetzt täten uns ein paar Tage Ruhe gut. Meint ihr, wir dürften hierbleiben? Mir gefällt das Gehege, so wie es aussieht, und wenn's nicht überfüllt ist, hätte vielleicht niemand etwas dagegen, daß wir hier Rast machen.«

»Das muß natürlich unser Anführer entscheiden«, erwiderte das zweite Kaninchen. »Kommt mit, ich bring euch hin. Ich glaube nicht, daß er etwas dagegen hätte. Im allgemeinen ist er sehr umgänglich.«

Die Kaninchen gingen zusammen unten den Abhang entlang und hielten neben vier oder fünf Löchern am anderen Ende an.

»Hier ist der Chef gewöhnlich zu finden«, sagte das erste Kaninchen. »Ich geh mal rein und sag ihm, daß ihr hier seid. Er heißt übrigens Burdock«, fügte er hinzu und verschwand im nächstgelegenen Loch.

Als Burdock herauskam, um sie willkommen zu heißen, machte er sofort Eindruck auf El-ahrairah. Er verhielt sich überhaupt nicht unfreundlich und fand es offenbar ganz natürlich, daß zwei *hlessil* eine Weile in seinem Gehege bleiben wollten.

»Mit *elil* haben wir hier kaum Ärger«, sagte er, »und bis heute haben uns auch die Menschen in Ruhe gelassen. Ihr seid wahrscheinlich von weither gekommen, stimmt's? Hier gibt es meines Wissens weit und breit keine anderen Gehege. Selbstverständlich könnt ihr hierbleiben, solange ihr wollt.«

El-ahrairah und Rabscuttle machten es sich im Gehege bequem, das im übrigen sosehr nach ihrem Geschmack war, so daß sie keinen Drang verspürten, schnell wieder weiterzuziehen. Die Kaninchen waren so freundlich und gesellig, wie man sich's nur wünschen konnte. Besonders Burdock zeigte sich erfreut über die Besucher und über die Möglichkeit, mehr von ihrer Welt zu erfahren. Er und verschiedene andere seiner Owsla kamen oft am Abend, um *silflay* mit ihnen zu machen und wollten von ihren Abenteuern »draußen in der weiten Welt« erzählt bekommen.

In seinen Antworten war El-ahrairah immer darauf bedacht, kein Wort über das Schwarze Kaninchen zu verlieren; die Gastgeber waren zu höflich, um seine verletzten Ohren zu erwähnen, und deshalb blieb es ihm erspart, über den Grund ihrer Wanderung zu sprechen und über das Ziel, dem sie zustrebten. Sie respektierten offenbar ihn und Rabscuttle als welterfahrene Kaninchen, die alle möglichen Gefahren bestanden hatten.

»Was ihr da vollbracht habt, das hätte ich niemals fertigbringen können«, meinte Celandine, der Vorsitzende der Owsla, als sie eines sonnigen Abends zusammen am Hang lagen. »Mir ist es lieb, in gesicherten Umständen zu leben. Ich hab' nie den Wunsch gehabt, das Gehege zu verlassen und in fremde Länder zu wandern.«

»Nun ja, von euch ist ja auch keiner je dazu getrieben worden«, meinte Rabscuttle. »Ihr habt hier wirklich Glück gehabt.«

»Ja, wie denn? Seid ihr denn dazu getrieben worden?« fragte Celandine.

Rabscuttle fing einen warnenden Blick von El-ahrairah auf und antwortete nur: »Na ja, so könnte man sagen.« Da Celandine ihn nicht weiter drängte, ließ er es dabei bewenden.

Ein paar Tage später, schon nach Sonnenuntergang,

als die meisten Kaninchen ihr *silflay* beendeten und sich im Gehege schlafen legen wollten, kam ein anderer *hlessi*, ein völlig Fremder humpelnd den Hang entlang und verlangte, zum Anführer geführt zu werden. Als man ihm vorschlug, er solle doch zuerst rasten und ein paar Happen zu sich nehmen, wurde er ganz aufgeregt und beharrte darauf, daß er dringende Nachricht habe – es gehe um Leben und Tod. Darauf brach er auf dem Gras zusammen, er war anscheinend völlig erschöpft. Jemand holte Burdock, der sofort kam, begleitet von El-ahrairah, Rabscuttle und Celandine.

Zuerst konnten sie den Fremdling nicht wieder zu sich bringen, doch nach einiger Zeit machte er die Augen auf, setzte sich aufrecht hin und fragte nach dem Anführer. Burdock bedeutete ihm freundlich, sich Zeit zu lassen, bevor er redete, aber darauf wurde der Fremde nur noch erregter.

»Ratten«, keuchte er. »Die Ratten kommen. Tausende von Ratten. Wilde Ratten. Raubratten.«

»Du meinst, sie kommen zu uns?« fragte Burdock. »Wo kommen sie her? Und du meinst, wir sind in Gefahr? Normalerweise haben wir keine Angst vor Ratten.«

»Euer ganzes Gehege ist in Gefahr«, antwortete der *hlessi*. »Ihr seid alle in Lebensgefahr. Es handelt sich um eine Invasion von Ratten. Sie sind nur noch einen Tag von euch entfernt. Sie töten jede Kreatur auf ihrem Weg. Es war lange vor Morgengrauen, noch mitten in der Nacht, als wir alle, jedes einzelne Kaninchen im Gehege, aufwachten, denn da waren sie schon unter uns. Niemand hatte sie gehört oder gewittert. Ein paar von uns versuchten zu kämpfen, aber das war unmöglich. Da standen tausend Ratten gegen jedes Kaninchen.

Manche von uns versuchten noch mit aller Kraft hinauszukommen und zu fliehen, aber ich glaube, ich bin der einzige, dem es gelungen ist. Draußen im Dunkeln konnte ich nicht viel sehen, aber ich hörte auch keine Kaninchen mehr. Überall waren Ratten, alle Ratten der Welt, hätte man glauben können. Unmöglich, nach anderen Kaninchen zu suchen, ich konnte nur noch rennen. Tatsächlich mußte ich mitten durch eine Ansammlung von ihnen rennen und bekam überall auf meinen Beinen Bisse ab. Ich weiß nicht, um alles in der Welt, wie ich da herausgekommen bin. Ich trat und biß um mich, wild und ohne zu denken, in Todesangst, und plötzlich merkte ich, daß sie offenbar abgezogen waren und daß ich allein im Gras war. Ich muß gestehen, ich habe mich nicht aufgehalten, um mich nach anderen Kaninchen umzusehen – das hättet ihr auch nicht getan. Aber später, sehr viel später, spähte ich von dort, wo ich hingelangt war, hinunter und sah die Ratten unter mir. Massen von Ratten, und sie kommen alle hierher. Vor lauter Ratten war kein Gras zu sehen. Ich würde sagen, morgen müßten sie hiersein. Ihr habt nur noch eine Chance: Haut ab, und zwar schnell!«

Burdock blickte unsicher und entsetzt auf Celandine. »Was sollen wir machen? Was meinst du?«

Aber Celandine schien genauso fassungslos.

»Ich weiß nicht. Mach nur, wie du denkst, Anführer.«

»Sollen wir die Ratsversammlung einberufen und dort die Sache vorlegen?«

El-ahrairah hatte bis jetzt noch nichts gesagt, aber an diesem Punkt fühlte er sich gedrängt einzugreifen.

»Anführer, du hast keine Zeit mehr für eine Ratsversammlung. Die Ratten sind ganz sicher morgen hier, noch vor *ni-Frith*. Du mußt hier weg, und zwar eilends.«

»Falls unsere Kaninchen mitkommen«, sagte Burdock. »Vielleicht weigern sie sich. Von den Ratten haben sie bis jetzt noch nichts gehört.«

»Du hast keine andere Wahl«, mahnte ihn El-ahrairah.

»Aber wohin sollen wir gehen?« fragte Celandine. »Auf zwei Seiten des Geheges ist ein Fluß, den können wir nicht durchschwimmen, dafür ist er zu breit. Die Ratten würden unsere Kaninchen am Ufer erwischen. Und auf der Westseite ist nur Sumpf.«

»Wie groß ist der?« wollte El-ahrairah wissen.

»Das weiß hier keiner. Es ist nicht möglich, ihn zu überqueren. Da gibt's keine Wege. Da gibt's nur Moorweiher und Morast. Wir würden im Sumpf versinken. Aber die Ratten nicht. Die sind ja soviel leichter.«

»Dennoch. Nach allem, was ich von dir gehört habe, glaube ich, wir müssen es probieren, Anführer. Ich bin bereit, sie selber über den Sumpf zu führen, wenn du mich unterstützt und ihnen sagst, daß sie mir folgen müssen.«

»Und was, in Friths Namen, weißt du denn davon?« sagte Celandine ärgerlich. »Ein hirnloser *hlessi*, der nur ein paar Tage hier war?«

»Bitte sehr, wie's beliebt«, entgegnete El-ahrairah. »Du selber hast doch nichts vorgeschlagen. Ich jedenfalls bin bereit, mein Bestes für euch zu tun.«

Burdock und Celandine fingen dann unsinnigerweise an zu streiten, weil sie Angst hatten, wie El-ahrairah erkannte, und weil sie, aus ihrer Angst heraus, irgendwie hofften, wenn sie nur dauernd weiterredeten, würde schon irgend etwas geschehen.

»Rabscuttle«, sagte er ruhig, »mach so schnell wie möglich die Runde und erzähle den Kaninchen von den

Ratten. Sag ihnen, daß wir beide sie über den Sumpf führen werden, Abmarsch *fu-Inlé*. Sag ihnen, wir treffen uns alle bei der Platane da drüben – siehst du sie? Und wir hätten keine Zeit zu verlieren. Wenn welche sagen, sie kommen nicht mit, versuche nicht, sie zu überzeugen, laß sie einfach stehen. Und vor allem, laß sie nicht glauben, du hättest Angst! Sei so gelassen und vertrauenerweckend, wie du nur kannst.«

Rabscuttle stupste El-ahrairahs Nase an und war auf der Stelle verschwunden. El-ahrairah wandte sich zu Burdock und Celandine und sagte ihnen, was er getan hatte. Er hatte erwartet, daß sie ihn beschimpfen und verdammen, vielleicht sogar angreifen und verprügeln würden, doch zu seiner Überraschung taten sie nichts dergleichen. Sie waren zwar verschnupft und billigten sein Vorgehen nicht, aber insgeheim waren sie froh, daß jemand ihnen die Verantwortung für diese fürchterliche Geschichte abgenommen hatte. Wenn die Sache schiefgehen sollte, wovon sie offensichtlich überzeugt waren, konnten sie ihm die Schuld geben, doch wenn er entgegen aller Wahrscheinlichkeit erfolgreich war, konnten sie sagen, sie hätten ihn bevollmächtigt, sein Bestes zu tun.

Es schien eine Ewigkeit zu dauern, bis das ganze Gehege informiert war – und dann gab es weitere Schwierigkeiten. Von allen Seiten kamen Kaninchen, um mit Burdock zu sprechen, mit Celandine zu sprechen, mit El-ahrairah zu sprechen. Einige glaubten nicht an die Gefahr und verkündeten, sie würden nicht mitgehen. Die Weibchen sagten, sie hätten Neugeborene in ihren Wohnkesseln – was sollten sie machen? Ihnen konnte El-ahrairah nur erklären, sie müßten ihren Wurf zurücklassen, wenn ihnen ihr Leben lieb wäre, und ihm folgen, was sie erboste. Andere fragten ihn, wie weit es über den Sumpf wäre und wie lange es dauern würde, um ihn zu überqueren. Er antwortete, er wisse es nicht, sei aber entschlossen, ihr Leben zu retten, wenn er es könnte.

Nach einiger Zeit holte er Rabscuttle und ging zur Platane. Überrascht stellte er fest, daß dort schon eine Menge Kaninchen auf ihn warteten, unter ihnen Burdock und Celandine. Er sprach ihnen Mut zu und belobigte sie, daß sie mitkommen wollten – sie hätten sich richtig entschieden. Als hinter seinem Rücken der Mond aufging, brach er ohne zu zögern zum Sumpfgebiet auf.

In Wahrheit wußte El-ahrairah allerdings von Sümpfen etwas mehr als die meisten Kaninchen, denn er hatte einst in den trüben Mooren von Kelfazin gelebt. Er hatte erkannt, daß diese Kaninchen nur eine Chance hatten, wenn sie den Sumpf überquerten, und da sie ihr Leitkaninchen nicht führen wollte, mußte er es tun. Aber er hatte überhaupt nicht daran gedacht, wie das in Wirklichkeit sein würde. Aber er lernte sehr schnell, und zwar gleich von Anfang an. Kaum war er in das Sumpfgebiet eingedrungen, kam er zu einer unbewachsenen Stelle und sank ganz plötzlich mit den Vorderpfoten bis zum Bauch ein. Er riß sich gerade noch rechtzeitig zurück und stieß dabei gegen Burdock, dem er aufgetragen hatte, direkt hinter ihm zu bleiben, damit es wenigstens so aussähe, als ob ihr Leitkaninchen sie führte. Er hielt kurz inne, dachte nach und machte ein paar Schritte nach links. Wieder sank er ein, und wieder riß er sich zurück. Also nach rechts? Es würde auch nicht besser sein, dachte er, zwang sich aber, es zu versuchen. Diesmal kam er etwas weiter, bevor der

Boden unter ihm nachgab. Er zog sich heraus, legte sich hin und wälzte sich herum, erst einmal, dann zweimal, bevor er aufstand. Jetzt hatte er festen Boden unter den Füßen.

Er wartete auf Burdock und Celandine und ging dann am Rand der morastigen Stelle entlang, wo er eingesunken war. Nach einer größeren Strecke wandte er sich wieder nach links und untersuchte den Boden Schritt für Schritt. Diesmal sank er nicht ein und hatte die kleine Hoffnung, daß er den Morast vielleicht umrundet hätte, und in diesem Fall, dachte er, könnte er jetzt wieder geradeaus gehen, immer den Mond im Rücken.

Er ging äußerst vorsichtig, probierte jedes Stück Boden erst aus, bevor er es mit seinem Gewicht belastete. Manchmal trug ihn der Boden, und manchmal sanken die Pfoten ein, bevor er sie zurückziehen konnte. Im Licht des Vollmonds hatte er jetzt gute Sicht und schaute prüfend umher, um zu sehen, ob es einen Unterschied, wenn auch nur einen winzigen, zwischen sicherem und unsicherem Boden gab. Aber zu sehen war nichts – jedoch, man konnte ihn erschnüffeln. Der Boden, der etwas trockener war, roch anders als Moorboden. Herumwitternd, kam er gut voran, wenn auch nur langsam und oft in Kurven. Der Weg nach Westen allerdings war schwierig; oft mußten sie lange Umwege rechts oder links machen, bevor sie wieder vorsichtig geradeaus weiterziehen konnten. Einmal kam er zu einem kleinen Moorsee, das stehende Wasser so still, daß sich der Mond darin spiegelte. Er ging weitläufig darum herum, in der Annahme, daß die Uferstellen nur dünner Schlamm sein würden.

Nachdem die Nacht zur Hälfte vorüber war, wurde er allmählich sehr müde. Es war schon schwierig genug, dauernd die Pfoten aus dem Sumpf zu ziehen, aber dazu kam noch die Anstrengung, unaufhörlich wittern zu müssen und jeden Schritt erst auszuprobieren, bevor er den Boden mit seinem Gewicht belasten durfte. Wie weit waren sie denn nun tatsächlich über den Sumpf gekommen? Wie groß war der Sumpf überhaupt? Er ahnte nun, daß sie ihn bis Sonnenaufgang nicht überqueren könnten und vielleicht noch den ganzen nächsten Tag und auch noch die ganze nächste Nacht dazu brauchen würden. Die Kaninchen müßten ausruhen, aber eben nur in offenem Gelände, ohne Busch oder Hecke zur Deckung.

Das würde ihnen nicht gefallen, und ihm bestimmt auch nicht.

Falls sie überhaupt hier herauskämen – auf was für ein Gelände würden sie gelangen?

Er wischte diese Gedanken beiseite, um den nächsten Schritt zu bedenken. Das war immer noch der einzige Weg, dachte er: einen Schritt vor den andern zu setzen und fortwährend die Pfoten zur rechten Zeit zurückzuziehen. Zweimal schreckte er Moorschneehühner auf, die verärgert und laut kreischend davonflogen, denn es schien ihnen doch sehr gegen die Natur zu sein, daß Kaninchen – ausgerechnet Kaninchen! – hier um Mitternacht herumwuselten.

In späteren Zeiten pflegte El-ahrairah zu sagen, daß dieser nächtliche Marsch über den Sumpf das schlimmste all seiner Abenteuer gewesen war. Mehrmals fürchtete er, daß er niemals heil herauskäme. Andererseits war er froh, daß ihm nichts anderes übrigblieb, als sich weiter abzumühen, denn hätte es eine andere Möglichkeit gegeben – er hätte sie ohne zu zögern wahrgenommen. Der Mond zeigte ihm nur eine trostlose, leere

Fläche, auf der überall schreckliche Gefahren lauerten, wo es weder Zuflucht noch Obdach gab. Es würde nicht lange dauern, bis sein Körper im Schlamm versunken war, dachte er. Und was dann? Rabscuttle müßte dann übernehmen; für diesen Fall sollte er besser ein paar Anweisungen von ihm bekommen.

Beim Aufbruch hatte er Rabscuttle zur Nachhut bestimmt, damit er auf Nachzügler und Ausfälle achten konnte. Aber jetzt ließ er nach hinten weitersagen, daß Rabscuttle sofort vorkommen solle.

Das schien ewig zu dauern. Als er endlich vorn auftauchte, fragte ihn El-ahrairah, wie es hinten aussah. Wie verhielten sich die Kaninchen?

»Besser als ich dachte«, sagte Rabscuttle. »Keines ist ausgefallen, und keines mußte zurückgelassen werden. Die sind alle noch überzeugt, daß sie hinkommen – wo immer das ist. Und zum Glück haben wir da hinten auch noch einen guten Geschichtenerzähler, ein Kaninchen namens Chicory, das hält die anderen munter mit einer Geschichte nach der anderen, und keines fällt aus, weil jedes wissen will, wie es weitergeht, verstehst du? Also, was kann ich für dich tun, Meister?«

El-ahrairah erklärte es ihm und blieb so lange bei Rabscuttle, bis er gewiß sein durfte, daß er es begriffen hatte. Dann überließ er ihm die Aufgabe, sich den Weg zu erschnüffeln, und ließ den ganzen Zug der Kaninchen vorüberziehen. Rabscuttle, dachte er, hatte recht gehabt. Sie waren mehrheitlich in guter Verfassung, und der Führung einfach zu folgen, hatte sie offenbar nicht ermüdet. Seine eigene Erschöpfung und Niedergeschlagenheit konnte er nur der Last der Verantwortung zuschreiben, die er selbst übernommen hatte, und außerdem der Mühe, immer wieder den Weg auszurufen, gefährlichen Boden auszumachen und rechtzeitig zurückzuweichen. Er wartete Chicory ab und hörte belustigt zu, wie der die Geschichte von den Salatblättern des Königs erzählte. Ganz am Ende der Kolonne fand er ein kleines, sehr junges Kaninchen, das nur mit Mühe mitkam. Er sprach ihm mit herzlichen Worten Mut zu und begleitete es eine Weile, bevor er zu Rabscuttle und Burdock zurückkehrte.

Wie er erwartet hatte, war Rabscuttle der unangenehmen Aufgabe völlig gewachsen und machte seine Sache gut – besser als ich, dachte El-ahrairah. Rabscuttle fand es richtig erheiternd, wenn seine Vorderpfoten im Schlamm einsanken. Er glaubte anscheinend nicht, in Gefahr zu sein, wenn aber doch, dann verbarg er es sehr gut. Aber noch besser war es, daß er sich offenbar mit Burdock und Celandine so gut verstand. Er hatte sogar Celandine kurzzeitig die Führung überlassen. »Ist nichts dabei«, sagte er dauernd, »ist ja nichts dabei« und »Uups!«, wenn Celandine bis zu den Schultern versank.

Bald erhellte sich der Himmel hinter ihnen, als der neue Tag sich nach der kurzen Sommernacht meldete. Als die Sonne aufging, spähte El-ahrairah nach vorn in der Hoffnung, er könnte sehen, was auf der anderen Seite des Sumpfes lag, doch sah er da auch nichts anderes als trostlose Wildnis. Wie lange noch, fragte er sich, bis sie Hunger bekämen und übermüdet wären? Wenn noch ein ganzer Tag im Sumpfgebiet vor ihnen läge, würden sie sich wahrscheinlich in Grüppchen aufteilen, in die Starken und Nicht-so-Starken. Schlimmer noch, sie würden nach allen Richtungen laufen auf der Suche nach etwas Freßbarem, und das wäre tödlich. Er teilte Burdock und Celandine seine Befürchtungen mit und schlug vor, daß sie sich wieder unter ihre Kaninchen mischten, um sie unter allen Umständen zusammenzuhalten. »Wenn sie nur tun wollten, was ich ihnen sage«, erwiderte Celandine. »Neuerdings machen sie, was sie wollen, wenn ich was sage. Es ist leider so: Uns ging's viel zu lange viel zu gut.« Darauf wußte El-ahrairah nichts zu antworten.

Er wollte gerade die Führung von Rabscuttle übernehmen, als ein Reiher herabflog und neben ihnen watete. Er war nicht gut aufgelegt. »Was in aller Welt macht ihr ekelhaften Kaninchen hier?« keifte er Rabscuttle an. »Dieser Sumpf gehört mir und meiner Familie. Wir wollen hier kein Kaninchenpack. Warum haut ihr nicht ab?«

El-ahrairah erklärte ihm, daß sie eben das beabsichtigten zu tun. Er erzählte dem Reiher von den Ratten und ihrem dadurch erzwungenen Nachtmarsch.

»Du meinst also, du willst hier so schnell wie möglich raus?« fragte der Reiher. »Wenn das alles ist, dann zeig ich dir gern den Weg.«

»Wir wären überglücklich, wenn du uns führen könntest«, sagte El-ahrairah. »Aber bedenke bitte, wir können nicht waten. Der Schlamm, der dir bei deinen langen Beinen keine Schwierigkeiten macht, ist für uns eine tödliche Gefahr. Ist es noch weit, bis wir draußen sind?«

»Nicht weit«, antwortete der Reiher kurz angebunden.

»Das ist die beste Nachricht seit langem«, sagte El-ahrairah.

Er übernahm die Führung gleich hinter dem Reiher, doch wie er befürchtet hatte, wurde es hochgefährlich. Trotz seiner Erklärung verstand der Reiher einfach nicht, daß Kaninchen nicht in der Lage waren zu waten, und als El-ahrairah versuchte, ihm das klarzumachen, wurde der Reiher erst ungeduldig, dann ärgerlich. Doch nachdem er längere Zeit die Beleidigungen und Beschimpfungen des Reihers stumm über sich ergehen ließ, konnte er doch den Reiher schließlich dazu überreden, sie über festen Boden zu führen, wo sie nicht einsinken würden, und Stellen zu vermeiden, die zwar nicht für Reiher, wohl aber für Kaninchen trügerisch wären. Als der Reiher endlich den Unterschied begriffen hatte, wurde seine Führung besser, wenn auch nicht immer vollends verläßlich. Er verhielt sich weiterhin barsch und unfreundlich, und offenbar, dachte El-ahrairah, war es ihm völlig egal, ob da ein paar Kaninchen mehr oder weniger im Sumpf ertranken. Er trug seine Verachtung für sie offen zur Schau, und El-ahrairah wußte, daß er seine Beherrschung nicht verlieren durfte.

Immerhin kamen sie gut vorwärts, besser als zuvor. El-ahrairah gestand sich ein, daß sie über einen Boden gingen, dem er selber nicht ohne weiteres vertraut hätte. Doch im Gegensatz zur Aussage des Reihers waren sie noch lange unterwegs. Gegen *ni-Frith* kämpften sie sich immer noch durch Schilf und Grasbüschel, und nichts deutete darauf hin, daß es je besser würde. El-ahrairah war in einem quälenden Zwiespalt; er konnte es nicht wagen, die Führung abzugeben, nicht einmal dem erschöpften Rabscuttle, und er wagte auch nicht, seinen Posten zu verlassen, um zurückzufallen und die Kaninchen am Ende des Zugs aufzumuntern und zusammenzuhalten. Er war selber so müde wie noch nie in seinem Leben, und auch Rabscuttle war sichtlich völlig ausgelaugt, trotz seiner tapferen Versuche, es zu verbergen. In welcher Verfassung würden dann die anderen Kaninchen sein? Er trug Rabscuttle auf, die letzten abzuwarten und dann zu berichten, wie es hinten aussähe.

Er bat den Reiher zu warten, bis sie gerastet hätten, aber der tat das derartig mißmutig, daß El-ahrairah fürchtete, er könnte sie im Stich lassen.

»Warum können deine verdammten Kaninchen nicht fliegen?« fragte er. »Ihr wärt gleich draußen, wenn ihr fliegen könntet wie jedes andere anständige Geschöpf.«

»Ich wünschte, wir könnten's«, antwortete El-ahrairah, »daß wir's nicht können, ist halt der Wille von Frith unserem Herrn.«

Im selben Augenblick war Rabscuttle neben ihm. »Meister, zwei Kaninchen fehlen. Und jetzt sind sie hinten ziemlich am Boden.«

Ob wohl der ganze Zug auseinanderfiele, fragte sich El-ahrairah. Besser weitergehen, bevor das passierte. Er bat den Reiher, so gütig zu sein und weiterzumachen.

Und dann sah er kurz darauf eine Reihe von Kastanienbäumen oberhalb eines grünen Hanges, weit über ihrer eigenen Höhe. Sogleich kletterten sie hinauf, und der Boden unter ihren Pfoten war trocken. »Wir sind draußen, stimmt's?« fragte er den Reiher. »Aus dem Sumpfgebiet heraus?«

»Ja«, antwortete der Reiher. »Kommt nie wieder her, versteht ihr?« Damit erhob er sich, ohne auf Dank zu warten, und schwang sich mit seinen schweren Flügeln langsam in die Lüfte.

El-ahrairah war im Handumdrehen auf dem Hang. Die freiliegenden Wurzeln einer Kastanie waren strohtrocken unter seinen Pfoten. Rabscuttle stand neben ihm. Noch nie hatte er sich so erleichtert gefühlt.

Das nächste Kaninchen, das er sah, war Burdock, der in der Nähe saß und zusah, wie seine Kaninchen aus dem Sumpfgebiet heraus auf den Hang kletterten. Burdock war in einer Krise als Leitkaninchen vielleicht nicht viel wert, aber jetzt zeigte er sich von einer anderen Seite. Er kannte all seine Kaninchen beim Namen, begrüßte jedes einzelne und beglückwünschte es zu seinem Mut und seiner Entschlossenheit. Und seine Kaninchen wiederum zeigten ganz offen, daß sie ihn mochten und achteten. Er erwähnte auch die fehlenden Kaninchen und betrauerte ihren Verlust. »Yarrow und Kingcup«, sagte er bedauernd und voller Kummer zu El-ahrairah. »Zwei der besten Kaninchen im Gehege. Wir hätten auf jedes andere eher verzichten können, aber nicht auf diese beiden.« El-ahrairah hatte sich nie die Mühe gemacht, sich die Namen so vieler Kaninchen zu merken, und war beschämt.

Oben auf dem Hang fanden sie eine große üppige Wiese, wo das hohe Mittsommergras noch nicht gemäht worden war. Die erschöpften Kaninchen krochen hinein, fraßen und fielen sofort in Schlaf.

»Laß sie nur«, sagte Burdock. »Sie haben's verdient.«

El-ahrairah sah keinen Grund, dem zu widersprechen.

10. Die schreckliche Heumahd

In der Natur gibt es weder Belohnung
noch Bestrafung, es gibt nur Folgen.

Horace Annesley Vachell
(The Face of Clay)

Die meisten Kaninchen schliefen im hohen Gras der Wiese bis zum frühen Morgen des folgenden Tages oder blieben einfach so lange liegen. Am Abend zuvor hatten sich El-ahrairah und Rabscuttle allerdings noch umgesehen. Das erste, was ihnen sofort auffiel, war ein Farmhaus mit Hof und Scheunen – und zwar in gefährlicher Nähe; darüber waren beide einer Meinung.

»Ich weiß nicht, wozu sie sich entschließen werden«, sagte El-ahrairah, »aber lange können sie hier nicht bleiben, soviel steht fest. So eine plötzliche Invasion von einer Horde Kaninchen in nächster Nähe, das merken die Farmleute sofort. Und du weißt, was das heißt: Gewehre, Hunde, vielleicht sogar Gift, also jedenfalls erbarmungslose Jagd. Sie müssen weg von hier.«

»Wie denn, zurück über das Sumpfgebiet, Meister?« fragte Rabscuttle. »Das machen sie doch bestimmt nicht.«

»Also, wenn doch, dann allerdings ohne dich und mich«, entgegnete El-ahrairah. »Wir müssen unseren kleinen Spaziergang nach Hause wieder aufnehmen.«

Jetzt stießen Burdock und Celandine zu ihnen. Sie waren voller Lob und Dankbarkeit für das, was El-ahrairah und Rabscuttle beim Marsch über den Sumpf für sie getan hatten.

»Ohne euch hätten wir das niemals fertiggebracht«, meinte Burdock.

»Wollt ihr nicht zurückkehren?« fragte El-ahrairah. »Die Ratten sind jetzt vermutlich bei eurem Gehege durchgekommen und längst weitergezogen.«

Burdock machte nachdrücklich klar, daß ihn nichts dazu verleiten könnte, über das Sumpfgebiet zurückzugehen. »Und ich bin sicher, das gilt für alle von uns«, sagte er. »Wozu auch? Ich bin hier noch nicht überall gewesen, aber jedenfalls scheint's hier massenweise was zu fressen zu geben und überhaupt alles, was sich ein Kaninchen nur wünschen kann. Da ist zunächst schon einmal ein ganzer Gemüsegarten gleich da drüben.«

»Also, es steht mir nicht zu, euch Ratschläge zu geben«, sagte El-ahrairah. »Wir sind bloß zwei wandernde *hlessil*. Aber wir dürfen euch sicher fragen: Habt ihr denn viel Erfahrung mit Menschen und was sie mit Kaninchen anstellen?«

»Ich nicht«, antwortete Burdock. »Ich hab' kaum je einen Menschen gesehen, und ich bin noch keinem in die Nähe gekommen. Doch Kaninchen können sich verstecken, und sie können rennen. Viel schneller als Menschen, das weiß ich.«

»Stimmt auch«, sagte El-ahrairah. »Aber trotzdem, wo wir hier sind, das ist viel zu nahe an dem Farmhaus, und wenn du deinen Kaninchen erlaubst, sich hier niederzulassen und in dem Küchengarten nach Belieben ein- und auszugehen, dann setzt du sie Gefahren, womöglich tödlichen Gefahren aus. Menschen hassen Kaninchen, und sie sind fast immer bereit, sie zu töten, wo immer sie sind, aber Kaninchen im Gemüsegarten – da reißen sie sich ein Bein aus, um sie zu töten, das mußt du mir glauben.«

»Na schön, aber ich glaube nicht, ich könnte meine Kaninchen davon abhalten, da reinzugehen«, sagte Burdock ausweichend.

»Was soll ich deiner Meinung nach tun?«

»Also, hör mal«, erwiderte El-ahrairah. »Ich bin nicht das Leitkaninchen und will's auch nicht sein. Ich bin nur ein Besucher, der vorüberzieht. Aber wenn du meinen Rat willst, dann solltest du sie in offenes Gelände führen, glaube ich, weg von der Farm. An einen Waldrand, einen offenen Hang, so etwas ähnliches. Denn eines weiß ich ganz genau: daß es eine Menge Ärger geben wird, wenn sie hier bleiben. Aber wie auch immer«, fuhr er fort, als Celandine herbeikam und sich zu ihnen gesellte, »machen wir doch mal eine Runde, damit wir ein Bild von dem Ort hier gewinnen.«

Im Verlauf des Morgens gingen die vier Kaninchen über das Anwesen der Farm, von einem Ende zum anderen. Es war alles gepflegt, die Farm gedieh. Da gab es eine große Viehweide und auch eine Schafweide; die Hecken und Zäune waren gut und vernünftig angelegt. Da war auch eine kahle Wiese, wo das Heu schon geschnitten und zu Haufen aufgeschichtet war. Am anderen Ende standen Weizen- und Gerstefelder, die sich bis zum fernen Waldrand erstreckten.

Auf dem Rückweg kamen sie durch einen Obstgarten mit jungen Kirschbäumen, der etwas entfernt vom Gemüsegarten lag. Burdock schaute nach einer bequemen Lücke aus, als sie Tabak rochen und einen Mann von der anderen Seite der Hecke kommen hörten. Gerade noch rechtzeitig konnten sie sich unter einem Haselbusch verstecken, bevor er durch ein kleines Gatter kam und zu der Wiese mit dem hohen Gras weiterging, auf der sie genächtigt hatten. Als er sein weißes Stäbchen ins Gras schnickte, sprang ein Kaninchen fast unter seinen Füßen hervor. Der Mann blieb stehen und sah zu, wie es im Unterholz, das an den Obstgarten grenzte, verschwand.

»Jetzt siehst du, was ich meine«, sagte Burdock. »Kaninchen können rennen, und Kaninchen können sich verstecken.«

Als El-ahrairah und Rabscuttle an diesem Nachmittag allein waren, fragte Rabscuttle: »Meinst du nicht, wir sollten diese Kaninchen verlassen, Meister, bevor es hier losgeht? So wie's aussieht, wird's hier eine Menge Ärger geben, und zwar bald. Wir sollten uns nicht darin verwickeln lassen.«

»Du hast wahrscheinlich recht«, antwortete El-ahrairah, »aber ich habe immer noch nicht alle Hoffnung aufgegeben, daß ich sie vielleicht noch zur Vernunft bringen kann. Wenn das nicht möglich ist, verspreche ich dir, so schnell wie möglich zu verschwinden.«

Nach einigen Tagen hatten fast alle Kaninchen den Gemüsegarten von sich aus entdeckt. Es gab zwei oder drei Zugänge, und neben diesen waren auf beiden Seiten der Hecke auffällige Trampelpfade von Kaninchen zu sehen. El-ahrairah hatte Rabscuttle verboten, sein Leben in der Nähe des Gartens aufs Spiel zu setzen, ging aber selbst eines schönen Abends gegen Sonnenuntergang hinein, um sich vom Zustand des Gartens ein Bild zu machen. Er fand die Salate bis auf den Boden abgenagt, und auch die Kohlköpfe und der Blumenkohl zeigten deutlich die Spuren der Zuneigung, die ihnen die Kaninchen bewiesen hatten. Wie erwartet, war viel mehr ungenießbar gemacht als gefressen worden. Er traf ein paar Jungkaninchen zwischen den gelben Rüben und versuchte, ihnen die Gefahr klarzumachen. Aber sie hörten nicht auf ihm.

»Was denn – Celandine ist doch selber hier, soviel ich weiß«, sagte eines der Kaninchen. »Wir wissen schon, wie wir schnell hier herauskommen, wenn Menschen im

Anmarsch sind. Dieser Garten ist viel zu gut, um sich selbst überlassen zu bleiben. Hätte niemals gedacht, daß es *flayrah* von dieser Qualität gibt.«

Nachts lagen oder schliefen die meisten Kaninchen in dem hohen Gras der Wiese neben dem Sumpfgebiet. Das Wetter blieb schön, und Regen war nicht in Sicht. Nur ein paar schwangere Weibchen, die bald Nachwuchs zur Welt bringen würden, gruben sich Tunnels. Die lose Erde in der Böschung zum Sumpfgebiet hin und noch andere Zeichen ihres Grabens waren deutlich sichtbar und verstärkten El-ahrairahs Befürchtungen. Er bemerkte auch, daß Burdock und Celandine auf seine Gesellschaft nicht mehr so großen Wert legten wie früher, aus Gründen, die ihm einsichtig waren. Denn selbst, wenn er nicht über den Gemüsegarten sprach, wirkte er verkrampft, weil er dauernd daran denken mußte, während alle anderen Kaninchen mit Ausnahme von Rabscuttle sich im Zustand fast ausschweifender Ausgelassenheit befanden und das süße Leben genossen.

Eines Nachmittags sah El-ahrairah, während er in der Sonne lag, zwei Kaninchen, die sich zielstrebig absetzten, aber nicht zum Gemüsegarten hin, sondern in die entgegengesetzte Richtung. Er fragte sich, was sie wohl vorhätten, und folgte ihnen mit der Miene größter Gleichgültigkeit, scheinbar ohne Interesse. Er sah sie ans andere Ende der Böschung laufen und in den Kirschgarten schleichen. Nach einer gewissen Zeit des Abwartens ging er auf einem anderen Pfad ebenfalls hinein, entdeckte sie auch bald und sah, was sie vorhatten. Sie nagten unten an einem Kirschbaum die Rinde ab. Bei einigen Bäumen in der Nähe war die Rinde auch schon abgenagt. Das war nicht alles. Am anderen Ende des

Kirschgartens kamen zwei Männer langsam durch die Bäume und sprachen miteinander.

El-ahrairah lief über die Wiese zurück und fragte jedes Kaninchen, das er traf, wo er Burdock auftreiben könnte. Schließlich fand er ihn; er schlief in einer wohnkesselähnlichen Mulde im hohen Gras, das die Kaninchen angelegt hatten. Er weckte ihn und erzählte ihm, was er gesehen hatte.

»Na und?« fragte Burdock. »Was soll ich deiner Meinung nach machen? Die könnte ich nicht aufhalten, selbst wenn ich wollte. Die würden doch die Bäume nicht in Ruhe lassen, bloß weil ich es ihnen sage.«

»Aber verstehst du denn nicht«, sagte El-ahrairah, »durch das Rindenabnagen gehen die Bäume ein, und das fällt den Männern natürlich auf, und sie werden selbstverständlich alles tun, um –«

Burdock stand auf und sah El-ahrairah in die Augen. Er verlor jetzt die Beherrschung. »Glaubst du etwa, ich lasse mich von deinesgleichen herumkommandieren, von so einer Vogelscheuche von *hlessi*, der Schwanz und Ohren verloren hat und bei jeder Kleinigkeit ein furchtbares Gedöns macht? Du bist eine Nervensäge von früh bis spät. Paß du nur auf, sonst laß ich dich von Celandine hetzen und fertigmachen. Du denkst, bloß weil du uns durch den Sumpf geführt hast, kannst du bestimmen, was wir tun sollen und was richtig und was falsch ist.«

»Gut, gut«, erwiderte El-ahrairah ruhig. »Ich werde dich nicht mehr belästigen.«

Es war sein voller Ernst, aber das war vor der Katze.

Die Katze, schwarz-weiß mit kurzem Fell, trat erstmals zwei Tage später am frühen Abend auf. Sie kam langsam aus der Umgebung des Farmhauses heran, pausierte hier und da und schaute auf alles, was im Augenblick ihr Interesse wachrief. Bald erreichte sie den Rand der Wiese mit dem hohen Gras und wanderte dort entlang, offenbar ohne ein bestimmtes Ziel, denn sie ging sehr langsam, setzte Schritt vor Schritt. Sie trug ein schmales Lederhalsband und sah gepflegt und wohlgenährt aus. Sie war jedenfalls nicht auf der Jagd.

El-ahrairah und Rabscuttle dösten auf der Böschung oberhalb des Sumpfes, als sie die herankommende Katze bemerkten. Sie waren sofort hellwach und fluchtbereit. Doch die Katze stolzierte im Abstand von ein paar Metern an ihnen vorbei, ohne ihnen die geringste Beachtung zu schenken. Dennoch wäre es empfehlenswert, dachte El-ahrairah, etwas weiter abzurücken. Das wollte er gerade tun, als plötzlich Celandine neben ihm stand.

Celandine atmete schwer; er betrachtete die Katze angespannt, mit wachsamer, angriffslustiger Miene. Nach einer Weile fragte er El-ahrairah: »Siehst du diese verdammte Pestbeule da drüben?«

»Ja, natürlich«, erwiderte El-ahrairah.

»Wir werden sie totmachen«, sagte Celandine.

»Noch in diesem Jahr oder erst im nächsten?« fragte El-ahrairah, der das für einen Witz hielt.

»Du glaubst mir nicht?« fragte Celandine. »Dann laß dir sagen, es wäre nicht das erste Mal, daß unsere Owsla eine Katze totgemacht hat.«

»Ich habe noch nie gehört, daß Kaninchen Katzen angreifen«, sagte El-ahrairah, »ausgenommen Muttertiere, die ihren Wurf verteidigen.«

»In dem Gehege, wo du uns das erste Mal getroffen hast«, sagte Celandine, »war eine Katze in der Nähe, die herumgejagt hat und sich allmählich als Quälgeist erster

Klasse entpuppte, und nach einer Weile hatte unsere Owsla genug davon und machte sie tot. Das war, als Betony der Owsla-Hauptmann war, da war ich noch klein.«

»Und was ist passiert?« fragte El-ahrairah.

»Was meinst du mit ›Was ist passiert?‹« fragte Celandine zurück.

»Sind Menschen gekommen, um sie zu suchen, hat einer von ihnen die Tote weggebracht?«

»Nein, nichts dergleichen«, erwiderte Celandine. »Ich glaube, die Ratten haben sich um das Aas gekümmert. Irgend jemand jedenfalls.«

»Und du willst jetzt zeigen, daß du so gut wie Betony bist und willst die Katze töten?«

»Richtig. Drei oder vier von meiner Owsla sind ganz wild darauf.«

»Na, gut«, sagte El-ahrairah. »Ich bitte dich, ich flehe dich an, mich anzuhören, bevor du etwas tust. Nach allem, was du mir erzählt hast, war die Katze, die dein Hauptmann Betony getötet hat, eine Streunerin. Sie gehörte keinem Menschen. Sie wanderte einfach herum. Aber die Katze da drüben gehört zum Farmhaus. Sie trägt ein Halsband und ist gut genährt, wie man sieht. Und sie riecht nach Menschen. Ich habe das von hier aus riechen können, als sie gerade vorbeistrich. Vertreib sie, wenn du's nicht lassen kannst, aber wenn du sie totmachst, dann kommen die Menschen vom Farmhaus hinter dir her, mit allem, was sie haben. Für sie wäre das der letzte Tropfen, der das Faß zum Überlaufen bringt. Ihr habt den Gemüsegarten ruiniert und im Kirschgarten viel Schaden angerichtet. Ich wundere mich, daß sie noch nicht alles getan haben, um euch alle auszulöschen. Nimm meinen Rat an, Celandine. Laß um Frith' willen die Katze in Ruhe.«

»Ich werde drüber nachdenken«, meinte Celandine. »Aber du mußt zugeben, die freche Katze fordert ihr Unglück doch selber heraus.«

Während der nächsten paar Tage warteten Celandine und drei seiner Owsla-Genossen geduldig im hohen Gras auf die schwarz-weiße Katze, die aber nicht wieder erschien. Erst mehrere Tage später sprang sie am frühen Abend wieder am Wiesenrand herum und inspizierte die Umgebung wie gehabt.

Von Celandines Standpunkt aus war die Gelegenheit optimal. Die Katze legte sich in die Sonne, ihrer Lauerstellung fast direkt gegenüber, wälzte sich auf den Rükken und putzte sich den Bauch. Als die vier Kaninchen auf sie sprangen, war sie vollkommen überrascht. Dennoch kämpfte sie, miaute und biß wild um sich; ihre Krallen waren wirksamer als die der Kaninchen, und sie war gewöhnt, sie auch zu benutzen. Sie wäre auch gewiß noch entwischt, hätte Celandine sie nicht mit tollkühner Verwegenheit angegriffen. Ihre Rückenlage bot ihm die Gelegenheit, die stärkste Waffe eines Kaninchens einzusetzen: die Hinterläufe. Im Sprung landete Celandine auf ihrer Brust, stieß einen Hinterlauf in ihren Bauch und trat nach hinten aus. Damit war alles entschieden. Mit aufgerissenem, schrecklich verwundetem Leib und heraushängenden Eingeweiden kämpfte sie noch, kratzte wütend und schlug ihre Zähne in Celandines Gurgel, so daß er ihr tatsächlich ausgeliefert war. Doch in diesem Augenblick verließ sie die Kraft; ächzend rollte sie auf die Seite, und kurz darauf war sie tot. Celandine und seine Kaninchen, mit dem Blut der Katze und dem eigenen Blut befleckt, entflohen durch das hohe Gras.

Erst als es beinahe ganz dunkel war, entdeckte ein

Mädchen von der Farm die tote Katze und trug sie so blutig, wie sie war, bitterlich weinend hinweg.

El-ahrairah war selber nicht Zeuge, wie Celandine und seine Kaninchen die Katze töteten, aber Rabscuttle war da, hatte alles mitangesehen und erzählte es ihm, und er hatte auch das weinende Mädchen bemerkt, das die Katze wegbrachte.

»Sollten wir uns jetzt nicht aufmachen, Meister?« fragte Rabscuttle. »Wir wollen doch nichts mit denen hier zu tun haben, oder? Wir könnten erschossen werden ... oder ... na ja, was immer diese Menschen jetzt tun werden.«

»Ja, jetzt gehen wir«, antwortete El-ahrairah. »Aber ich bin noch nicht ganz bereit. Halte mal Ausschau und melde mir sofort, wenn du siehst, daß die Menschen sich irgendwie anders verhalten als sonst.«

Nichts geschah jedoch am nächsten Tag und genausowenig am übernächsten. Aber drei Tage, nachdem die Katze getötet worden war, weckte Rabscuttle El-ahrairah ungewöhnlich früh und berichtete ihm, daß ein Haufen Männer auf die Wiese kamen, die meisten mit Stöcken und einer mit einem Gewehr. El-ahrairah kroch unter einen Weißdornbusch, an eine Stelle, von wo aus sie beide die Männer beobachten konnten, die im Augenblick noch nichts taten; sie standen nur herum, verbrannten weiße Stäbchen im Mund und redeten miteinander.

Nach einiger Zeit gingen zwei Männer weg und kamen auf einem *hrududu* mit einer angehängten Mähmaschine wieder. Sie fuhren damit zum Wiesenrand und begannen, die ganze Wiese in großen Kreisen abzumähen. Sie zogen die Kreise immer etwas enger. Die anderen Männer hatten sich inzwischen am Wiesenrand verteilt und bewegten sich langsam über das abgemähte Feld der Mitte zu. El-ahrairah wußte zwar, daß das ganze Feld voller Kaninchen war, sah aber keines herauskommen. Da wurde ihm klar, daß sie im hohen Gras versteckt bleiben wollten und zur Mitte krochen, während um sie herum gemäht wurde.

Schließlich blieb das *hrududu* geräuschlos stehen. Da war ein Stück in der Mitte ungemäht geblieben, und die Männer stellten sich darum herum auf.

»Also gut, wir gehen jetzt«, sagte El-ahrairah und fing an zu rennen so schnell er konnte, weg von dieser Wiese, weg von dieser Farm, ins offene Gelände, das dahinter lag, und Rabscuttle folgte ihm auf dem Fuße. Er wollte die Männer nicht schreien hören, wenn sie mit den Stöcken schlagend vorwärtsgingen. Er wollte nicht sehen, wie Burdock und Celandine versuchten, den Kreis der Männer zu durchbrechen, davonhasteten und dann erschlagen wurden. Einer oder zwei kamen durch, aber der Mann mit dem Gewehr verfehlte keinen.

»Schau nicht zurück«, sagte El-ahrairah zu dem zitternden Rabscuttle, »und sprich niemals darüber. Wir wollen doch nach Hause – das weißt du doch. Und ich hab' so eine Ahnung, daß das nicht mehr weit weg ist.«

11. El-ahrairah und der *lendri*

Tommy Brock hatte üble Gewohnheiten.
Er aß Wespennester und Frösche und Würmer
und watschelte im Mondlicht herum und
grub Sachen aus der Erde.

Beatrix Potter (The Tale of Mr. Tod)

Ein paar Tage lang – erzählte Dandelion weiter –, nachdem sie die armen Kaninchen und Burdock verlassen hatten, liefen El-ahrairah und Rabscuttle durch die sommerlichen Wiesen mit hohem Gras, ohne daß etwas passierte.

Eines Abends, als sie es sich im Stroh einer alten Scheune bequem machten, sagte Rabscuttle: »Wir sind jetzt bestimmt nicht mehr weit von zu Hause weg, Meister. Ich spüre es am ganzen Leib. Du nicht?«

»Also ich kann's ja nicht gut an *deinem* Leib spüren«, antwortete El-ahrairah, der es nicht lassen konnte, Rabscuttle manchmal ein wenig zu necken, »aber ich spüre es selber auch. Dennoch habe ich so eine Ahnung, daß uns da noch ein großes Hindernis im Wege steht. Wir sollten gut aufpassen und sehr vorsichtig weitergehen. Wäre doch ein Jammer, wenn wir so kurz vor dem Ziel aufgehalten würden.«

Es war schon später Nachmittag am nächsten Tag, als ein dichter Wald vor ihnen auftauchte. Aber es war kein gewöhnlicher Wald, das sah man sofort. Er erstreckte sich nach beiden Seiten in die Weite, und da gab es augenscheinlich keine Lücke und keinen Einlaß, der den Anfang eines Pfads in die miteinander verfilzten Bäume und das undurchdringliche Gestrüpp angezeigt hätte.

»Ich fürchte, wir haben keine Wahl«, sagte El-ahrairah, nachdem er eine Weile den Wald nachdenklich betrachtet hatte. »Wir müssen durch dieses abschrekkende Gewirr hindurch, davon bin ich überzeugt; du nicht auch?«

»Ich leider auch, Meister«, erwiderte Rabscuttle, setzte sich ins Gras und putzte sich das Gesicht mit den Vorderpfoten. »Aber allein bringen wir das nicht fertig. Wir brauchen irgendeine Hilfe. Wir können nicht einfach so in diese wirre Wildnis eindringen, wir hätten uns in einer halben Stunde verirrt, und in einem halben Tag wären wir tot.«

»Was denn für eine Hilfe?« fragte El-ahrairah. »Wir sollten lieber versuchen, jemanden zu finden, der sich hier auskennt.«

Sie gingen auf den Wald zu, und schon bald stießen sie auf eine sehr große Ratte; sie war fast so groß wie El-ahrairah. Sie saß in der Sonne und meditierte zweifellos, wie die Kaninchen dachten, über einen schändlichen und mörderischen Plan in allen Einzelheiten. Keinem von beiden war wohl dabei zumute, aber dennoch, sagte sich El-ahrairah, als die Ratte ihn stumm mit einem bösartigen und hinterlistigen Blick beäugte, irgendwo müssen wir ja anfangen. Er grüßte die Ratte höflich und setzte sich am Grabenrand neben sie.

»Vielleicht könntest du uns einen Rat geben«, begann er. »Wir müssen hier durch diesen Wald.«

»Warum?« fragte die Ratte, und ihre Schnauzhaare zuckten auf eine abstoßende Weise.

»Wir wollen nach Hause«, sagte El-ahrairah.

»Und wie zum Teufel kommt es dann, daß ihr hier seid?« wollte die Ratte wissen.

»Auf Anordnung von Frith, unserem Herrn«, antwortete El-ahrairah. »Auf sein Gebot hin mußten wir eine lange Reise unternehmen, und wir haben Glück gehabt, daß wir noch am Leben sind. Aber jetzt gehen wir nach Hause.«

»Ihr seid aber noch nicht zu Hause«, sagte die Ratte und fletschte hämisch grinsend ihre gelben Zähne. »Noch nicht! O nein!«

El-ahrairah sagte nichts darauf, und eine Weile herrschte Schweigen.

»Ihr kommt nie durch diesen Wald«, meinte die Ratte endlich. »Soviel ich weiß, ist da noch nie einer durchgekommen.«

»Kennst du jemanden, der uns vielleicht helfen könnte?« fragte Rabscuttle.

»Das einzige Wesen, das vielleicht in der Lage wäre, euch zu helfen, wenn ihm der Sinn danach stünde«, sagte die Ratte und lachte höhnisch, »das wäre der Alte Brock. Aber der frißt euch wahrscheinlich eher, als daß er euch hilft.«

»Wo können wir ihn finden?« fragte El-ahrairah.

»Schwer zu sagen«, meinte die Ratte. »Der ist immer hier irgendwo am Waldrand und wühlt in der Erde herum. Wenn ihr ebenfalls den Waldrand rauf und runter geht, findet er euch vielleicht. Der Tod durch ihn ist so gut wie jeder andere Tod. Warum sollte er euch helfen? Habt ihr euch das mal überlegt?« Und mit einem Satz war sie in der Hecke verschwunden.

Es ging am nächsten Tag schon auf *ni-Frith* zu, als die zwei Kaninchen die Ausläufer des Waldes erreichten, und da war es genauso wüst und wild. Der Blick in den Wald, vorsichtig ausgedrückt, war nicht ermutigend. Große Bäume schien es nicht zu geben, und das hieß, daß niemand den Wald ausdünnte und die Bäume nie zurückgeschnitten wurden. Dieser Wald war ein Urwald. Die Bäume wuchsen so dicht nebeneinander, daß sogar jetzt, zur Mittagszeit, das Tageslicht ausgeschlossen war. Das Dickicht war so verfilzt, daß selbst Kaninchen, die ja gewohnt waren, sich durch schwierige Hindernisse hindurchzuzwängen, keine Zutrittsmöglichkeit sahen. Sie gingen weiter am Waldrand entlang, aber es wurde nicht besser. El-ahrairah, der hartnäckig war und nicht so schnell zu entmutigen, schaute sich noch lange an den Rändern um, war aber endlich gezwungen zuzugeben, daß er nicht weiter wußte.

»Wir müssen wohl versuchen, den Alten Brock zu finden, den uns die Ratte genannt hat«, sagte er zu Rabscuttle.

»Aber wenn der uns eher frißt als uns hilft?« fragte Rabscuttle.

»So schnell frißt der mich nicht«, meinte El-ahrairah. »Ich sage dir, ich bin wild entschlossen, durch den Wald zu kommen, und wenn das nur mit Hilfe vom Alten Brock möglich ist, dann werde ich ihn auch finden. Dabei fällt mir gerade etwas ein: Wir werden ihn wahrscheinlich eher nachts als tagsüber finden, verdammt noch mal.«

Kaninchen sind bei Dunkelheit, die ihnen nur angst macht, nicht gern draußen. Die Dämmerung und der Abend sind die Zeiten, wo sie sich normalerweise im Gelände bewegen. In dieser Nacht hatte selbst El-ahrairah starke Befürchtungen, als er daranging, das Randgebiet des Waldes zu durchstreifen. Der abnehmende Mond verbreitete wenig Licht, und jedes kleinste Geräusch unerkennbarer Herkunft war wie ein Alarm. Sie kamen langsam vorwärts und schreckten dauernd zusammen. Dennoch hatten sie Glück – wenn man die schnelle erfolgreiche Beendigung einer Suche dieser Art Glückhaben nennen konnte. Die Nacht war noch nicht halb vorüber, als El-ahrairah, geduckt am Fuß eines Baumes aufmerksam lauschend, plötzlich von einer großen Pfote niedergehalten wurde und eine tiefe Stimme leise sagte: »Was machst du da? Wieso bist du überhaupt hier?«

El-ahrairah bekam keine Luft mehr und konnte nicht sprechen. Zu Ehren Rabscuttles muß gesagt werden, daß er nicht weglief, sondern Antwort gab. »Wir sind auf der Suche nach ... eh ... dem großen Herrn Brock. Bist du das, Herr?«

Der riesige Dachs machte keine Miene, El-ahrairah loszulassen, und sagte: »Was interessiert es dich, wer ich bin? Warum habt ihr mich gesucht?«

»Wir müssen durch diesen Wald kommen, Herr, ganz hindurch zur anderen Seite. Es ist für uns die einzige Möglichkeit, nach Hause zu kommen. Man hat uns gesagt, daß uns niemand außer dir helfen kann.«

Daraufhin hob der Dachs die Pfote und erlaubte El-ahrairah herauszukriechen und sich hinzusetzen. Der Dachs sah die Kaninchen grimmig und feindselig an.

»Wie kommt ihr darauf, daß ich euch helfen würde?«

»Wir haben einen weiten Weg hinter uns und haben viele Schwierigkeiten und Gefahren überwunden. Wir wissen, daß du der Herr dieses Waldes bist und nach Belieben retten oder töten kannst. Ich bitte dich, Herr, geduldig zuzuhören, und ich werde dir erzählen, was wir durchgemacht haben und wie wir hergekommen sind.«

Darauf hockte sich El-ahrairah im Licht des abnehmenden Mondes zu Füßen des *lendri* nieder und erzählte ihm von König Darzin und der Misere seiner Kaninchen, wie Rabscuttle und er dem Schwarzen Kaninchen von Inlé entgegengetreten waren und welchen Gefahren sie seither auf ihrer Reise trotzen mußten. »Und wir bitten dich, Herr«, endete er, »daß du uns deinen Schutz gewährst und uns hilfst, dieses letzte Hindernis vor unserer friedlichen Heimkehr zu überwinden. Wenn es irgend etwas gibt, womit wir dir helfen oder von Nutzen sein können, sind wir dazu gern bereit. Ein Wort genügt, und was du verlangst, wird geschehen.«

»Ich hab' meine Burg hier in der Nähe«, sagte der *lendri* grollend. »Ihr kommt jetzt besser mit!«

Sie liefen mit ihm den verfilzten Waldrand entlang so gut es eben ging und kamen zu einer flachen Grube, in der auf einer Seite ein großes Loch war. Davor lag ein Erdhaufen, vermischt mit verdorrtem Gras und Farnen. Der *lendri* verschwand im Loch, und die Kaninchen folgten ihm.

Das Innere war einschüchternd: ein Irrgarten von Tunnels nach allen Richtungen und offenbar sehr weitläufig. Tatsächlich waren die Tunnels so lang, daß die Kaninchen den *lendri* um eine Rast baten. Aber schon bald darauf wurde er ungeduldig und ging wortlos weiter, so daß sie gezwungen waren, hinter ihm herzustolpern, so gut es ging, sonst wären sie allein im Dunkeln zurückgeblieben.

Schließlich verhielt er an einer Stelle, die sich von keiner anderen im Tunnel unterschied, außer daß sie mit Stroh und trockenem Gras ausgelegt war und gewaltig nach Dachs stank. Der *lendri* legte sich hin, wartete auf die Kaninchen und fragte sie dann: »Wie habt ihr euch denn das gedacht, daß ihr mir von Nutzen sein könnt?«

»Wir können dich mit Nahrung versorgen, Herr«, sagte El-ahrairah. »Sag uns, was du frißt, und das suchen wir und bringen's dir.«

»Ich fresse alles. Hauptsächlich Würmer, außerdem Käfer, Raupen, Maden und Schnecken aller Art, wenn sie zu finden sind.«

»Wir bringen dir jede Menge, Herr, wenn du uns nur durch den Wald führst, sobald du dazu bereit bist.«

»Dann fangt jetzt an.«

Er führte sie nach oben und zum Waldrand zurück. Und jetzt begann wohl die seltsamste Zeit, die die Kaninchen je erlebt hatten. Jeden Abend trafen sie sich mit dem *lendri* und gingen mit ihm auf Nahrungssuche, manchmal auch im Wald, aber meist auf den Feldern und in den Gärten der Häuser. Es war ein langwieriges und ermüdendes Geschäft, denn der *lendri* war gefräßig und hielt sie bis Tagesanbruch auf Trab und manchmal auch länger. Für Kaninchen war es scheußliche Arbeit. Oft gruben sie in nasser Erde nach Würmern oder sammelten sie nach Regen vom Boden auf und nahmen sie ins Maul, um sie dem *lendri* zu bringen, nicht nur Würmer, sondern auch Schnecken und alles mögliche kleine Getier, das sie fanden. Obwohl es schon spät im Jahr war, stießen sie gelegentlich auf Fasanennester, deren Eier der *lendri* mit Wonne zwischen den Zähnen zermalmte. Oft konnten auch Mäuse erbeutet werden, da ihr Instinkt sie gegenüber Kaninchen arglos machte.

Anfangs ekelten sich die Kaninchen vor den Würmern und Schnecken im Maul, aber nach einer Weile hatten sie sich daran gewöhnt und empfanden nichts mehr dabei.

Schwerer zu ertragen war die Abneigung und Verachtung, die sie von seiten ihrer Mitkreaturen erfuhren. Als sich herumsprach, was sie in den Feldern und Gehölzen machten, haßte und verabscheute sie alsbald jedermann. Mehrere Nächte hintereinander folgte ihnen ein Eichhörnchen von Baum zu Baum und zeterte: »Sklaven! *Lendri*-Sklaven! Macht zu, eilt euch, schneller, sonst wird der Meister böse!« In einer anderen Nacht stieß eine verwundete, hilflose Ratte höhnisch hervor: »Welche Freude für mich, daß ich den feigen Kaninchen dienlich sein kann.« Eulen ließen Warnrufe ertönen, wenn sie sich näherten, und Wühlmäuse keiften unflätige Beschimpfungen aus der Sicherheit ihrer Löcher heraus. Es war ein unerträglich niederdrückendes und unnatürliches Leben für Kaninchen, die ja von Natur aus gesellig und von allen Geschöpfen die vegetarischsten sind. Sie wurden mürrisch und verkehrten gereizt miteinander, und oft waren sie kurz davor, diese widerliche Arbeit hinzuwerfen und wegzulaufen. Dennoch aber wußten sie, daß der *lendri* ihre einzige Hoffnung war, heimzukommen.

Anfangs hatten sie noch angenommen, der *lendri* würde sie freundlicher behandeln, wenn sie sich erst einmal besser kennengelernt hätten. Das war jedoch nicht der Fall. Er verhielt sich weiterhin grob und unfreundlich. Er sprach selten, außer um Befehle zu geben oder vor einer Gefahr zu warnen oder zu schimpfen, wenn sie etwas falsch gemacht hatten. Er lobte niemals. El-ahrairah bemühte sich am Anfang sehr, eine Unterhaltung in Gang zu bringen, doch der *lendri* schwieg nur oder hörte gar nicht zu. Ihre Wachsamkeit ließ nach, sie wurden langsamer und unempfänglicher für die zahllosen Signale, die gesunde Kaninchen fortwährend vom Wind, von Gerüchen, Geräuschen und Bewegungen ringsum empfangen.

Eines naßkalten Morgens, als sie beide nach einer langen Nacht mit vielen Wurmlieferungen völlig erschöpft waren, fragte Rabscuttle: »Meister, glaubst du nicht, wir könnten den *lendri* dazu bringen, uns zu sagen, *wann* er uns gehen läßt und uns durch den Wald führt? Ich weiß nämlich nicht, wie lange ich das noch aushalten kann, und du siehst auch nicht mehr so gut aus, und riechen tust du auch ziemlich schlecht.«

El-ahrairah nahm all seinen Mut zusammen und fragte den *lendri* in dieser Nacht, aber die einzige Antwort war: »Wenn ich dazu bereit bin. Arbeitet mehr, und dann könnte ich es einmal erwägen.«

Eines Nachts trafen sie einen Hasen im Feld. Nach den üblichen verletzenden Ausdrücken der Verachtung sagte er: »Warum ihr das macht, kann ich mir nicht vorstellen und auch niemand sonst.« El-ahrairah erklärte ihm den Grund. »Glaubt ihr denn im Ernst, der *lendri* ließe euch gehen und würde euch zu eurem Heimweg verhelfen?« fragte der Hase. »Natürlich nicht. Der behält euch einfach und läßt euch arbeiten, bis ihr tot umfallt oder weglauft.«

Das stürzte El-ahrairah in tiefe Verzweiflung. Doch ohne daß sie es wußten war Frith der Herr seinen treuen Kaninchen näher, als sie glaubten.

Ein paar Nächte später gruben sie in der Nähe vom Dachsbau nach Würmern. Da bemerkte Rabscuttle eine Stelle, wo der Boden vor kurzem bewegt worden war. »Komm mal her, Meister«, sagte er, »und sieh dir diese lockere Erde an. Das ist noch nicht lange umgegraben worden. Das war kürzlich hier noch nicht so. Gute Stelle für Würmer jetzt, was meinst du?«

Sie gruben in der lockeren Erde. Sie waren noch nicht tief gekommen, als El-ahrairah innehielt, schnüffelte und zögerte. »Komm mal her, Rabscuttle, und sag mir, was du davon hältst.«

Rabscuttle schnüffelte auch. »Da ist was vergraben

worden, Meister, noch nicht lange her. Etwas Lebendiges war das, ist aber jetzt nicht mehr lebendig. Sollen wir's lieber in Ruhe lassen?«

»Nein«, antwortete El-ahrairah. »Wir machen weiter.«

Sie gruben tiefer. »Meister, da ist eine Hand. Die Hand eines Menschen.«

»Ja«, sagte El-ahrairah, »die Hand einer Frau. Und wenn mich nicht alles täuscht, liegt der ganze Körper hier. Sonst würde es nicht so stark riechen.«

»Dann lassen wir's lieber in Ruhe, Meister.«

»Nein«, sagte El-ahrairah. »Wir wollen noch mehr ausgraben.«

In der Stille der Nacht gruben sie weiter, bis es nicht mehr zu übersehen war, daß ein menschlicher Körper hier begraben lag.

»Ein bißchen Erde wollen wir noch darüber lassen«, sagte El-ahrairah, »und dann weitergehen und irgendwo anders nach Futter suchen. Menschen sollten die Leiche finden, und zwar bald!«

Es dauerte jedoch noch zwei Tage, bis ein Mann am Waldrand vorbeischlenderte; er trug schwere Stiefel und hatte ein Gewehr dabei. Die Kaninchen beobachteten ihn vom Ausgang des Dachsbaus und sahen, wie ihm der umgegrabene Boden auffiel, wie er anhielt, um sich die Sache genauer anzusehen und dann etwas Erde wegkickte. Sobald er sich vergewissert hatte, was da lag, markierte er die Stelle mit einem abgebrochenen Zweig und rannte mit seinem Gewehr und seinen plumpen Stiefeln fort, so schnell er konnte.

»Das melden wir jetzt dem *lendri*«, sagte El-ahrairah.

Nach ihrem Bericht kam der *lendri* mit zum Bau-Ausgang. Sie brauchten nicht lange zu warten. Ein *hrududu* voller Männer fuhr heran und hielt in der Nähe. Die Männer stiegen ab und steckten die Stelle mit Pfosten ab, die ein blauweißes Band verband. Danach kamen noch mehr Männer, bis es schien, daß die Stelle von Männern wimmelte, die laut miteinander sprachen.

Der *lendri*, sichtbarlich in Angst, machte kehrt und lief so schnell wie möglich in den Tunnel zurück. Die beiden Kaninchen folgten ihm.

»Wir müssen unbedingt hinter ihm bleiben«, keuchte El-ahrairah, »wo er auch hingeht.«

Schwankend und stolpernd folgten sie dem *lendri* durch einen Seitengang, wo sie noch nie gewesen waren und der auch längere Zeit nicht benutzt worden zu sein schien; an manchen Stellen war er teilweise blockiert durch herabgefallene Erde, die der *lendri* mit mächtigen Hieben seiner Pfoten beiseite oder hinter sich warf. Die Kaninchen wurden mit Erde überschüttet und manchmal von kleinen Steinen schmerzhaft getroffen, mühten sich aber, hinter dem verängstigten *lendri* zu bleiben, dem es offensichtlich darauf ankam, schnellstens von den Männern fortzukommen.

Nach einer scheinbar endlosen Zeitspanne führte der Tunnel leicht aufwärts und dann ins Freie. Am Ausgang blieb der *lendri* stehen, schnüffelte, lauschte und schaute umher. Schließlich kam er vorsichtig hinaus in den Wald, ging eine kurze Strecke weiter und versteckte sich unter dichtem Gebüsch.

»Er hat sicher nicht gewußt, daß wir ihm gefolgt sind«, flüsterte El-ahrairah. »Warten wir, bis er weggeht.«

Während sie warteten, versuchten sie die Männer zu hören, vernahmen aber nur sehr schwache Geräusche in der Ferne. »Wir haben offenbar einen ziemlich langen

Weg hinter uns«, wisperte El-ahrairah. »Kriech jetzt raus, so lautlos, wie es geht. Hier können wir nicht bleiben. Wenn der *lendri* vor irgend etwas erschrickt, rast er zu diesem Loch zurück und trampelt uns zu Boden.«

Sie schlichen geräuschlos eine kleine Strecke über den Waldboden und gelangten schließlich zu einer kleinen Lichtung, wo sie anhielten. El-ahrairah machte wachsam eine Runde am Lichtungsrand entlang und fand, was er suchte: Reifenabdrücke im weichen Boden. Sie führten zu einem leicht abfallenden Weg, und die Kaninchen folgten ihm, bis sie Männer in der Nähe reden hörten und die weißen Stäbchen rochen. Sie warteten lange im Unterholz, bis die Männer endlich ihr *hrududu* bestiegen und abfuhren.

Das Geräusch verklang in der Ferne. »Komm jetzt«, sagte El-ahrairah, »wir müssen hier heraus, solange es noch Tag ist.«

Sie waren noch nicht weit gelaufen, als sie am Waldrand ankamen und von dort grüne Felder sehen konnten.

»Aber ist das der Waldrand, den wir suchen, Meister?« fragte Rabscuttle. »Könnte doch auch eine andere Stelle auf der Seite sein, wo wir gewesen waren, oder?«

»Sieh mal die Sonne«, antwortete El-ahrairah. »Sie scheint uns direkt entgegen. Und der Wind kommt von vorne. Stimmt schon, das ist die Sonnenuntergangsseite des Waldes.«

Das erwies sich als richtig. In dieser Nacht schliefen sie unter einem dichten Brombeerbusch. Nichts störte sie, und am nächsten Nachmittag erreichten sie endlich ihr eigenes Gehege.

»Also hat man sich auf das Wort des Schwarzen

Kaninchens verlassen können«, meinte El-ahrairah und schaute umher. »Nichts Feindliches zu riechen, ein schöner Abend und alle beim *silflay*. Sehen auch alle gut aus. Das hast du gut gemacht, Rabscuttle.«

»Du hast das gut gemacht, Meister«, antwortete Rabscuttle und stupste El-ahrairahs Nase an. »Sieh mal, schöner Klee hier. Setzen wir uns doch und fressen erst mal ein bißchen.«

Jedoch, wie andernorts erzählt worden ist, war ihre Heimkehr keineswegs so, wie sie es sich vorgestellt hatten.

Dritter Teil

12. Der Geheime Fluß

Der Name des zweiten Flusses ist Gihon.
Kaum ist er dem Paradies entströmt,
verschwindet er auch schon in der Tiefe des Meeres ...,
von wo aus er, durch geheime Passagen in der Erde,
wieder in den Bergen Äthiopiens auftaucht.

Moses bar Cepha, von John L. Lowes zitiert
(The Road to Xanadu)

Von allen Weibchen, die mit ihm von Efrafra ausgebrochen waren, hielt Bigwig immer Vilthuril für das rätselhafteste, für seltsam und am schwersten zu verstehen. Vilthuril war dabei weder unfreundlich noch hochnäsig. Im Gegenteil, sie verstand sich glänzend mit allen Kaninchen im Gehege und war auch oft zu einer kleinen Plauderei bereit – über Dinge wie das Wetter, das Gras oder die Pferde, die über ihr Down galoppierten, über alles, mit einem Wort, was nicht zu Mißhelligkeiten führte und zu dem jeder eine Meinung äußern konnte, die niemanden verletzte. Sie war eine gute Mutter und ihrem Gefährten, Fiver, sehr ergeben. Fiver und sie hatten ihre gegenseitige Zuneigung schon vor dem Ende der Expedition gegen Efrafra entdeckt; und in der Nacht des Überfalls von General Woundwort, in der Fiver, wie man sich erinnert, bewußtlos unter Efrafraniern auf dem Boden des Wabenbaus gelegen hatte, bevor er erwachte und Vervain ohne einen einzigen Hieb besiegte, war Vilthuril seinetwegen außer sich gewesen vor Angst und Sorge.

Wer mit Vilthuril zu tun hatte, spürte eine gewissen Reserviertheit von ihrer Seite, und man wußte, daß sie und Fiver viel Zeit in ihrer inneren Welt, in der Welt des Mystischen verbrachten. Niemand hatte etwas dagegen, da jeder die Gültigkeit auch dieser Welt anerkannte. Im übrigen, bemerkte Bluebell, solange Fiver fähig war, aus dieser Welt wenigstens für die kurze Zeit aufzutauchen, die er benötigte, um Kaninchen wie Vervain auszuschalten, war doch alles in Ordnung.

Doch Vilthuril konnte durchaus auch über ernste Dinge sprechen, wenn sie wollte, so daß die andern ihr achtungsvoll und aufmerksam zuhörten. Aber sie wollte das nicht oft, deshalb hielten die anderen Kaninchen gewöhnlich den Mund, wenn sie sprach, um keine Gelegenheit auszulassen, etwas von der wirklichen Vinthuril zu erfahren, und das bereuten sie selten oder nie.

Eines Abends, es war im ziemlich überfüllten Wabenbau, fragte sie den überraschten Hazel so ruhig und beiläufig, als wären sie allein: »Hat dir Hyzenthlay je etwas über den unterirdischen Fluß in Efrafra erzählt?«

»Über den *was*?« fragte Hazel zurück, jetzt auch einmal aus seiner Fassung gebracht.

»Den unterirdischen Fluß in Efrafra«, wiederholte Vilthuril im selben ruhigen Unterhaltungston.

»Nein, bestimmt nicht«, sagte Hazel. Dann fragte er, aber mehr um seine Fassung wiederzugewinnen als aus einem anderen Grund: »Bigwig, hast du je was von dem unterirdischen Fluß in Efrafra gehört? Du bist ja schließlich einmal dagewesen und ich nicht.«

»Da will ich doch in der Schlinge hängen, wenn ich was davon gehört habe«, erwiderte Bigwig, »und da müßte einer viel Überzeugungsarbeit leisten, bis ich daran glaube.«

»Doch, da war ein Fluß«, sagte Vilthuril, »aber nur drei von uns wußten davon.«

»Hyzenthlay?« fragte Hazel. »Hast du davon gewußt?«

»Aber ja«, antwortete Hyzenthlay. »Thethuthinnang und ich, wir kannten beide den Fluß ganz gut. Den Geheimen Fluß, so nannten wir ihn immer. Aber erzähl du, Vilthuril, erzähl ihnen vom Geheimen Fluß. Sie kannte ihn am besten. Sie fand ihn zuerst und wußte mehr über ihn als wir«, fügte sie hinzu, an Hazel und Bigwig gewandt. »Sie war auf den Fluß ... eingestimmt, besser als auf irgend etwas anderes.«

Es gab eine Pause, da Vilthuril sich offenbar sammelte und überlegte, wo sie anfangen solle.

Schließlich sagte sie: »Es ist kaum möglich, jemandem, der nicht dort war, zu beschreiben, wie das war – ein Kaninchen in Efrafra zu sein. Im Bau, zwischen den zwei täglichen *silflays*, die einem Kennzeichen zustanden, war man nicht wirklich lebendig. Jedenfalls nicht in dem Sinne, wie man den Begriff hier versteht. Die Offiziere, wann immer einer zufällig im Gang eines Kennzeichens auftauchte, verboten einem zwar nicht, herumzugehen. Aber es war nicht sehr sinnvoll, herumzugehen. Erstens war es ziemlich schwierig, weil es in den Gängen sehr gedrängt zuging, und zweitens war eine Stelle im Bau genauso wie jede andere Stelle im Bau. So ähnlich war es auch mit dem Sprechen. Es war nicht verboten zu reden, aber im allgemeinen gab es auch nichts, worüber man reden konnte. Ich hatte immer das Gefühl, die Offiziere wollten, daß man absolut nichts machte, daß man zwischen den *silflays* sich möglichst nicht rührte, nicht redete und nicht einmal dachte – es sei denn, man wäre zur Begattung aufgerufen worden, und viel Vergnügen hatte man dabei auch nicht. Ein Kaninchen, das nicht dort war, kann wirklich nicht begreifen, wie das Leben da war.

Also eines Tages, aber vielleicht war es auch eines Nachts, da schlief ich oder döste am äußersten Ende eines Ganges der Kennzeichen, das heißt also am weitesten entfernt vom Hauptgang, der hinausführte, und da bemerkte ich plötzlich etwas ganz Sonderbares, was mir früher noch nie aufgefallen war. Da kam ein Strom durch die Gangwand. Es war keine Wasser- oder Luftströmung, und sie war weder warm noch kalt. Aber etwas kam durch die Wand und floß den Gang hinab; es ergoß sich auch nicht in ein Becken und überflutete es, wie ihr vielleicht denkt, sondern floß der ganzen Länge nach in einem eigenen Kanal.

Ich bewegte mich ein wenig, und so kam ich direkt in die Mitte dieser wie auch immer gearteten Strömung, schaute ihr sogar frontal entgegen. Und dann gab es keinen Zweifel mehr. Ein Strom von irgend etwas kam durch die Gangwand, brach sich über mir und floß weiter. Der Strom war langsam, aber gleichmäßig. Kein anderes Kaninchen im Bau schien ihn zu bemerken.

Ich blieb lange da liegen und überließ mich dem Strom, der Besitz von mir ergriff, wie man sagen könnte. Und ganz allmählich verstand ich, was da durch die Wand kam, nämlich eine Strömung des Wissens. Es war nicht mein Wissen, und es hatte nichts mit mir zu tun. Es war nicht meine Phantasie, die mir einen Streich spielte. Es war keine Wahnvorstellung, die in meinem Kopf entstanden war. Es war etwas von außerhalb, von außerhalb Efrafras, das ich empfing. Man konnte es nicht trinken oder riechen oder heiß oder kalt auf seinem Fell empfinden. Aber man konnte sich aus der Strömung hinausbegeben und wieder hineingleiten. Ich habe das mehrmals gemacht, um mir sicher zu sein.

Die Strömung versuchte, etwas zu übermitteln, entweder mir oder einem anderen Kaninchen, das fähig wäre, es aufzufangen. Ich lag mitten drin und bemühte mich, meinen Kopf leer zu machen, so gut es ging. Und richtig, ich empfing ganz deutlich eine Idee – die Idee von zwei Kaninchen, erwachsenen weiblichen Kaninchen, die zusammen waren, irgendwo, fern von Efrafra. Und sowie ich das begriffen hatte, erweiterte die Strömung das Wissen. Da waren zwei Weibchen, die ihr Gehege verlassen hatten, um ein eigenes Gehege ins Leben zu rufen, in dem die Weibchen die Herrschaft hätten, ein Gehege, von Weibchen regiert.

Diese Idee war fraglos nicht meinem eigenen Kopf entsprungen. Ich hatte kein Bild dieser Art in meiner Vorstellung gehabt. Ich wußte einfach, daß die beiden Weibchen existierten und was sie vorhatten. Ich konnte sie auch nicht vor meinem geistigen Auge sehen, doch ich kannte ihre Namen – Flyairth und Prake –, und ich wußte, sie waren irgendwo da draußen, so stark und von ihrem Vorhaben so überzeugt, daß sie andere Kaninchen, Männchen und Weibchen, dazu überreden konnten, mit ihnen zu kommen. Aber wohin? Ich wußte nur, es war ein sandiges Gelände, ein leichter Hang.

Ich bin wohl lange in der Strömung dieses unterirdischen Flusses liegengeblieben, denn als ich schließlich herauskam, fühlte ich mich ganz erschöpft. Ich fiel sofort in Schlaf und schlief durch bis zum nächsten *silflay* des Kennzeichens, und das war am frühen Nachmittag. Ich wollte mit jemandem reden, wollte mitteilen, was ich gefunden hatte, oder besser, was mich gefunden hatte. Aber in Efrafra war es immer gefährlich, sich mit jemandem zu unterhalten. Entweder traf man auf einen Spion des Rats oder aber, was wahrscheinlicher war, einen, der solange weitererzählte, was man ihm anvertraut hatte, bis man es als Geschwätz abtat.

Ich beschloß, Hyzenthlay einzuweihen; ich wußte, sie war dem Rat verdächtig geworden, da sie um Erlaubnis gebeten hatte, Efrafra zu verlassen. Ich berichtete ihr beim *silflay* am Nachmittag, und sie wollte mit mir kommen, um festzustellen, ob sie die Strömung genauso verspürte wie ich.

Sie kam mit, und sie spürte sie auch, wenn auch nicht so stark wie ich. So schien es mir jedenfalls. Aber nun waren wir schon zu zweit, und wir fragten uns natürlich, ob das auch andere Kaninchen entdecken könnten. Wir hatten Angst vor dem, was uns passieren würde, wenn die Offiziere Wind davon bekämen. Wir hatten nichts Böses gemacht, aber das genügte nicht, um einen in Efrafra vor Unbill zu schützen, das könnt ihr mir glauben. Vielleicht würden wir sogar getötet, denn der Rat würde sicher verhindern wollen, daß noch andere den Fluß entdeckten. Oder aber, sie würden verkünden, daß wir uns das alles ausgedacht hätten. Und Hyzenthlay hatte natürlich schon das Mißtrauen des Rats erregt. Folglich erzählten wir niemandem etwas davon.

Was mir in dieser Nacht durch den Geheimen Fluß zuströmte, war das Wissen, daß Flyairth und Prake eine Menge Kaninchen, Männchen und Weibchen, überredet hatten, ihr Gehege zu verlassen und zu dem sandigen Gelände zu kommen, wo sie ein neues, eigenes Gehege aufbauen wollten. Nur das hatte ich erfahren und sonst nichts. Doch in dieser Nacht empfing auch Hyzenthlay dieses Wissen, ohne mich zu fragen. Da wußten wir beide, daß alles stimmte.

Am nächsten Nachmittag kamen Hyzenthlay und ich als letzte vom *silflay* hinunter, und da fanden wir Thethuthinnang an meinem üblichen Platz am hinteren Ende des Baus. Wir waren ziemlich sicher, daß wir ihr unser Geheimnis anvertrauen könnten, warteten aber, um zu sehen, ob sie vielleicht von allein dahinterkäme. Bald war uns klar, daß sie etwas Seltsames und Rätselhaftes gewahrte, ließen es aber dabei bewenden, doch beim *silflay* am nächsten Tag verrieten wir ihr, was wir jetzt wußten. Sie hatte es auch gespürt, wenn auch nicht so deutlich wie ich, und nicht begriffen, daß es ein Strom des Wissens war, bis wir es ihr sagten.

Danach taten wir alles, um wenigstens einmal am Tag oder in der Nacht in den Geheimen Fluß zu kommen. Die beiden anderen empfingen die Botschaft des Wissens nicht so klar wie ich, aber da wir nun darüber sprechen konnten, erkannten sie immer, was ihnen durch die Strömung zugeflossen war, solange sie in ihr lagen.

Nach einiger Zeit war es uns, als kennten wir Flyairth und Prake. Aber zwei Dinge wußten wir nicht: Wir wußten nicht, ob die zwei Weibchen etwas mit dem Aussenden der Wissensströme zu tun hatten, und wir wußten nicht, ob diese Strömung noch irgendwo anders, außerhalb von Efrafra, hinkam – durch ein anderes Gehege hindurch, meine ich, zu anderen Kaninchen. Wir konnten nicht darauf antworten, versteht ihr? Wir konnten nur das Wissen empfangen, das uns durch den Geheimen Fluß zuströmte, und einander täglich bestätigen, um was es sich gehandelt hatte.

Wir wußten, daß Flyairth und Prake ein eigenes Gehege nach ihren eigenen Wünschen eingerichtet hatten – Thinial nannten sie es – und daß die Männchen unter der Herrschaft der Weibchen zufrieden waren. Männchen, die sich nicht damit abfinden wollten, gingen einfach weg, und niemand hielt sie auf. Die kleine

Owsla, aus Weibchen bestehend, war sehr beliebt. Das waren gewiß die klügsten Kaninchen, die man sich denken konnte; sie schikanierten die anderen nicht, und folglich gab es auch keinen Groll.

Einige Alleinstehende brachten offenbar dennoch Junge zur Welt. Sie erkoren sich Männchen, die sie mochten, und vereinigten sich mit ihnen. Wenn sie dann später ihre Jungen austrugen, beurlaubten sie sich von der Owsla, solange es nötig war, um die Kleinen aufzuziehen und ihnen selbständiges Handeln beizubringen. Wenn die Jungkaninchen sie nicht mehr brauchten, meldeten sie sich wieder zur Owsla zurück.

Flyairth hatte selber zwei Würfe, und soweit wir das mitbekommen konnten, wuchsen ihre Jungen zu wackeren Kaninchen heran.

Lange Zeit empfingen wir dann nichts mehr. Ich dachte mir, da Thinial nun gut und gedeihlich organisiert war, gebe es für uns nichts mehr zu lernen, und die Wissensübermittlung durch den Geheimen Fluß sei nun zu Ende. Ich kann nicht sagen, daß ich darüber traurig war, denn die ganze Sache war mir unheimlich gewesen. Ich hatte dauernd Angst, daß General Woundwort etwas darüber erfahren könnte. Und doch machte ich weiter, jede Nacht legte ich mich in die Strömung des Flusses. Ich war süchtig. Ich konnte nicht aufhören.

Aber dann war da eines Nachts eine Art von ... heftig verwirbeltem Nebel, der mich umhüllte; ich befand mich in einem verwirrenden Durcheinander, in dem ich nichts empfangen konnte oder jedenfalls nichts verstand. Den anderen erging es genauso.

Schließlich schälte sich doch eine Sache klar heraus, nämlich ein Stück Wissen, das handelte von der Weißen Blindheit. Von uns hatte noch niemand ein Kaninchen an der Weißen Blindheit sterben sehen, aber wir wußten davon soviel wie alle Kaninchen. Zum Beispiel, wie ein infiziertes Kaninchen im Freien herumtaumelt, nichts sehen kann, so daß es am Ende vielleicht sogar ins Wasser stolpert und ertrinkt, und daß andere Kaninchen sich anstecken, so daß ein ganzes Gehege vernichtet wird. Wir wußten, daß es lange dauert, bis ein Kaninchen an der Weißen Blindheit stirbt.

Wir erhielten in dieser Nacht alle drei Kenntnis von der Blindheit. Sie betraf uns nicht, sie war einfach da wie ein Stein oder ein Baum. Wir haben nicht geglaubt, daß sie durch den Geheimen Fluß herunterkommt, um uns anzustecken, doch schon dieses Wissen, das alles andere im Fluß zurückdrängte und ihn auf unerklärliche Weise aufwühlte, war erschreckend genug.

Zwei Nächte später wurde das Wissen ergänzt. Flyairth war beim Spazieren außerhalb von Thinial auf ein einzelnes torkelndes Kaninchen gestoßen, ein *hlessi*, das an der Blindheit starb. Zu Tode erschreckt hielt sie sich abseits, sah aber dann, daß es sich aus eigenem Antrieb Thinial näherte. Doch anscheinend im letzten Moment schleppte es sich in anderer Richtung weiter.

Das war alles, was uns der Fluß in dieser Nacht übermittelte.

Anschließend erfuhren wir mehrere Nächte lang hintereinander nur noch von Flyairths wachsender Sorge; sie wußte, wenn die Blindheit irgendwie in ihr Gehege hineingetragen würde, wäre Thinial von Zerstörung bedroht.«

»Nicht ich war es«, sagte Vilthuril, »sondern Hyzenthlay, die vom Fluß erfuhr, daß Flyairth alles auf sich nehmen würde, um die Blindheit von Thinial fernzuhalten. Sie hatte die größte Angst, daß ein angestecktes

Kaninchen, ein Fremdling, zufällig ins Gehege eindringen könnte. Es ist ja eine merkwürdige Sache, wie ihr sicher alle wißt, daß angesteckte Kaninchen durchaus fähig sind, sich zu paaren, und das auch oft tun.

Flyairth teilte ihrer Owsla ihre Befürchtungen mit, und sie waren alle dafür, daß alles getan werden sollte, um angesteckte Kaninchen vom Gehege fernzuhalten. Am Tage wurde allen Fremdlingen der Einlaß verweigert, gleichgültig, ob man ihnen die Ansteckung ansehen oder ob man sie riechen konnte. In der Nacht war das allerdings schwieriger. Ein Fremdling war unter Umständen in der Lage, ungesehen einzudringen. Die Männchen – jeweils vier – übernahmen freiwillig Nachtwachen, um Fremde abzuweisen.

Das war mehrere Tage lang alles, was wir erfuhren. Aber dann empfingen wir die Nachricht, daß ein angestecktes Männchen, ein Fremdling, nachts in Thinial eingedrungen war und sich mit einem Weibchen gepaart hatte, das nun schwanger war. Eines der wachhabenden Männchen gestand, er habe mit dem Fremdling gekämpft, doch der habe ihn niedergeschlagen und sich den Eintritt erzwungen. Verständlicherweise hatte er nichts gemeldet, in der Hoffnung, nie mehr von der Sache zu hören. Das schwangere Weibchen, Milmown, hatte der Owsla berichtet, der Fremdling habe sich mit ihr gepaart und sei dann seiner Wege gegangen.

Noch hätte alles gut ausgehen können, wenn Milmown nicht blind geworden wäre. Als das offensichtlich wurde, zeigten sich Flyairth und Prake unerbittlich. Milmown, wenngleich von vielen bemitleidet, wurde von der Owsla des Geheges verwiesen mit der Auflage, ja nie zurückzukommen.

Aber sie ging nicht weg. Sie blieb in der Nähe des

Geheges und flehte jeden, der sie anhören mochte, an, man möge ihr doch die Rückkehr erlauben. Aus irgendeinem Grund wurde die Entwicklung der Krankheit bei ihr verzögert. Sie kratzte ein Loch in den Sand und brachte dort ihren Wurf zur Welt; es waren nur vier Kaninchen, blind, taub und ohne Fell. Als sie alt genug waren, um sich allein durchs Leben zu schlagen, forderte die Weiße Blindheit ihr Opfer, und Milmown starb.

Alles, was wir drei nun vom Geheimen Fluß erfahren hatten, war dasselbe Wissen, das Tag für Tag wiederholt wurde. Wir wußten, daß die vier Jungen aus Milmowns Wurf im Freien lebten, so gut es ging, nicht weit von Thinial entfernt, und obwohl sie offenbar nicht von der Blindheit befallen waren, verweigerte ihnen die Anführerin des Geheges jede Hilfe und Unterkunft. Niemand konnte sagen, daß sie falsch handelte, doch nur wenige hätten sich imstande gefühlt, solch eine Strenge an den Tag zu legen.

Sicher haben manche in Thinial erwartet, daß die Jungen den Tausend zum Opfer fallen würden, doch keine *elil* tauchten auf, und wir erfuhren vom Geheimen Fluß, daß die Jungen weiterhin am Leben blieben.

Dann wurde uns neues Wissen zugeströmt – etwas, was vorher noch nicht durch den Fluß gekommen war. Anfangs war es verworren und bruchstückhaft, und wir konnten nichts damit anfangen, bis Thethuthinnang meinte, es hätte vielleicht damit zu tun, daß die Kaninchen in Thinial sich gegen Flyairth stellten. Als wir das einmal begriffen hatten, kamen die Nachrichten klarer durch. Der Grund war der, daß Milmown im Gehege wohlgelitten gewesen war und viele Freunde gehabt hatte, einschließlich einiger Mitglieder der Owsla. Diese Freunde hatten allerdings nicht viel für sie tun können, als sie ausgestoßen worden war, weil sie von der Blindheit befallen war; sie würde sterben, und mehr war dazu nicht zu sagen. Nun aber, da sie nicht mehr lebte und ihre vier Jungen offenkundig nicht blind waren, sagten einige ihrer früheren Freunde, daß Flyairth und Prake zu weit gingen und daß Milmowns Junge draußen dem Tod auszuliefern grausam und völlig unnötig sei. Flyairth hingegen lehnte es ab, ihre Ansicht zu ändern. Die Sicherheit und die Lebensfähigkeit von Thinial waren ihr wichtigstes Ziel, und das rechtfertigte jede Unnachgiebigkeit.

Doch mehr und mehr Kaninchen gingen auf Abstand zu ihr. Sie sahen täglich die Jungkaninchen, die sich selbst überlassen waren, nicht jedoch die Ansteckungsgefahr der Weißen Blindheit, die nicht vorhanden war. Einige gingen schon hinaus zu Milmowns Jungen, um mit ihnen zu reden, und sagten ihnen, daß sie persönlich es vorzögen, wenn sie wieder ins Gehege gebracht werden könnten, doch es sei sehr schwierig für die Owsla, in dieser Sache eine Änderung herbeizuführen.

Eines heißen Sommerabends – ich lag schweratmend im überfüllten Bau des Hinterlauf-Kennzeichens – brachte mir der Fluß die Nachricht, daß mehrere Kaninchen, in Mißachtung der Owsla, gemeinsam Milmowns Junge ins Thinial-Gehege gebracht und ihnen einen leeren Bau für sich allein gegeben hatten. Als Flyairth selbst kam, um sie hinauszuweisen, traten ihr Weibchen entgegen, die zum Teil mit ihr zusammen selber Gründungsmütter des Geheges gewesen waren, und lehnten den Ausweisungsbefehl ab. Flyairth, ein schweres, robustes Weibchen, kämpfte mit ihnen und schlug zwei oder drei nieder. Aber gegen alle kam sie nicht an.

Mehrere Tage lang brachte uns der Fluß nichts Neues. Das empfangene Wissen sagte uns nur, daß Flyairth in hilfloser Wut von einer Gruppe Kaninchen zur anderen ging und mit aller Macht ihre Autorität geltend zu machen versuchte. Wir, die drei von uns in Efrafra, meinten, sie hätte die Sache besser einfach fallenlassen sollen. Aber sie war von der Furcht vor einer Blindheitsepidemie derart besessen, daß sie die Wahrscheinlichkeit und die Unwahrscheinlichkeit nicht gegeneinander abwägen konnte. Solange die geringste Möglichkeit bestand, daß die Krankheit nach Thinial kam, mußte sie alles Mögliche tun, um das zu verhindern. Nacht für Nacht brachte uns der Geheime Fluß nur immer wieder das Wissen, daß sie zornentbrannt und entschlossen blieb.

Ich werde nie vergessen, wie ich die halbe Nacht an der Bauwand in Efrafra lag und fühlte, wie Flyairths Wut mich überspülte, erstaunt, daß andere sie nicht auch fühlten. Denn es war bei weitem die stärkste und machtvollste Übermittlung von Wissen, die wir je gehabt hatten.

Flyairths Stellung als Anführerin hatte durch die Sache mit Milmowns Jungen sehr gelitten, besonders weil sie sich geweigert hatte nachzugeben.

Gerade zu dieser Zeit hatte sie ihren dritten Wurf. Sie mußte nun notgedrungen ihre leitende Position aufgeben, um sich um ihre Jungen kümmern zu können, und das verminderte ihren Einfluß im Gehege. Auch hatten einige Kaninchen gesagt, da sie immer noch nicht bereit sei, in der Sache von Milmowns Jungen nachzugeben, sollte sie besser ihre Führungsrolle abgeben.

Zu dieser Zeit nun verloren wir die Verbindung und erfuhren nichts mehr von Thinial oder von Flyairth und ihrer Verzweiflung. Aber das hatte nichts mit dem Geheimen Fluß zu tun. Der Grund war, daß Bigwig nach Efrafra kam und Offizier im Bau des Hinterlauf-Kennzeichens wurde, das heißt: bei uns. Wann hast du zum erstenmal Hyzenthlay wegen eines Ausbruchs angesprochen, Bigwig?«

»Das war am Abend des Tages, als ich zu eurem Kennzeichen kam«, antwortete Bigwig. »In meinem Bau, Hyzenthlay. Erinnerst du dich? Der Plan war, daß du die Weibchen für die Flucht aussuchst. Dann solltest du sie am selben Tag einweihen, und wir wollten am Abend dieses Tages ausbrechen. Je weniger Zeit sie zum Überlegen hätten, um so besser.«

»Aber es ging nicht an diesem Abend, weil Woundwort sich mit dir unterhalten wollte.«

»Also mußten wir es am nächsten Abend versuchen – als das Gewitter losging. Der Abend, an dem sie Nelthilta verhafteten.«

»Wie viele Nächte bist du tatsächlich in Efrafra geblieben?« fragte Vilthuril.

»Drei.«

»Ich erinnere mich«, sagte Hyzenthlay. »Ich war halb wahnsinnig vor Angst, weil alle Weibchen eine Nacht und einen Tag lang schon von der Flucht wußten. Unmöglich, daß das nicht ans Licht kommt, dachte ich. Und ich hatte ja recht. Wäre Nelthilta nur etwas früher festgenommen worden, wäre alles aus gewesen.«

»Meine letzte Nacht in Efrafra«, sagte Vilthuril, »das war die Nacht, in der wir alle von dem Plan wußten und gezwungen waren abzuwarten. Und das war auch die letzte Nacht, in der ich mich in den Geheimen Fluß legte, als einzige von uns dreien.«

»In dieser Nacht war ich dazu nicht aufgelegt«, berichtete Hyzenthlay. »Thethuthinnang und ich waren beide halbtot vor Angst, daß der Plan entdeckt würde.«

»In dieser Nacht«, erklärte Vilthuril, »erfuhr ich nichts, nicht mehr, als ich ohnehin von der wachsenden Gegnerschaft zu Flyairth schon wußte. Ich frage mich, wie alles ausging.«

»Und mir kommt es besonders merkwürdig vor«, sagte Hyzenthlay, »daß wir nicht die leiseste Ahnung haben, wo Thinial ist oder wo diese Kaninchen sind. Vielleicht sind sie viele Tagesreisen von uns entfernt, vielleicht sind sie auch ganz in der Nähe.«

»Das ist die unglaublichste Geschichte, die ich je gehört habe«, meinte Hazel.

Was jedoch Hazel und den anderen Kaninchen, die Vilthurils Geschichte gehört hatten, so unglaublich erschien, war nicht der unterirdische Fluß an sich. Beim Erleben von Phänomenen machte niemand eine Unterscheidung zwischen Unglaublichem und Glaubwürdigem. Der Begriff »unerklärlich« bedeutete ihnen nichts; sie brauchten ihn nicht. Soviel Unerklärliches – zum Beispiel die Mondphasen – war Bestandteil ihres Lebens, daß sie es einfach zur Kenntnis nahmen. Dieser »Fluß« lag zwar außerhalb ihrer Erfahrungen, das ist wahr, aber soviel anderes auch. Was ihnen hingegen außergewöhnlich erschien war, daß Vilthuril diese Geschichte, diese Information – auf welche Weise auch immer – empfangen hatte, die doch von anderen Kaninchen handelte, von Kaninchen, die irgendwo weit weg lebten, von denen sie nicht eines jemals gesehen hatten. Ihrer Erzählung zufolge hatten diese fernen Kaninchen ihr ja nicht das Wissen, das sie empfangen hatte, irgendwie mitgeteilt, sondern es war über sie gekommen, fast so, als hätte sie selbst in Thinial gelebt. Wäre ihr dieses Wissen nicht durch einen unterirdischen Fluß zugeströmt – und zweifellos gab es in der ganzen Welt viele solcher Flüsse –, dann hätte sie es auf eine andere Weise gewonnen. Warum? Vermutlich, sagten einige, lag es einfach in der Luft und wurde zufällig von Kaninchen wie Fiver und Vilthuril aufgefangen – und das war in der Tat merkwürdig. Keineswegs, meinten andere; es war doch allgemein bekannt, daß Fiver und Vilthuril ungewöhnlich sensible Fähigkeiten besaßen.

Es gab kein allgemeines Einverständnis. Es war Blackberrys Verdienst, eine abschließende Formulierung zu finden, der jedermann zustimmen konnte, ohne sich etwas zu vergeben: »Ich glaube, in dieser Sache ist das letzte Wort noch nicht gesprochen.«

13. Das neue Gehege

In der Kälte kamen sie an ...
eine solche Reise just zur schlimmsten Zeit des Jahres ...
das Wetter unwirtlich, die Tage kurz,
die Sonne am fernsten Punkt ...

Bischof Lancelot Adrewes
(Sermon 15, Of the Nativity)

Kehaar, die schwarzköpfige Möwe, flog westwärts über das Land zwischen Caesar's Belt und den Downs. Er flog niedrig, in unregelmäßigen Nordsüd-Kurven und landete nach Belieben hier und da, um auf irgendeinem einladenden Stück Boden etwas zu sich zu nehmen.

Er war nicht in bester Laune. Von Natur aus aggressiv und schnell gereizt wie die meisten Möwen, die sich gegen Myriaden von Artgenossen durchsetzen müssen, war es ihm nicht immer recht, von den Watership-Down-Kaninchen mit Aufgaben betraut zu werden. Kampfeslust an den Tag zu legen und ihre Feinde anzugreifen war eine Sache. Auskundschaften eine andere. Vor fünf Monaten hatte er mit Wonne an ihrer Auseinandersetzung mit Efrafra teilgenommen, war im Sturzflug auf den berüchtigten General Woundwort hinabgestoßen, hatte die Flucht von Bigwig und den aus Efrafra ausbrechenden Weibchen gedeckt und ihnen geholfen, den Fluß hinab zu entkommen. Was er liebte, war die Attacke. Dennoch, nachdem ihm die Kaninchen das Leben gerettet hatten, als er verletzt und hilflos auf dem Down lag, war er bereitwillig zu dem Aufklärungsflug aufgestiegen, der unglücklicherweise mit seiner Entdeckung von Efrafra geendet hatte.

Nun war er gebeten worden, einen weiteren, ähnlichen Flug zu unternehmen, und das hatte ihn verstimmt, allerdings nicht so sehr, daß er ihn rundheraus abgelehnt hätte. Die Bitte war sehr taktvoll vorgetragen worden. Hazel wußte genau, daß Bigwig von all seinen Kaninchen Kehaars größter Bewunderer und Freund war, und hatte ihm listigerweise die Aufgabe übertragen, dem Vogel ihr Vorhaben und was er auskundschaften sollte zu erläutern.

»Wir möchten ein neues Gehege aufbauen, Kehaar«, hatte Bigwig erklärt und wich den orangefarbenen Möwenbeinen aus, die durch das ausgedünnte Novembergras hin und her stolzierten. »Denn unseres wird zu eng. Die Hälfte der Kaninchen wird von hier kommen, die andere Hälfte aus Efrafra. Wir möchten dich bitten, uns eine gute Stelle zu finden und dann nach Efrafra zu fliegen und Hauptmann Campion bitten, hinzukommen, um uns dort zu treffen und sich die Stelle anzusehen.«

»Was für 'ne Stelle wollt ihr?« fragte Kehaar. »Und wo soll sie sein?«

»Irgendwo auf der Seite des Sonnenuntergangs«, antwortete Bigwig, »etwa zwischen hier und Efrafra. Sie sollte nicht in der Nähe von Menschenhäusern oder Gärten sein, das ist sehr wichtig. Wir brauchen eine trockene Stelle, wo das Graben leicht ist. Ein Hang am Rand eines Dickichts, wo Menschen nicht oft hinkommen, mit einigen Büschen, um die Löcher zu verdecken – das wäre ideal.«

»Find' ich«, sagte Kehaar kurz. »Dann komm' ich und zeig' sie dir. Auch dem Kerl von Efrafra, ja?«

»Das wäre großartig, Kehaar. Fabelhafter Vogel! Was für einen Freund haben wir doch in dir! Was sollten wir ohne dich tun?«

»Brauchst nicht auf mich warten. Ich geh' jetzt. Komme morgen hierher. Du auch herkommen, ja?«

»Ich werde hier sein. Paß nur auf die Katzen auf!«

»Djack! Verdammte Katze, die fängt mich nicht mehr.«

Dieses sagend, stieg er auf und flog südwärts, in die kalten Sonnenstrahlen hinein. Er flog über Hare Warrens Farm und dann hinunter zu einem Gehölzstreifen, den man »Caesar's Belt« nannte. Hier machte er eine Imbißpause und plauderte ein Weilchen mit einigen Möwendamen.

Eine von ihnen sagte: »Da kommt schlimmes Wetter auf uns zu. Sehr übles Wetter. Schlimmer als alles, was wir erlebt haben. Schnee und bittere Kälte aus Westen. Wenn du nicht sterben willst, Kehaar, dann such dir besser irgendeine Unterkunft.«

Kehaar flog weiter nach Westen und fühlte schon mit dem rätselhaften und unerklärlichen Instinkt seiner Art die herankommende Kälte, vor der ihn die Zufallsbekanntschaft gewarnt hatte. Er murmelte »Verdammte Kaninchen fliegen nicht« und gelangte bis nach Beacon Hill, bevor er kehrtmachte und weiter nach Norden flog. Bald fand er eine Stelle für ein Gehege, so ideal, wie sie ein Kaninchen sich nur wünschen konnte: ein abgelegener, niedriger Hang, der nach Südwesten ging, am Rand eines Eschen- und Birkenwäldchens. Davor erstreckte sich ein Grasland, auf dem jetzt drei oder vier Pferde weideten.

Er landete und schaute sich um. Natürlich kamen hier öfter Männer her, um nach den Pferden zu sehen, aber nichts wies darauf hin, daß diese Wiese je umgepflügt würde. Er sah auch keine Merkmale anderer Kaninchen hier – keine Löcher, kein *hraka*. Einen besseren Platz würde er bestimmt nicht finden. Er lag, wie er glaubte, näher an Efrafra als am Watership Down, aber angesichts so vieler Vorteile sprach nichts gegen diese Stelle.

Am folgenden Tag traf er Bigwig, zusammen mit Hazel, Groundsel und Thethuthinnang und erzählte ihnen von seiner Entdeckung. Hazel lobte ihn überschwenglich und bat ihn, nach Efrafra zu fliegen, Campion zu berichten und zu hören, wie bald dieser zu einem Treffen an Ort und Stelle kommen könnte.

Die Vorbereitungen zu diesem Treffen waren nicht ganz einfach und mit bestimmten Gefahren verbunden. Campion müßte von Kehaar geführt werden, den die Menge der Aufgaben, die ihm abverlangt wurden, ohnehin schon verdroß. Doch die Kaninchen vom Watership Down müßten gleichfalls geführt werden. Das hieß, daß eine Gruppe am Ziel auf die Ankunft der anderen warten müßte. Da drohten Gefahren von *elil*. Es dauerte eine Weile, bis alles arrangiert war. Campion sandte eine Nachricht: Er würde aufbrechen, sowie Kehaar ihn verständigt hätte, daß die anderen den Hang erreicht hatten und ihn erwarteten. Dies allerdings bedeutete, daß die Kaninchen vom Watership Down zumindest eine Nacht und einen Tag im Freien zubringen mußten.

»Nun, das ist nicht zu ändern«, meinte Hazel, »und wenigstens haben wir Kehaar noch über Nacht, der jeden *elil*, der vielleicht auftaucht, sofort attackiert. Ich bin bereit, morgen aufzubrechen, wenn wir in einem Tag hinkommen können.«

»Ja, in einem Tag kommste hin«, sagte Kehaar. »Ich bring' dich, und am nächsten Tag flieg' ich zu Efrafra und bring' Meister Campion vor Dunkelwerden.«

Sie kamen am frühen Abend am Zielort an, und nach

dem *silflay* in der Wiese legten sie sich ins hohe Gras, um zu schlafen.

In der Nacht, im fahlen Licht des Mondes, griff sie ein Hermelin an, leichter Beute völlig sicher, doch hatte er nicht mit Kehaar gerechnet. Vom Angstgeschrei der Kaninchen alarmiert, stürzte sich die Möwe von dem Eschenast, auf dem sie geruht hatte, und brachte dem Hermelin schwere Wunden bei, bevor es diesem gelang, sich frei zu machen und ins Unterholz zu fliehen. »Ich hab' ihn nicht totgemacht«, sagte Kehaar bedauernd, als die Kaninchen ihm dankten, »aber der hat sich sehr gewundert, der kommt bestimmt nicht zurück.«

Am folgenden Morgen besprach sich Groundsel mit Hazel und Bigwig. »Mich erschreckt so leicht kein *elil*«, sagte er. »Das hat Woundwort gewußt, und deswegen hatte er mich für den Angriff auf euer Gehege ausgesucht. Aber ich habe keine Lust, irgendwo zu wohnen, wo es von Hermelinen und Wieseln wimmelt.«

»Wenn ihr erst einmal eure Löcher gegraben habt, ist alles in Ordnung«, beruhigte ihn Bigwig. »Was meinst du, Hazel-rah? Sollten sie nicht vielleicht sofort anfangen zu graben?«

Hier gesellte sich Kehaar zu ihnen, der Bigwigs Worte offenbar gehört hatte. »Keine Löcher machen jetzt«, sagte er zu Hazel, und das war wie ein Befehl. »Du bringst alle Kaninchen heim, und verdammt schnell!«

»Aber warum, Kehaar?« fragte Hazel. »Ich dachte, wir bringen die Kaninchen aus beiden Gehegen raus und machen uns an die Arbeit.«

»Keine Arbeiten jetzt«, sagte die Möwe mit Nachdruck. »Wenn ihr jetzt anfangt, verliert ihr alle Kaninchen.«

»Wieso denn?«

»Kälte. Frost, Schnee, Eis, wird alles ganz schnell kommen. Sehr schlimm.«

»Bist du sicher?«

»Djack! Frag jeden Vogel. Kaninchen, die hier draußen bleiben, frieren tot. Kalter Winter kommt, Meister Hazel. Sehr, sehr kalt. Bring die Kaninchen heim, allesamt. Heute noch, verstehst du?«

»Aber gestern hast du uns noch hergeführt und kein Wort über Frost gesagt.«

»Gestern war nix zu merken. Gestern dachte ich: Zeit genug. Aber heute ist es anders. Ihr habt keine Zeit. Kälte kommt ganz schnell.«

Sie kannten Kehaar und vertrauten ihm. So brachen die vier Kaninchen vom Watership Down sofort zur Rückkehr auf. Die Möwe flog nach Efrafra, um Campion auszurichten, das Projekt sei verschoben. Campion war skeptisch. »Sieht mir nicht nach Frost aus.«

»Dann geh nur, du wirst ein schönes Eiskaninchen abgeben«, sagte Kehaar und flog ohne ein weiteres Wort davon.

14. Flyairth

Wenn eine Mutter sich doch damit
abfinden könnte, nur Mutter zu sein –
doch wo findet man eine,
die mit dieser Rolle zufrieden ist?

Elias Canetti (Auto da Fé)

Vom Winter, von Pest und Plagen,
lieber Gott, befreie uns!

Thomas Nashe
(Summer's Last Will and Testament)

Wie die Möwe vorausgesagt hatte, ließ die plötzliche Kälte nicht lange auf sich warten. Gleich in der Nacht nach ihrer Rückkehr gab es scharfen Frost. So kalt blieb es auch am folgenden Tag, und in der Nacht wurde der Frost noch beißender. Es war allen Kaninchen Hazels klar, daß die bittere Winterkälte, vor der sie Kehaar gewarnt hatte, über sie gekommen war. Von nun an hielt der scharfe Frost den ganzen Tag an und verschärfte sich noch jede Nacht unter einem klaren Himmel. Von Horizont zu Horizont glitzerten die Sterne mit eisigem Glanz, und unter ihnen, auf tiefgefrorenem Boden, rührte sich nichts mehr. Die Tiere verhungerten oder verließen die Downs, um ihr Glück etwas weiter unterhalb zu versuchen, in den Feldern und Gärten von Ecchinswell oder Kingsclere. Eulen und Turmfalken folgten ihren Beutetieren notgedrungen nach, und auf den hohen Hügelkämmen von Beacon Hill bis Cottington's Clump regte sich kein Leben mehr.

Von Hazels Kaninchen hatte keines je eine so langdauernde und eisige Kälte erlebt. In dem ausgedünnten, vielfach abgenagten Gras war wenig Freßbares zu finden, und selbst aus den aneinander gekuschelten Leibern unter der Erde war wenig Wärme zu gewinnen. Die Kaninchen wurden apathisch, und es gab welche, die meinten, diese Kälte würde nie enden, und es war sehr schwer, sie davon zu überzeugen, daß Ausdauer und Lebenswille sich lohnten und auch die richtige Antwort auf die Kälte wären, so wie es Frith der Herr auch vorgesehen hätte.

Eines Nachmittags ließ die Kälte etwas nach. Wolken bedeckten den westlichen Himmel und zogen gemächlich näher, bis sie über dem Gehege verhielten, schwergewichtig, wie es schien, als trügen sie eine unsichtbare Last, die auf das Gehege drückte und es noch stärker lähmte als der Frost. Es war windstill, und doch zog die Wolkenmasse, die nun den ganzen Himmel ausfüllte, langsam ostwärts und wurde dabei immer fülliger.

Dann fiel Schnee, zuerst nur wenig und in verschiedene Richtungen verteilt, die Flocken am Boden schmelzend. Ein leichter, aber eiskalter Wind kam auf und trieb die Flocken vor sich her. Doch bald schneite es stärker, so daß man durch die Flocken hindurch nur mehr andere Flocken sah, die sich wirbelnd in Kreisen drehten, bevor sie die Erde erreichten. Der Schnee sammelte sich hinter Grasbüscheln, und die einzelnen Stellen wuchsen zu einer geschlossenen Decke zusammen. Als es dämmerte, war das ganze Gelände weiß, und auf diese glatte weiße Fläche schneite es immer weiter, und die weiche Schneemasse wurde immer höher.

Hazel war den ganzen Tag tätig gewesen, hatte alle Kaninchen aufgesucht und mit ihnen gesprochen; jetzt spähte er unter dem Schnee hervor nach draußen und wußte, daß es nun Zeit war, sie zu den Winterbauen zu führen, die Bluebell, Pipkin und die Weibchen im Herbst gegraben hatten. Er hatte sie nie inspiziert, und deswegen tadelte er sich jetzt. Eines war sicher: Weiteres Graben war nicht mehr möglich; der Boden war hart wie Stein. Sie würden die Winterbaue so nehmen müssen, wie sie waren.

Trotzdem wollte er aber vorher den Hügel allein hinuntergehen und sich die Baue selber einmal ansehen. Dann jedoch fiel ihm ein, daß er Bluebell mitnehmen müßte, da Bluebell ihm versichert hatte, die Löcher seien gut verdeckt; ohne ihn würde er die Baue wahrscheinlich gar nicht finden. Schließlich beschloß er, Bluebell und Pipkin mitzunehmen und außerdem jedes der Weibchen, das mitkommen wollte.

Als er sie alle zusammen hatte und gerade losziehen wollte, kam Bigwig hinzu, der sie fragte, wohin sie gingen und warum. Hazel erklärte es ihm, und da bat er, mitkommen zu dürfen. Hazel spähte hinaus, wo es immer noch schneite, und war ganz froh, daß er mitkam.

Auch bei dem Schnee war die Richtung kein Problem, denn es war nur eine kurze Strecke bis zum nördlichen Ende des Down, und dann ging es den steilen Hang ganz hinunter. Sie konnten indessen durch den Schnee kaum etwas sehen, und weder Bluebell noch Pipkin konnten sich an die Lage der Löcher erinnern und wußten auch nicht mehr, wie weit sie am Fuß des Hügels noch gehen mußten.

Nach einigem vergeblichen Suchen vermutete Pipkin, daß sie vielleicht zu weit gegangen wären und umkehren müßten, um nach einer ganz bestimmten Stelle zu schauen, an die er sich jetzt erinnerte. Diese Annahme erwies sich fast sofort als richtig, als Bluebell auf dem schneebedeckten Hang etwas höher geklettert war und auf eines der Löcher stieß, die eine Ansammlung von Disteln verdeckte.

Hazel und Bigwig fanden ihn, wie er über dem Loch hockte und verwirrt und unsicher hineinspähte.

»Hazel-rah«, sagte er, »wenn mich nicht alles täuscht, ist der Bau schon länger benutzt worden. Und außerdem glaube ich, daß in diesem Moment Kaninchen da unten sind.« Er rückte beiseite. »Sieh mal selber hinein.«

Hazel stieß seine Vorderpfoten durch den Schnee. Er war nicht ganz sicher, aber er glaubte doch vertiefte Kratzspuren in dem gefrorenen Boden und eine kleine Unregelmäßigkeit in der Öffnung zu spüren. Es roch auch nach Kaninchen. Er wandte sich zu Bigwig. »Ich glaube, er hat recht. Es sind tatsächlich Kaninchen da unten. Ich denke, wir gehen selber mal rein und sehen nach, wer das ist.«

Ungesäumt ging er in den Bau. Er wußte Bigwig hinter sich und war sicher, daß die anderen folgten. Es war ein recht langer Gang, ohne Hindernisse, aber soviel er sah, lauerte am Ende kein Feind auf ihn. Er kam in einen Wohnkessel und hielt an, um auf Bigwig zu warten.

Doch plötzlich sah er sich einem schweren, stämmigen fremden Weibchen gegenüber. Seine Haltung war feindselig, und hinter dem Weibchen drängte sich ein Häufchen junger Kaninchen zusammen.

»Was fällt dir denn ein, hier hereinzukommen?« schnaubte das Weibchen. »Raus hier, bevor ich –«

Es unterbrach sich, als es Bigwig hinter Hazel sah, und während es zögerte, kamen Bluebell und Pipkin herein, denen die Weibchen folgten.

»Ich glaube, *du* sagst *uns* lieber, wer du bist und was

du hier machst«, sagte Hazel ruhig, aber fest. »Das ist unser Bau. Wir haben ihn gegraben.«

Das Weibchen zögerte immer noch, und da fragte Bigwig neben Hazel versuchsweise: »Wäre es möglich, daß du ... das heißt ... ich meine ... könnte es sein, daß du Flyairth heißt und aus Thinial kommst?«

Das Weibchen schrak zusammen und zitterte vor Angst. Sein Verhalten war verändert. Bigwig sagte nichts mehr. Endlich erwiderte es: »Wer seid ihr? Wie könnt ihr wissen –« Es brach ab. Jetzt wiederholte Bigwig seine Frage mit größerer Zuversicht: »Ist dein Name Flyairth?«

»Dann bist *du* aus Thinial gekommen?« fragte das Weibchen.

»Nein, bin ich nicht«, antwortete Bigwig. »Zum dritten Mal jetzt: Heißt du Flyairth?«

Hazel griff jetzt ein. »Wir wollen uns alle erst einmal bequem hinsetzen und die Sache klären.« Er ließ sich nieder und fuhr dann fort: »Der Bau, in dem wir gewöhnlich wohnen, liegt etwas höher, nicht weit von hier. Wir haben diesen Bau hier letzten Herbst gegraben, um eine geschütztere Unterkunft zu haben, wenn es zu schneien anfängt. Wir wollen keinen Streit mit dir, aber natürlich sind wir überrascht, dich hier zu finden.«

Das Weibchen fragte Bigwig: »Woher weißt du meinen Namen und wo ich herkomme?«

»Das kann ich nicht erklären«, antwortete Bigwig, »jedenfalls nicht jetzt. Und ob du hierbleiben kannst, wird unser Leitkaninchen hier entscheiden.«

Doch das Weibchen beharrte auf seiner Frage. »Bist du denn in Thinial gewesen? Woher weißt du etwas von Thinial?«

»Im Moment spielt das keine Rolle«, sagte Hazel.

»Du sollst jedenfalls wissen, daß wir nicht deine Feinde sind. Du kannst bleiben, jedenfalls im Augenblick. Bigwig hier und ich gehen jetzt hinauf, um den Rest unserer Kaninchen herunterzubringen.«

»Ich möchte mitkommen«, sagte das Weibchen. »Ich bin noch nie auf dem Hügel gewesen, und ich müßte eigentlich dein Gehege möglichst bald kennenlernen.«

»Na schön«, meinte Hazel, »aber viel können wir dir heute abend nicht zeigen. Ich will nur unsere Kaninchen so schnell es geht hier unten haben, und da sollen sie sich ihre Kessel suchen und sich schlafen legen.«

»Ich mache euch keine Ungelegenheiten«, sagte Flyairth. »Es ist Vollmond, da kann ich euch ganz leicht folgen.«

»Ist wirklich nicht weit weg«, meinte Hazel. »Wir sind nicht lange fort. Bluebell und Pipkin und ihr Weibchen, ihr bleibt hier, bis wir zurück sind. Wenn die anderen zwei Baue so gut sind wie der hier, Bluebell, dann haben wir Platz für uns alle.«

»Die lassen sich sogar noch ausdehnen, Hazel-rah«, erklärte Bluebell. »Je mehr Kaninchen du reinsetzt, um so größer werden sie – und um so wärmer.«

Als Hazel mit Bigwig und Flyairth den Bau verließ, war es Nacht geworden. Die Wolken waren aufgerissen, und der Vollmond, der auf den Schnee schien, gab ihnen viel Licht. Als sie oben auf dem Down angekommen waren, blieb Bigwig stehen, schnüffelte und schaute sich um.

»Moment mal, Hazel-rah. Da ist was ... irgendwas stimmt hier nicht.«

Auch Hazel machte Halt. »Du hast recht. Aber was es auch ist, mir gefällt es genausowenig wie dir. Und wir können nicht hierbleiben. Wir gehen langsam weiter und sichern nach allen Seiten.«

Vorsichtig näherten sich die drei Kaninchen der Waldecke. Nicht weit davor blieb Bigwig abermals stehen. »Auf dem Pfad, Hazel-rah. Etwas Schwarzes, ziemlich groß. Siehst du's?«

Hazel ging etwas näher heran und spähte nach vorn. »Ja, ich sehe es. Das kann doch unmöglich das sein, was ich glaube.«

»Was auch immer«, meinte Bigwig, »es bewegt sich nicht. Ich glaube auch nicht, daß es uns gesehen hat. Oder?«

»Nein«, antwortete Hazel. »Ich glaube auch nicht, daß es noch lebt.«

»Eine Falle?«

»Nein, keine Falle. Aber wie dem auch sei, wir müssen daran vorbei, wenn wir nach Hause wollen.«

Ganz langsam gingen sie weiter. Flyairth folgte Hazel etwas zögerlich, aber plötzlich blieben sie beide gleichzeitig stehen.

Neben dem Pfad lag ein regloser Mann im Mondlicht. Er lag auf der Seite, voll bekleidet einschließlich Stiefeln und einer Wollmütze. Die Schleifspuren im Schnee verrieten ihnen, daß er ein Stück weit vom Pfad weggezogen worden war. Die Augen waren geschlossen, und sein Gesicht sah irgendwie verzerrt aus.

»Laßt ihn in Ruhe«, sagte Bigwig, »ist mir egal, ob er tot ist oder nicht. Laßt ihn einfach liegen.«

Flyairth, offensichtlich nervös, blieb bei Bigwig, während Hazel schnüffelnd zu dem Mann ging. »Der ist nicht tot. Ich habe seinen Atem gespürt. Aber einverstanden: Wir lassen ihn in Ruhe.«

»Sieh dir den Schnee an«, sagte Bigwig. »Siehst du was? Die waren zu zweit und gingen nebeneinander. Der hier fiel dann um, ganz plötzlich, denke ich, und der andere hat ihn hierher gezogen und ihn liegenlassen. Dann ist er zurückgegangen, auf demselben Weg, auf dem sie gekommen sind.«

»Sollten wir nicht lieber umkehren?« fragte Flyairth. »Das ist doch sicher gefährlich. Menschen, auch solche wie der hier, sind immer gefährlich.«

»Nein, nein, das geht schon in Ordnung«, sagte Bigwig ungeduldig. »Wir sind sowieso gleich am Ziel.«

Sie wandten sich ab und gingen in den Wabenbau und weiter zu den Schlafkammern, wo ihnen als erstes Kaninchen Holly entgegenkam. »Alles noch gut da unten, Hazel-rah?«

»Ja, alles prächtig. Das ist übrigens Flyairth. Sie kommt zu uns. Ich muß jetzt unbedingt nochmals kurz mit Vilthuril und Fiver sprechen. Kannst du die erwischen, Holly?«

Hazel und Bigwig nahmen Vilthuril und Fiver dann mit zurück in den Wabenbau, um möglichst niemanden zu treffen, bevor sie fertig sein würden. Flyairth kam mit.

»Ich habe eine Überraschung für dich, Vilthuril«, sagte Hazel. »Wer, glaubst du, ist das? Das rätst du nie, also sag ich's dir: Flyairth von Thinial.«

Fiver war genauso überrascht wie Vilthuril.

»Wieso ist sie hergekommen?« fragte Holly. »Weiß sie von uns?«

»Nein, aber das wird sie dir alles später selber erzählen. Ich hab' ihr gesagt, daß sie bleiben kann, samt einigen Kaninchen, die sie mitgebracht hat. Aber im Augenblick ist es unsere Aufgabe, alle zu verständigen, daß sie sich fertigmachen sollen, um in den Winterbau umzuziehen. Sagst du allen Bescheid?«

Hazels Nachrichten verbreiteten sich schnell, und die Kaninchen versammelten sich neugierig im Wabenbau.

»Wer sind die anderen Kaninchen bei ihr?« fragte Hyzenthlay.

»Ich weiß noch nicht, aber ich glaube, es ist ihre Familie. Ihr letzter Wurf.«

»Hat sie dir erzählt, wie sie hergekommen ist? Oder was sie hergetrieben hat?«

»Das ist eine zu lange Geschichte, um sie jetzt zu erzählen. Du kannst sie morgen fragen. Sind alle hier? Auf geht's, hinunter zum Winterbau.«

Er marschierte zum Ausgang einer Röhre, Flyairth und Bigwig hinter sich. Doch kaum hatte er den Kopf hinausgestreckt, erstarrte er und lauschte angestrengt.

»Was ist, Hazel-rah?« fragte Bigwig. »Was ist los?«

»Ein *hrududu*«, antwortete Hazel, »er fährt genau hierher, sehr schnell. Siehst du die Lichter?«

Als sie durch den Ausgang spähten, er, Flyairth und Bigwig, kam der *hrududu* holpernd und rutschend auf sie zu. Flyairth zitterte, drehte sich um und wäre durch die Kaninchen hindurch davongestürzt, wenn Bigwig sie nicht aufgehalten hätte.

»Wir sind nicht in Gefahr«, sagte Bigwig scharf. »Nimm dich zusammen. Das ist nicht der Moment, *tharn* zu werden, da jeder im Unklaren ist, was eigentlich geschieht. Bezwing dich!«

Flyairth, wiewohl vor Angst halb verrückt, gehorchte, während der *hrududu* schlingernd bremste, zehn Kaninchenlängen von ihnen entfernt.

»Der Mann, der da im Schnee liegt«, sagte Bigwig, »deswegen kommen sie. Das ist der Grund.«

Noch bevor der *hrududu* anhielt und wieder kehrtmachte, waren zwei Männer abgesprungen und zu dem Mann gerannt.

»Pack ihn an den Schultern, David. Ich nehme die Beine.«

»Lebt er noch?«

»Weiß nicht. Bringen wir ihn erst mal in den Jeep.«

Die Männer brachten es fertig, ihre schwergewichtige Last in den Jeep zu heben.

»Fahr nicht zu schnell, Alan. Möchte ihn mir mal ansehen. Außerdem wollen wir ihn nicht mehr durchschütteln als nötig.«

Der *hrududu* fuhr zurück in die Richtung, aus der er gekommen war. Stille herrschte. Erst nach längerer Zeit brachten Hazel und Bigwig die anderen Kaninchen hinaus ins Freie und dann den Hang hinunter. Flyairth schwankte und konnte kaum mithalten; nur dank der Ermutigung durch Hyzenthlay war es ihr möglich, die Baue am Fuß des Hangs zu erreichen.

Hazel ging mit einigen seiner Veteranen in den Bau, in dem er Bluebell und Pipkin zurückgelassen hatte. Hyzenthlay folgte ihm mit Flyairth. Innen war es nun sehr gedrängt, aber niemand beklagte sich, und niemand ging fort.

Hazel legte sich im Dunkel neben Hyzenthlay. Nach einiger Zeit wisperte Vilthuril, die in der Nähe lag: »Ist Flyairth wirklich hier?«

»Ja, auf meiner anderen Seite. Willst du ihr von dem Geheimen Fluß in Efrafra erzählen.«

»Nein, jetzt nicht. Es wäre wohl besser, daß ich ihr später davon erzähle.«

»Ja, ich glaube, du hast recht. Im Augenblick sollte man sie in Ruhe lassen. Für einen Tag hatte sie schon genug Überraschungen.«

Wenn die anderen Kaninchen erwartet hatten, daß Hazel ihnen über die Neuankömmlinge berichten würde, hatten sie sich getäuscht. Weder er noch Bigwig gaben irgendeine Erklärung über Flyairth ab. Hazel legte sich einfach schlafen, und bald taten alle anderen das auch. Flyairth war noch eine Weile unruhig und nervös, aber als die vielen Leiber das Innere auf natürliche Art erwärmten, löste sich ihre Spannung allmählich, und sie schlief so tief und gut wie alle anderen. Mitten in der Nacht wachte Hazel auf, schlüpfte hinaus und inspizierte die anderen beiden Baue, um sich zu überzeugen, daß alles in Ordnung war. Das war es, aber Hazel ging nicht zu seinem Platz neben Hyzenthlay zurück, sondern legte sich dort schlafen, wo er gerade war.

Am nächsten Tag bemühte er sich nicht sonderlich, Flyairth zu befragen. Nach dem ziemlich hoffnungslosen Versuch, draußen etwas *silflay* zu finden, kehrte er in den Bau zurück, um zu dösen wie jedes Kaninchen im Winter. Im Lauf des Tages fragten ihn mehrere Männchen und Weibchen, ob er ihnen nicht etwas über die mysteriösen Umstände von Flyairths Erscheinen erzählen wolle, aber er erwiderte ihnen nur, daß sie sie ja selber fragen könnten; je mehr Kaninchen sie kennenlernte, je mehr Gesprächspartner sie fand, um so besser für beide Teile. Seiner Meinung nach unterschied sie nichts von anderen Kaninchen. Nur Fiver teilte er mehr mit.

»Was hältst du von ihr?«

»Sie fällt irgendwie aus dem Rahmen«, antwortete Fiver. »Ein gewöhnliches Kaninchen ist sie nicht. Sie hat eine Menge im Kopf, Dinge, über die sie nicht sprechen wird, oder jedenfalls noch nicht. Aber was das auch sein mag, sie ist harmlos. Sie ist nicht verrückt, so wie der arme Silverweed im Gehege von Cowslip. Das war sicher richtig, daß du es ihr überlassen hast, sich hier einzufügen, und daß du abwartest, was passiert. Und es wird tatsächlich etwas Ungewöhnliches passieren, Vilthuril und ich sind dessen ganz sicher. Aber natürlich können wir sie nicht in diesen Schnee und in diese Kälte hinausschicken. Wollen mal sehen, wie sie sich mit unseren Kaninchen verträgt. Da erfahren wir schon mal eine ganze Menge. Wir brauchen sie nicht in irgendeiner Weise besonders zu behandeln, oder jedenfalls jetzt noch nicht.«

An diesem Nachmittag kam Flyairth von selbst zu Hazel.

»Hazel-rah, wieso hattet ihr gestern abend keine Angst vor den Männern, du und Bigwig? Ich hatte mehr Angst als jemals zuvor.«

»Ach ja, weißt du, wir sind ja mehr oder weniger schon an sie gewöhnt«, antwortete Hazel. »Ich war sicher, daß sie uns nichts tun.«

»Aber Menschen! Und so nahe! Das ist doch unnatürlich bei Kaninchen. Das muß doch gefährlich sein!«

Hazel sagte darauf nichts mehr, und nach einer Pause fragte Flyairth: »Sind jetzt alle Kaninchen hier unten?«

»Ja«, erwiderte Hazel. »Oben ist niemand mehr. Wir gehen erst wieder zurück, wenn es wärmer wird.«

»Ich habe gestern abend natürlich nicht viel sehen können. Gehst du noch einmal mit mir dorthin? Einige hier haben mir das Gehege beschrieben, und ich hätte es gern noch einmal gesehen.«

»Jetzt?« fragte Hazel, etwas schläfrig.

Sie beharrte darauf. »Ja. Jedenfalls bevor es dunkel wird.«

Hazel, gutmütig wie immer, war einverstanden und überredete Bigwig mitzukommen. Die drei kletterten den steilen Hang hoch und gingen zum Pfad und zu den Bäumen. Flyairth sah sich im verharschten Schnee genau die Reifenspuren vom *hrududu* an.

»Gehen oft Menschen auf diesem Pfad?« fragte sie.

»Ja, im Sommer, ziemlich viele.«

Flyairth folgte ihnen das kurze Stück zu den Löchern, die hinunter in den Wabenbau führten. Sie war voller Bewunderung und sah sich genau den Gang an, in dem Bigwig General Woundwort bekämpft und besiegt hatte.

»Die Kaninchen von Efrafra wollten euch umbringen und euch das Gehege wegnehmen?«

Sie erzählten ihr vom Hund, und wie Hazel von der Farm zurückgebracht worden war.

»Das ist großartig«, sagte sie. »Welcher Mut! Hast du keine Angst gehabt?«

»Wir hatten alle Angst«, erzählte ihr Hazel. Er wollte nicht wie einer wirken, der sich großtut, und fuhr fort: »Es war in Wirklichkeit El-ahrairah, der uns gerettet hat. Dandelion wird dir alles erzählen, wenn dir daran liegt. Er ist unser Geschichtenerzähler.«

Als sie die Schlafkessel gesehen hatten und wieder hinausgehen wollten, verhielt sie am Ausgang von Kehaars Gang und schaute sich noch einmal um. »Du sagst, daß Menschen über diesen Pfad gehen. So nahe am Gehege? Und sie haben euch noch nie was getan?«

»Es gibt eigentlich auch keinen Grund dafür«, antwortete Bigwig. »Sie bauen hier nichts an, kein *flayrah* oder so was.«

»Aber sie müssen doch wissen, daß ihr hier seid. Die Blindheit. Fürchtet ihr die Blindheit nicht?«

»Nein. Ich glaube auch nicht, daß die Menschen hier etwas gegen uns haben.«

»Die Menschen könnten euch alle vernichten, indem sie euch mit der Blindheit anstecken. Wißt ihr das nicht?«

»Sie könnten es vielleicht«, meinte Hazel, »aber wir glauben nicht, daß sie es tun.«

Flyairth äußerte sich nicht mehr dazu. Als sie den Hügel hinuntergingen, kam sie auf die Frage zurück, wieso Bigwig ihren Namen und den von Thinial kannte. Sie war sich offenbar ziemlich sicher, daß er ihr mehr darüber sagen könnte, wenn er wollte, doch wenn er sie auch nicht einfach abwies, so bekam sie doch nichts aus ihm heraus.

Als Hazel und Bigwig später allein waren, fragte Hazel, woher er überhaupt gewußt hatte, daß sie Flyairth von Thinial war.

»Nun ja, als Vilthuril uns kurz davor von Thinial und der Anführerin erzählt hatte, hatte ich eine ganz lebhafte Vorstellung von ihr«, antwortete Bigwig, »und als wir sie in unserem Bau antrafen, sah sie genauso aus und roch auch so, wie ich sie mir vorgestellt hatte.«

»Ich wünschte, du wärst nicht so damit herausgeplatzt«, sagte Hazel. »Jetzt denkt sie, wir hätten die magische Kraft, Gedanken zu lesen.«

»Haben wir ja auch«, entgegnete Bigwig, »dank Vilthuril. Schadet ja nichts, wenn Flyairth das glaubt. Ich weiß, gestern abend war sie voller Angst, aber sie hat trotzdem große Willenskraft. Wenn wir nicht aufpassen, macht sie mit uns, was sie will.«

Der Frost dauerte an, und es gab weitere Schneefälle. Die Kaninchen waren imstande, die Kälte zu ertragen, aber kaum den wachsenden Hunger; selbst Bluebell konnte keine Witze mehr darüber machen. Blackavar führte eine Expedition von Weibchen zur Farm, aber wegen der Katzen blieb ihre Ausbeute gering. Die meisten Kaninchen blieben unter der Erde, aneinander gekuschelt; selbst Holly und Bigwig waren froh, daß sie ein wenig an dem bißchen Wärme im Bau teilhaben konnten.

Eines Nachts, als sich Hyzenthlay, Vilthuril und Thethuthinnang zusammen gegen Hazel, Fiver und Bigwig drückten, fragte Vilthuril: »Hat euch Flyairth erzählt, wie sie Thinial verlassen hat und hierhergelangt ist?«

»Nein«, antwortete Bigwig. »Ich wollte sie schon bitten, uns das zu erzählen, aber Hazel meinte, man solle sie in Ruhe lassen, bis sie sich hier eingelebt hätte.«

»Also, mir hat sie's erzählt«, sagte Vilthuril, »und hat mir nicht verboten, es weiterzusagen. Sie ist wahrscheinlich sogar froh, wenn ich es euch erzähle, dann braucht sie es nicht zu tun. Irgendwie schien sie sich fast zu schämen, obwohl ich keinen Grund dafür sah, und das habe ich ihr auch gesagt.«

»Hast du ihr schon einmal vom Geheimen Fluß gesprochen?« fragte Hazel.

»Nein. Aber mir wäre es lieber, sie hörte es von einem von uns dreien, die wir in Efrafra davon wußten. Im Augenblick kann sie sich noch nicht vorstellen, wieso wir von ihr wußten, und so ist ihr verständlicherweise etwas unbehaglich zumute, weil wir so viel von ihr wissen, während sie selber noch im Dunkeln tappt.«

»Ja, es ist sicher besser, daß du ihr das sagst«, meinte Hazel. »Aber was ist in Thinial passiert, daß sie dort wegging?«

»Du weißt doch noch«, sagte Vilthuril, »daß ich dir erzählt habe, was wir vom Geheimen Fluß erfuhren, daß sie nämlich wütend war, als ein paar in Thinial die

Jungen von dem armen Weibchen reinbrachten – wie hieß sie noch?«

»Milmown«, warf Hyzenthlay ein.

»Richtig, Milmown. Sie brachten die Jungen nach Thinial und gaben ihnen einen leeren Bau. Flyairth wollte sie ausweisen, aber Milmown hatte zu viele Freundinnen, und die Niederlage in dieser Auseinandersetzung schwächte Flyairths Stellung als Leiterin des Geheges. Das war das Letzte, das ich vom Fluß erfuhr.

Sie hat mir dann selbst erzählt, daß sie im Laufe der Zeit immer mehr an Autorität verlor, nicht sosehr wegen Milmowns Jungen, sondern weil sie an nichts anderes mehr denken konnte als an die Weiße Blindheit. Sie war besessen davon und brachte dauernd neue Ideen vor, wie man eine Ansteckung in Thinial verhindern könnte, Ideen, welche die meisten in ihrer Owsla nur als Ärgernis empfanden, als unnötige Maßnahmen, die ohne Not jedermann im Gehege nur belästigten. Hätte sie sich nur von dieser Besessenheit befreien können, hätten die anderen den Streit mit ihr vergessen.

Aber sie ließ nicht davon ab. Und eines Tages, als die Owsla einen Vorschlag von ihr zurückwies, sagte sie etwas Verhängnisvolles, nämlich, wenn man ihren Vorschlag nicht annehme, verlasse sie Thinial samt Familie. Obgleich nun alle ihren Weggang als großen Verlust betrachteten, gingen sie trotzdem nicht auf ihren Vorschlag ein, und folglich mußte sie gehen.

Das war im vorigen Spätsommer und recht warm, so daß sie mit der Familie die meisten Nächte im Freien verbringen konnte. Was *elil* anlangt, hat sie mir erzählt, daß sie sogar selbst mit einem Wiesel gekämpft und es getötet hat. Irgendwie hatte sie einmal von Efrafra gehört, und sie beschloß, dorthin zu gehen. Sie wußte natürlich nicht, wie es da zuging, nur, daß es ein streng geführtes Gehege war, was ihr durchaus zusagte, und sie glaubte, man würde sie dort gern aufnehmen.

Doch dann erfuhr sie, daß Woundwort und seine Efrafranier von uns geschlagen worden waren. Also änderte sie ihren Plan und beschloß, zu uns zu kommen. Aber als sie am Fuß des Downs angekommen war, hatten ihre Jungen kaum noch Kraft; sie waren *hrair* Tage hergewandert, erzählte sie mir, und als sie auf diese Baue hier stieß, alle sauber und leer, entschied sie, einen davon zu besetzen. Als ihr sie gefunden habt, hatte sie schon eine ganze Weile darin gewohnt und ihn nun einfach als ihr Eigen betrachtet. Aber sie fühlt sich jetzt auch mit uns wohl. Wenn nur diese schauerliche Kälte nachließe, meinte sie.«

»Wir haben sie alle gern«, meldete sich jetzt Thethuthinnang. »Sie ist wirklich die netteste Kaninchendame, die man sich wünschen kann. Sie hat schon eine Menge Freunde hier. Sie ist so herzensgut und lieb.«

»Wenn sie nur nicht so von dieser Blindheit besessen wäre«, sagte Hyzenthlay. »Ich hab' sie kürzlich gefragt, ob sie nicht auch meint, es sei jetzt an der Zeit, das zu vergessen. Aber sie hat nur zurückgefragt, ob ich je ein Kaninchen mit dieser Blindheit gesehen hätte.«

»Hast du?« fragte Bigwig.

»Hab' ich nicht, das weißt du doch.«

»Also ich hab' auch Angst davor, wenn wir schon davon sprechen«, sagte Hazel.

»Ja, aber du denkst nicht die ganze Zeit daran. Im Gegensatz zu Flyairth. Das ist ihr einziger Fehler, möchte ich sagen. Was meinst du, Fiver?«

»Ich denke wie sie: Wenn nur diese schauerliche Kälte nachließe«, antwortete Fiver. »Wir leben jetzt unter schwierigen Bedingungen. Je eher wir wieder zu unserem normalen Leben zurückkehren können, desto eher können wir uns auch ein klares Bild von ihr machen.«

»Ich habe jetzt schon ein klares Bild«, sagte Hyzenthlay. »Ich halte sie für eines der klügsten und vernünftigsten Kaninchen, die ich je gesehen habe. Thinials Verlust ist unser Gewinn, wenn ihr mich fragt.«

Einige Tage später trauerten Hazel und seine Veteranen über den Tod von Acorn, einen der ursprünglichen Mannschaft, die mit ihm von Sandleford gekommen war. Die Kälte und der Hunger waren für Acorn zuviel gewesen. Selbst Bigwig, der sich nie viel aus Acorn gemacht hatte, war über den Verlust sehr bekümmert. »Da haben wir ihn den langen Weg hergebracht, Hazel-rah, und er hat mit uns gegen die Efrafranier gekämpft und ist auch mit dem Boot den Fluß hinuntergefahren, und jetzt hüpft er hier nicht mehr herum. Er wird mir fehlen, er wird mir wirklich fehlen.«

»Der wird uns allen fehlen«, sagte Hazel. »Ich hoffe nur, daß er der einzige ist, den wir verlieren. Sie sehen alle so dünn und durchgefroren aus – also, ich würd' mich nicht wundern, wenn noch weitere bald nicht mehr hier herumhüpfen.«

Doch schon ein paar Tage später konnte Hazel seine Befürchtungen vergessen, als Tauwetter einsetzte. Schnee und Eis schmolzen, und das Schmelzwasser rann erst tröpfchenweise, dann aber in Rinnsalen den Hang hinunter, die sich unten am Fuß des Hügels zu einem Bächlein vereinigten. Alle waren dafür, sofort zum Wabenbau zurückzukehren, aber Hazel wartete noch einen Tag, bis er sicher sein konnte, daß es weiter taute und die Zeit des Frosts vorüber war.

Der Empfehlung Kehaars und der eigenen Überzeugung vertrauend, dachte er gleich an die Wiederaufnahme des Projekts eines neuen Geheges. Abermals mußte die Möwe als Vermittler dienen, und er, Bigwig und Campion trafen sich am neuen Bauplatz. Sie verabredeten, mit Campions nachdrücklicher Zustimmung, daß sich Kaninchen aus beiden Gehegen in zwei bis drei Tagen dort treffen sollten. Groundsel – einer der früheren Efrafra-Offiziere, die nach der Niederlage von Woundwort im vorigen Sommer in Hazels Gehege aufgenommen worden war – wurde zum Leitkaninchen des neuen Geheges bestimmt, und Buckthorn, Strawberry und der Efrafra-Hauptmann Avens sollten den Kern seiner Owsla bilden.

Etwa zwölf Kaninchen vom Watership Down machten sich unter Führung von Bigwig auf die Wanderung. Nach seiner Rückkehr erzählte er Hazel, daß sie sich offenbar recht fröhlich mit den Kaninchen aus Efrafra vermischt hätten. Kein *elil* hatte sie bis jetzt gestört. Niemand war getötet worden, und das Graben im Hang hatte einen guten Anfang genommen. Hazel war es sehr recht, daß Groundsel die Führung dort hatte, zumindest zur jetzigen Zeit; er widmete sich jetzt wieder seinem eigenen Gehege.

Es fiel ihm auf, daß Flyairth zum Mittelpunkt einer Gruppe junger Weibchen geworden war, die mit Hyzenthlay seinerzeit aus Efrafra geflohen waren. In deren Gegenwart fühlte sie sich sichtbar wohl; wie es Hazel schien, hatte sie deren Achtung gewonnen. Die Weibchen behandelten sie ehrerbietig und waren offenkundig dankbar für die Wärme und Freundlichkeit, mit der Flyairth ihnen begegnete. Mit einem jüngeren Weibchen namens Flesca fing er ein Gespräch an und fragte es, wie sie mit Flyairth auskäme.

»Oh, wir haben uns alle sehr mit ihr angefreundet, Hazel-rah«, sagte Flesca. »Sie hat uns viel von dem Gehege erzählt, aus dem sie kam, und wie sie und ein anderes Weibchen es gegründet hatten. Sie war die Anführerin, und ihre Owsla bestand nur aus Weibchen. So etwas habe ich noch nie gehört. Und du?«

»Ich auch nicht«, antwortete Hazel, »aber es überrascht mich nicht sehr. Jedenfalls bin ich froh, daß ihr sie alle mögt.«

»Und sie ist so lustig«, fuhr Flesca fort, »und offenbar ist sie gern mit uns zusammen. Wir haben ihr von der Flucht aus Efrafra erzählt und wie Kehaar sich auf General Woundwort gestürzt hat, um uns bei der Flucht zu helfen. Sie meinte, das hätte sie auch gern gemacht, und wünschte, sie hätte Flügel wie Kehaar. Ein fliegendes Kaninchen, das wäre doch mal was Neues, sagte sie. Dann hat sie mich gefragt, ob ich ihr nicht ein Paar Flügel besorgen könnte und mir selber auch, und dann würden wir zusammen nach Efrafra fliegen. Ich mußte ja soo lachen!«

Der überlange Winter hatte in der Nähe des Geheges so wenig Gras übriggelassen, daß Hazel mit einer Suchmannschaft aufbrach, mit jedem, der mitkommen wollte, um irgendwo auf dem Down etwas zu finden, das ergiebiger war. Flyairth war sofort dabei und brachte zwei oder drei Weibchen und ihrem eigenen Nachwuchs mit.

Sogar auf dem Hügelkamm war es schwer, auf dem nassen Boden zu gehen, überall waren kleine Pfützen. Sie fanden eine Menge groben Grases, das zwar eßbar, aber nicht sehr appetitlich war. Auf der Suche nach besserem Gras verteilten sie sich, doch trotz der großen Abstände fühlte sich keiner gefährdet. Der Down war nach allen Richtungen leer, und der Wind wehte keinen *elil*-Duft heran, sondern nur die vertrauten Gerüche von Wacholder und Thymian. Nach den Tagen der Enge in den frostverriegelten Bauen wirkte die Weiträumigkeit so belebend und erregend, daß manche Kaninchen herumhüpften und Nachlaufen spielten, fast wie Hasen. Auch Hazel genoß die Befreiung und nahm fröhlich teil an einem Scheinkampf mit Buckthorn und Strawberry unter den Wacholderbüschen. Er lief vor Buckthorn weg, den steilen Nordhang hinunter, verhielt plötzlich vor einem Dornbusch, verlor das Gleichgewicht und rollte gegen einen nassen, hohen Grasbüschel. Er rappelte sich auf, und da sah er erschreckt einen Hund hügelan auf sich zu rasen, der schon vor Aufregung jaulte. Es war ein glatthaariger Foxterrier, weiß mit braunen Flecken, triefend naß und verdreckt von den Gräben und Furchen weiter unten. Hazel machte kehrt und rannte mühsam hügelaufwärts, wußte aber, daß er auch mit seinem besten Tempo nicht schnell genug war; der Hund holte ihn ein. Hazel schlug verzweifelt Haken, hin und her, doch er spürte schon den Atem des Hundes, der immer näher kam, fast schon über ihm war.

In diesem Augenblick stürmte ein anderes Kaninchen den Hang hinunter und rannte blindlings, ohne innezuhalten, ohne sein Tempo zu vermindern, mit voller Wucht in die linke Flanke des Hundes. Hund und Kaninchen fielen zusammen hin und waren für kurze Zeit eine zuckende, tretende, schlagende Masse. Das Kaninchen kämpfte sich als erstes frei, während der Hund, noch durch die Überraschung benommen, erst allmählich auf die Beine kam, doch auf dem Steilhang sofort wieder das Gleichgewicht verlor, hinfiel und auf den Rücken rollte. Das hurtigere Kaninchen fand schnell wieder Halt und rannte weg, während Hazel einen sicheren Abstand zum Hund gewann.

Der Hund stand mühsam wieder auf und schaute mit dem Ausdruck größter Verblüffung um sich, und als eine menschliche Stimme ihn von unten rief, lief er hinab, körperlich zwar völlig intakt, doch ganz offensichtlich nicht mehr in der Verfassung, weiterhin Kaninchen zu jagen.

Hazel war kaum weniger verblüfft. Der Schrecken über den plötzlich aufgetauchten Hund und das abrupte Ende der Verfolgung, verbunden mit seiner unerwarteten Fluchtmöglichkeit, hatten ihn in Verwirrung gestürzt. Er humpelte ein paar Schritte hügelan, blieb aber dann stehen; er wußte nicht, wohin er sich wenden sollte, wußte nur, daß er in Sicherheit war. Auf einmal wurde ihm bewußt, daß ein anderes Kaninchen neben ihm verharrte und ihn jetzt ansprach: »Alles in Ordnung? Soll ich dich vielleicht erst noch ein Stückchen begleiten?« Es war Flyairth.

»Warst du das etwa ... die den Hund gerammt hat?« fragte er.

»Ja. Die Hanglage war sehr günstig für uns, nicht wahr?«

»Ich hab' noch nie gehört, daß ein Kaninchen einen Hund angreift.«

»Es war ja auch kein richtiger Angriff. Es war eben sehr leicht, ihn umzurennen, aber ich wollte auch nicht warten, bis er mich beißt. Zum Glück hat ihn sein Herr gerufen.«

»Du hast mir das Leben gerettet.«

»Da bin ich mir nicht so sicher, aber ich freue mich, daß ich dir helfen konnte. Wollen wir wieder raufgehen? Ist wohl an der Zeit, daß wir nach Hause kommen.«

Zurück in seinem eigenen Kessel im Wabenbau, schlief Hazel eine Weile, ging aber dann auf die Suche nach Bigwig und Fiver. Er fand sie beide im Kessel von Bigwig, zusammen mit Hyzenthlay und Vilthuril.

Er erzählte ihnen, was vorgefallen war.

»Das war aber mutig«, sagte Bigwig. »Ich weiß nicht, ob ich so etwas getan hätte, sogar für dich, Hazel-rah. Allerdings hat sie ja ein schönes Gewicht einzusetzen. Aber du meine Güte! Auf einen Hund loszugehen! Das hat Woundwort versucht, und du weißt, was ihm passiert ist.«

»Das war ein viel größerer Hund«, sagte Hazel. Er wandte sich an Vilthuril: »Du wolltest sie doch nach einigen Dingen fragen. Nach dem Geheimen Fluß. Ich will mal sehen, ob ich sie finde.«

»Leitkaninchen bemühen sich nie selbst, sie entsenden jemanden«, sagte Bigwig.

Hazel antwortete nicht darauf; er verschwand im Gang neben dem Kessel.

Als Flyairth sich zwischen ihnen niedergelassen hatte, sagte Hazel: »Ich habe den Kaninchen hier erzählt, was du heute Nachmittag für mich getan hast. Du hast mir das Leben gerettet, und ich werde dir das nie vergessen.«

»Das wird bestimmt keiner von uns vergessen«, meinte Bigwig. »Machst du so was öfter?«

»Es hat sich nie so ergeben«, antwortete Flyairth. »Jetzt war es einfach ein Impuls, und ich weiß auch nicht, ob ich je wieder so etwas wagen würde. Und dabei wollen wir's bewenden lassen, wenn's euch recht ist.«

»Na gut, wir haben dich jetzt hergebeten, damit Vilthuril dir etwas ganz anderes erzählen kann. Wieviel weißt du über den Geheimen Fluß, wie er in Efrafra hieß?«

»So gut wie nichts«, antwortete Flyairth. »Ich habe mal gehört, wie der erwähnt worden ist, aber nicht von einem, der vorgab, viel darüber zu wissen.«

»Also, Vilthuril wird dir jetzt etwas darüber erzählen.«

Vilthuril berichtete erneut, wie sie auf den Geheimen Fluß gekommen war und wie sie, Hyzenthlay und Thethuthinnang, auf diese ungewöhnliche Weise von Flyairth und Prake erfuhren, die ein Gehege namens Thinial gründeten, mit einer Owsla von lauter Weibchen. Sowenig wie möglich kam sie auf Flyairths Sorge wegen der Weißen Blindheit zu sprechen, erwähnte jedoch Milmown und ihren Wurf und wie die Jungen nach Milmowns Tod gegen Flyairths Willen nach Thinial gebracht wurden.

»Und du weißt ja noch, wie du mir selbst gesagt hast«, schloß sie, »daß du und deine Jungen Thinial verlassen haben, weil die Owsla nicht mit deinen vorgeschlagenen Maßnahmen gegen die Weiße Blindheit einverstanden war. Du bist dann nach Efrafra gegangen, doch Frith sei Dank, bist du dann statt dessen hergekommen.«

Eine Weile schwieg Flyairth, scheinbar nicht imstande, ein solches Phänomen, wie von Vilthuril beschrieben, eine so seltsame Sache wie den Geheimen Fluß in sich aufzunehmen. Endlich sagte sie: »Es muß ja wahr sein, was du erzählt hast, sonst hättest du von Thinial und der armen Milmown und dem Streit mit meiner Owsla nichts wissen können. Aber trotzdem – wie ist das möglich? Ich habe nie so etwas wie von deinem

Geheimen Fluß gehört. Das hat mir richtig die Sprache verschlagen, das kann ich euch sagen.«

»Gedankenübertragung«, meinte Fiver. »Kehaar kennt das. Er sagt, das ist bei Vögeln, die wie Möwen in Schwärmen leben, ganz gang und gäbe. Und du hast so ein absonderliches Leben in Efrafra geführt, all deine natürlichen Instinkte unterdrückt –«

»Aber über diese Entfernung –«

»Kehaar sagt, daß die Menschen Methoden haben, sich Neuigkeiten mitzuteilen, die viel unglaublicher sind. Über *hrair* Meilen durch die Luft, sagt er.«

Flyairth war immer noch wie vor den Kopf gestoßen und auch, wie es Hazel vorkam, etwas verstimmt darüber, daß sie offenbar nicht wie andere Kaninchen die Idee des Geheimen Flusses einfach annehmen konnte. Er sagte: »Also, wir wollen jetzt nicht weiter darüber reden. Ich tappe da sicher genauso im Dunkeln wie alle anderen. Aber ich habe zwei Fragen an dich, Flyairth, glaube allerdings, daß wir eine Antwort schon kennen. Hat irgend jemand in Thinial dieses Wissen gesendet, das der Fluß unseren Kaninchen übermittelt hat? Soviel du weißt, ist die Antwort darauf: Niemand. Die zweite Frage lautet: Wie weit weg ist Thinial? Wo liegt es?«

»Das muß sehr weit entfernt von hier sein«, erwiderte Flyairth. »In Richtung Sonnenuntergang. Ich habe mit meinen Jungen *hrair* Tage gebraucht, um hierherzukommen.«

»Weder du noch sonst jemand könnte dorthin zurückgehen?«

»O nein. Viel zu weit.«

»Kehaar würde es wahrscheinlich finden«, warf Blackberry ein.

»Wir brauchen das auch nicht zu wissen«, sagte Hazel. »Ich wollte nur wissen, ob andere Kaninchen aus Thinial möglicherweise hier auftauchen werden. Die Antwort heißt: Höchst unwahrscheinlich.«

»Hazel-rah«, fragte Flyairth, »wie kommt es, daß du mich nie gefragt hast, ob ich nicht lieber mit Groundsel gegangen wäre, der die Kaninchen zum neuen Gehege geführt hat? Ich wäre sehr gern mit ihnen gegangen, nur, ich habe nichts mehr von ihnen gehört. Als es taute, waren sie auf einmal weg.«

»Es tut mir leid, es kam mir einfach nie in den Sinn, dich zu fragen«, antwortete Hazel. »Weißt du, wir wußten ja schon vor dem Frost, welche von unseren Kaninchen mitgehen sollten. Das war alles schon abgemacht, und unsere Kaninchen wären schon vor deiner Ankunft von hier weggegangen, wenn nicht der Frost plötzlich eingesetzt hätte. Und als es taute, haben wir einfach da weitergemacht, wo wir aufgehört hatten.«

»So wenige haben Groundsel begleitet«, sagte sie. »Wenn's nach mir gegangen wäre, ich hätte das ganze Gehege mitgenommen.«

»Aber zufällig warst du ja nicht das Leitkaninchen, oder?« warf Bigwig ein.

»Ich wäre liebend gern mit ihm gegangen.« Nach einer Pause dann: »Hazel-rah, ich würde gern deiner Owsla etwas sagen, etwas sehr Wichtiges. Aber in diesem Gehege kenne ich mich nicht aus. Wer ist in der Owsla und wer nicht? Ich weiß nicht Bescheid.«

»Ja, das ist unser Fehler«, sagte Hazel. »Weißt du, wir sind zusammen hergekommen und haben alle möglichen Gefahren zusammen durchgestanden, so wie den Kampf mit General Woundwort, und wir haben nie eine Owsla gebraucht, die Befehle erteilt hätte und so was. Wir sind alle in der Owsla. Und es funktioniert auch.«

»Ja, ich weiß, daß es funktioniert«, bestätigte Flyairth. »Ihr seid alle so zufrieden und vertragt euch so gut. Niemand hat hier Feinde, soweit ich sehe.«

»Also dann«, sagte Hazel, »was ist das für eine wichtige Sache? Du kannst es auch uns sagen, und wir werden dir aufmerksam zuhören, das verspreche ich dir.«

»Ich glaube, ihr wißt schon, worum es geht«, erwiderte Flyairth. »Um die Weiße Blindheit. Keiner hier scheint zu wissen, wie sie wirkt, keinem ist diese schreckliche Gefahr bewußt. Keiner von euch hat jemals ein Kaninchen mit der Weißen Blindheit gesehen oder gesehen, wie sich die Blindheit in einem Gehege ausbreitet. Es ist unbeschreiblich grauenhaft, die weitaus größte Bedrohung aller Kaninchen, schlimmer als alle die Tausend zusammengenommen. Kaninchen, die noch leben, verwandeln sich in herumtastende, verfaulende Häufchen Elend. Ich weiß, ihr haltet mich für besessen. Aber das wärt ihr auch, hättet ihr gesehen, was ich gesehen habe. Wie Menschen überhaupt so grausam sein können, um Kaninchen mit der Weißen Blindheit anzustecken, geht über mein Begriffsvermögen. Was immer wir planen oder tun, müßte in jedem Fall die Möglichkeit der Weißen Blindheit berücksichtigen und wie man sie vermeidet.«

Sie hatte so leidenschaftlich und mit Nachdruck gesprochen, daß ihre Zuhörer wie gebannt dasaßen und schwiegen. Nach einer Weile fragte Hazel: »Gut, aber was rätst du uns dann? Was, meinst du, sollten wir tun?«

»Ihr seid hier in einer ungeheuren Gefahr«, sagte Flyairth. »Ein Gehege direkt neben einem Weg, auf dem Menschen gehen. Ich habe noch nie ein Gehege gesehen, das einer Gefahr derart ausgesetzt ist.«

»Was ist los, Fiver?« fragte Hazel.

»Das müßtest *du* eigentlich wissen«, antwortete Fiver. »Du warst ja da, als ich dem Leitkaninchen vom Sandleford-Gehege genau das gleiche sagte, lang, lang ist's her, aber er wollte mir nicht glauben. Und was dann geschehen ist, das weißt du.«

»Du meinst also, daß Flyairth recht hat?«

»Natürlich hat sie recht. Der einzige Unterschied zwischen damals und heute ist der, daß ich damals definitiv wußte: Etwas Schreckliches wird geschehen, und zwar bald. Heute ist das nicht so, trotz allem, was sie gesagt hat. Heute fühle ich mich nicht von Ängsten bedrängt. Aber dennoch hat sie recht.«

»Und was meinst du, was sollten wir tun, Flyairth?«

»Hier weggehen, alle, und an einen Ort ziehen, wo es sicherer ist. In ein neues Gehege, in größere Sicherheit. Keine Menschen. Was da kürzlich im Schnee passiert ist, als die Männer kamen, das ist doch unvorstellbar. Ich hätte es nicht geglaubt, wenn ich es nicht mit eigenen Augen gesehen hätte; ich meine, daß Kaninchen so etwas überhaupt in Erwägung ziehen können, an so einer Stelle zu hausen.«

»Na, hör mal, du bist selber erst ein paar Tage hier«, warf Bigwig ärgerlich ein. »Und schon willst du uns sagen, was wir tun sollen. Wer bist du denn, daß du uns so belehren kannst?«

»Es tut mir leid«, erwiderte Flyairth. »Ihr habt mich gefragt, was mir Sorge macht und was ich euch rate zu tun. Ich habe nur auf eure Fragen geantwortet.«

»Laß sie in Ruhe, Bigwig«, sagte Hazel. »Ich bin ganz froh zu wissen, was sie denkt. Flyairth, leider kann ich weder dich noch sonst jemanden im Augenblick zu Groundsels Gehege schicken. Bitte versteh das, es ist alles mit Campion abgesprochen. Im Moment müssen wir das Thema fallenlassen. Ich merke schon, es ist wärmer geworden heute nacht, und wir wollen jetzt schlafengehen, alle zusammen, hier, wo wir sind.«

Er selber schlief nicht gleich ein. Er lag wach zwischen Bigwig und Fiver und bewegte in seinem Herzen, was Flyairth gesagt hatte.

15. Flyairth geht fort

Abiit, excessit, evasit, erupit.
(Er ging, er machte sich fort,
er entschlüpfte, er entrann.)

Cicero (In Catilinam)

»Hazel-rah, sie tut alles, um die Herrschaft an sich zu reißen«, sagte Bigwig. »Jetzt ist sie im Wabenbau und erzählt allen Jungkaninchen von den Männern im Schnee. Sie erzählt ihnen, solange sie hierblieben, wären sie in größter Gefahr, die Weiße Blindheit zu bekommen, aber sie würde sie zu einem sicheren Ort führen und mit ihnen ein neues Gehege gründen. Soll ich zurückgehen und sie töten, bevor sie noch mehr Schaden anrichtet?«

»Mach das nicht«, antwortete Hazel. »Jedenfalls jetzt noch nicht.«

»Es ist nämlich so«, erklärte Bigwig, »sie war gewohnt, das Leitkaninchen zu sein – ha, ein Weibchen als Leitkaninchen –, bis man sie rausgeschmissen hat, und jetzt ist sie hier und will wieder Leitkaninchen spielen.«

»Haben ihr welche von den Sandleford-Kaninchen zugehört?« fragte Hazel.

»Nein und auch nicht Strawberry und Blackavar. Aber eine Menge der Jungkaninchen und auch Weibchen aus Efrafra.«

»Ich möchte gern mit Fiver und Blackberry sprechen«, sagte Hazel. »Und auch mit Vilthuril und Hyzenthlay. Komm, wir gehen sie mal suchen.«

Sie fanden sie und auch Thethuthinnang im Wohnkessel von Fiver, zusammengedrängt und in der Wärme ihrer Leiber dösend.

»Bigwig«, sagte Hazel, »erzähle ihnen, was du mir gerade von Flyairth berichtet hast.«

Bigwig gehorchte und steigerte sich dabei in eine noch größere Wut. »Man muß sie töten«, schloß er. »Man muß sie bald töten, bevor sie noch mehr Unheil anrichtet.«

»Moment mal, Moment mal«, sagte Blackberry. »Hazal-rah, darf ich auch was sagen?«

»Ja, sicher, und Fiver auch«, sagte Hazel.

»Die ganze Aufregung dreht sich doch nur um diese Blindheit, scheint mir«, erklärte Blackberry. »Bigwig glaubt, Flyairth will unter allen Umständen Leitkaninchen werden. Aber das kann ich mir nicht vorstellen. Ich glaube, wenn sie nie etwas von dieser Blindheit gewußt hätte, aber dennoch von ihrem Gehege fortgegangen und hier angelangt wäre, dann hätte sie sich ganz friedlich hier eingegliedert, ohne je Ärger zu machen.«

»Sie war das Leitkaninchen in ihrem Thinial-Gehege, bevor sie was von der Blindheit gewußt hat«, sagte Bigwig. »Jetzt will sie wieder Leitkaninchen sein. Das ganze Gerede von der Blindheit ist doch ein Vorwand, um Unterstützung zu finden.«

»Also, jedenfalls will sie so viele Kaninchen, wie es geht, dazu überreden, von hier wegzuziehen«, sagte Blackberry, »und zwar, wie sie sagt, weil hier die Gefahr der Blindheit droht. Jetzt hört mal zu. Soweit ich rausbekommen konnte, stecken Menschen die Kaninchen nur mit der Blindheit an, wenn Kaninchen sie ärgern oder ihnen schaden, wenn sie zum Beispiel ihr Gemüse fressen, die Rinde von ihren Obstbäumen abreißen, ihren Salat kaputtmachen und dergleichen. Wenn wir das dauernd getan hätten, wären wir schon längst von ihnen angesteckt worden. Sind wir aber nicht, denn bis jetzt haben wir ihnen noch keinen Ärger gemacht an dieser abgelegenen Stelle. Hier gibt es nichts zu ruinieren.

Aber da ist noch etwas anderes, was sie gegen uns aufbringen könnte. Wenn wir zu viele wären, uns zu stark vermehrten, das heißt, wenn es hier überall von Kaninchen wimmelte, das gäbe sicher Ärger. Wenn alle Jungkaninchen und die Weibchen aus Efrafra hierbleiben müßten, dann hätten wir hier bald eine Armee von Kaninchen auf dem ganzen Down, eine Armee, die immer größer würde – und das hätten die Menschen nicht gern.

Flyairth möchte, daß alle Mann hoch in ein neues Gehege an einen noch einsameren Ort ziehen. Aber so einsam ist kein Ort, daß die Menschen nicht Wind davon bekämen, wenn sich dort zu viele Kaninchen tummeln.«

»Laß sie doch ziehen«, meinte Fiver. »Laß sie gehen und so viele Jungkaninchen mitnehmen, wie sie überhaupt kann. Je mehr sie mitnimmt, um so sicherer sind wir hier. Tatsache ist, wenn sie uns nicht selbst den Gefallen täte, müßten wir sie sogar dazu bringen.«

»Aber wer will, der kann doch hierbleiben, oder?« fragte Hyzenthlay.

»Ja, natürlich«, antwortete Hazel. »Bis wir je wieder zu zahlreich werden. Aber jetzt haben wir erst einmal für lange Zeit Ruhe. Fiver und Blackberry haben recht: laßt Flyairth gehen.«

Später am Tag verließ Flyairth den Down allein und erklärte, sie wolle jetzt einen geeigneten und sicheren Platz für ein neues Gehege finden. Sie hatte niemanden zum Mitkommen aufgefordert.

Sie blieb drei Tage lang fort. Nach ihrer Rückkehr teilte sie Hazel mit, sie habe einen viel sichereren und noch abgelegeneren Ort gefunden. Sie bat ihn mitzukommen und ihn zu begutachten. Hazel antwortete sehr freundschaftlich, die Begutachtung neuer Gehege habe er zur Zeit nicht vorgesehen, doch selbstverständlich dürfe sie jeden, der ihr genehm sei, dazu einladen.

Doch sie ging nicht noch einmal auf Erkundung, sondern brach am nächsten Tag mit einer beträchtlichen Anzahl von Jungkaninchen auf, die jetzt überzeugt waren, hier an Ort und Stelle gefährdet zu sein. Sie gedenke nicht, sagte sie, zurückzukommen.

Das Wetter wurde immer besser, und der schönen Tage wurden immer mehr. An einem warmen Abend lagen Hazel und einige seiner Vertrauten, einschließlich Hyzenthlay, Vilthuril und Thethuthinnang friedlich in der Sonne.

»Möchte mal wissen, wie Flyairth und ihre Bande zurechtkommen«, sagte Holly. »Und wo sie überhaupt sind.«

»Kehaar müßte jetzt jeden Tag zurückkommen«, meinte Bigwig. »Der wird schon herausfinden, wohin sie gegangen sind und wie sich Flyairth als Leitkaninchen macht.«

»Sicher sehr gut, denke ich mir«, sagte Dandelion. »Also, wißt ihr, ich habe sie immer gern gehabt. Es war so lustig, mit ihr zu plaudern, und sie hatte eine Menge guter Ideen.«

»Sie hat mir das Leben gerettet«, äußerte Hazel, »aber sie hat nie damit angegeben.«

»Ich kann mir vorstellen, daß sie als Leitkaninchen sehr gut wäre«, sagte Silver, »wenn sie einen männlichen

Partner hätte, der gegebenenfalls etwas ausgleichend wirkt.«

»Mir gefällt die Idee eines weiblichen Leitkaninchens«, meinte Hazel. »Im Ernst, ich glaube, wir sollten eigentlich eines haben. Hyzenthlay, hättest du nicht Lust, solch eine Position anzunehmen?«

»Ich wünschte, du würdest es tun«, sagte Blackavar. »Ich glaube, wir wären alle hocherfreut.«

Hyzenthlay wollte schon mit einem Scherz abwehren, als sie die erwartungsvollen Blicke in der Runde sah; alle schienen für Hazels Vorschlag zu sein.

»Sag ja«, drängte sie Fiver.

»Na gut, wenn Hazel mir zur Seite steht, dann ja«, antwortete sie. »Und ich verspreche euch –«

»Ja? Ja?« fragten einige.

»Ich verspreche euch, der größte Quälgeist zu sein, der ihn je geärgert hat, und ihm in allem zu widersprechen.«

»Jetzt ist mir schon wohler zumute«, sagte Hazel und stupste sie mit der Nase an.

Als sich die Neuigkeit im Gehege verbreitete, gab es keine einzige ablehnende Stimme. Jeder, sogar Bigwig, hatte Vertrauen zu Hyzenthlay und besonders natürlich das Corps der Weibchen aus Efrafra, die nicht mit Flyairth gegangen waren.

Es war ein schöner, trockener Frühling, und der Sommer kam leichtfüßig und verheißungsvoll ins Land. Eines strahlenden Nachmittags, als Bluebell, Hawkbit und ein paar andere beim *silflay* auf dem Down waren, kam ein fremdes Kaninchen mit ausgesprochen erschöpftem Ausdruck mühsam über das Gras zu ihnen herangehoppelt.

»Ich komme als Bote mit einer Nachricht von Efrafra«, sagte es. »Führt mich bitte zu eurem Anführer.«

»Gewiß doch«, erwiderte Bluebell. »Männlich oder weiblich? Wir haben was für alle Geschmäcker, weißt du.«

16. Hyzenthlay bewährt sich

Nach jedem annehmbaren Plan mach' ich
dich glücklich, wenn ich kann.
Bequemlichkeit, die zählt hier nicht,
weil ich es will, 's ist meine Pflicht.

W. S. Gilbert (Captain Reece)

Doch wie es der Zufall wollte, hatte der Bote aus Efrafra trotz Bluebells überschwenglicher Begrüßung keineswegs die Wahl, wen er als Leitkaninchen haben wollte. Hazel war an diesem Nachmittag nicht im Gehege; er hatte Silver und Blackberry mitgenommen, um sich auf der Nuthanger Farm vorsichtig umzusehen. Seit Woundworts Niederlage hatte sich in Hazels Hinterkopf die unsinnige, ja sogar abergläubische Vorstellung festgesetzt, daß diese Farm in irgendeiner Weise eine glückliche Bedeutung für ihn und seine Kaninchen hätte. Das hieß natürlich nicht, daß er die allgegenwärtige Anwesenheit von Hund und Katzen mißachtete, doch hatte er intuitiv das Gefühl, daß ihn dieser Ort willkommen hieß, wenn man ihn verständig und mit angemessenem Respekt betrachtete, etwa so, wie ein erfahrener Seemann, der das Meer gebührend betrachtet, es eher als gutwillig denn als feindselig ansieht und als eine mögliche Quelle von Wohltaten. Er wollte gern sehen, was auf der Farm vor sich ging, obwohl das meiste sein Verständnis überforderte. Im Sommer pflegte er der Farm regelmäßig Besuche abzustatten, bei denen er ein oder zwei verläßliche Kaninchen mitnahm, und bei der Rückkehr war er jedesmal überzeugt, daß er die Zeit gut angewendet und die Zeiger der Waage auf unerklärliche Weise zu seinen Gunsten ins Gleichgewicht gestupst hatte.

Das hatte er also an diesem Nachmittag vor. Er hatte Hyzenthlay die Leitung übergeben – es war ja nichts Ungewöhnliches zu erwarten – und war unbekümmert den Hügel hinuntergehüpft. Infolgedessen war es Hyzenthlay, der Bluebell den Besucher vorstellte.

Seine Botschaft war nun wirklich nicht von großer Bedeutung. Efrafra wimmelte wieder einmal von zu vielen Weibchen, und Campion hatte einige ausgewählt, die ihm aus freien Stücken vorgetragen hatten, sie hätten liebend gern ihren Horizont erweitert und sich einmal das Leben in Watership Down angesehen. Campion war das egal, sie konnten dort bleiben oder zurückkommen, wie sie wollten. Überzeugt, daß Hazel keine Einwendungen machen würde, hatte er ihnen erlaubt, von Efrafra aufzubrechen, wann es ihnen beliebte. Erst dann fiel ihm ein, daß keines von ihnen den Weg kannte. Doch da gab es in Efrafra ein junges Männchen namens Rithla, das ein paar Monate zuvor mit einer Nachricht von Hazel zu Campion gekommen und dann gleich dort geblieben war, weil es ein Weibchen gefunden hatte und nach glücklicher Paarung Vater geworden war. Campion sah nun in ihm den Führer der emigrierenden Weibchen. Dann war ihm eingefallen, es wäre vielleicht höflich, Hazel schon vorher zu benachrichtigen, daß Weibchen unterwegs seien. Deswegen hatte er Rithla beauftragt, sie bis zum Belt zu führen, von wo aus sie leicht nach Watership Down weitergehen konnten; Rithla sollte während ihrer Rast dort vorauseilen und Hazel verständigen.

Rithla erklärte das alles Hyzenthlay im Wabenbau, wo sie mit Thethuthinnang, Bigwig und einigen anderen zufällig Anwesenden zusammensaß.

Hyzenthlay, erst seit kurzer Zeit Leitkaninchen, war

gewissenhaft darauf bedacht, alles gut zu regeln, was ihr vorgetragen wurde. Entsprechend teilte sie Rithla aus eigener Machtvollkommenheit mit, daß die Weibchen durchaus willkommen seien, zumal eine erkleckliche Anzahl von Weibchen Flyairth begleitet hatten.

Als sie hörte, er habe sie alle auf dem Belt zurückgelassen, wo sie nach Belieben hierher aufbrechen sollten, meinte sie, das erschiene ihr doch sehr gefährlich. Ungeachtet der Anweisungen Campions an Rithla hielt sie es für möglich, daß die Weibchen sich verirren könnten und außerdem von *elil* bedroht wären. Deswegen würde sie ihnen entgegengehen und sie noch vor Einbruch der Nacht hergeleiten. Nein, es war nicht nötig, daß Rithla sie führte, der Weg war ihr bekannt. Er aber sei müde, sollte *silflay* machen und sich schlafen legen.

Bigwig hatte das meiste mitgehört und protestierte sofort. Wie konnte sie so sicher sein, die Weibchen zu finden? Aber was viel wichtiger war – ein Kaninchen auf dem Down allein war größter Gefahr von seiten unvermuteter *elil* ausgesetzt. Rithla hatte Glück gehabt. Man hätte ihm nie auftragen sollen, allein herzukommen. Hyzenthlay solle unbedingt bleiben, wo sie war.

Hyzenthlay entgegnete, die Weibchen seien ja schon unterwegs, und so sei es auch sicher nicht schwierig, sie zu finden. Es gab nur einen Weg, für Menschen gemacht und entsprechend klar erkennbar. Und was *elil* anlangte – sie konnte schneller laufen als sie, und außerdem sei bei Tag nicht mit ihnen zu rechnen.

Bigwig schlug dann vor, daß er und Holly sie begleiteten, aber das lehnte sie ab. Andere Kaninchen wollte sie keiner Gefahr aussetzen. Aber das erboste Bigwig. »Du nennst dich Leitkaninchen und dann willst du ganz allein da draußen herumtippeln wegen einiger bejammernswerter Efrafra-Weibchen? Ist das die Art, wie du die Dinge gegeneinander abwägst? Wenn Hazel hier wäre, würde er dir das glatt verbieten, und das weißt du auch. Ein dämliches, schafsköpfiges Weibchen, das sich Leitkaninchen nennt. Leitmaus wäre wohl eher angebracht!«

Hyzenthlay stellte sich vor ihn und sah ihm in die Augen. »Bigwig, ich habe gesagt, was ich tun werde, und damit basta. Wenn du meine Autorität jetzt in Frage stellst, dann wird es morgen in diesem Gehege überhaupt keine Autorität mehr geben, das ist dir sicher klar. Jetzt laß mich bitte gehen und laß ein paar Wohnkessel für die Efrafra-Weibchen freimachen.«

Bigwig stürmte wutschnaubend aus dem Wabenbau und beschimpfte das erste Kaninchen, das ihm begegnete; es war zufällig Hawkbit.

Hyzenthlay bat indessen Thethuthinnang, Hazel nach seiner Rückkehr zu berichten, was vorgefallen war, und machte sich auf zum Belt.

Sie wunderte sich, daß sie unterwegs keine Kaninchen traf, und rätselte, was wohl geschehen sein mochte. Es war nun früher Abend, und der Wind hatte sich völlig gelegt. Die Schatten der hochaufgeschossenen Wiesenkerbelhalme wurden länger, und die Sonne senkte sich auf eine Wolkenbank im Westen herab. Von unguten Ahnungen bedrängt, eilte sie weiter. Nach einer ganzen Weile näherte sie sich dem Belt, ohne ein Anzeichen von Kaninchen zu entdecken. Sie forschte nun zur Linken und zur Rechten, fand aber im Zwielicht keine Spuren. Als sie noch überlegte, was zu tun sei, stieß sie auf eine Häsin, die ihre einjährigen Häschen in ihrem Sitz fütterte. Die Häsin sprach zuerst.

»Suchst du etwa nach verirrten Kaninchen? Weibchen? Da ist so ein Grüppchen, da hinten bei der Buche.«

Kurz darauf war Hyzenthlay mitten unter ihnen.

»Ich bin ein Kaninchen vom Watership Down, und ich suche euch. Rithla hat uns erzählt, daß ihr allein zu uns kommen wollt. Was ist passiert?«

»Es ist wegen Nyreem hier«, antwortete eines der Weibchen. »Sie hat sich einen Hinterlauf verletzt und kann nicht mehr laufen. Wir sind bei ihr geblieben. Wir wollten sie nicht die ganze Nacht hier allein lassen, wegen der *elil.*«

Hyzenthlay untersuchte das verletzte Kaninchen. Nyreem hatte große Schmerzen und konnte kaum stehen, geschweige denn laufen. Der obere Teil des Laufs war geschwollen und sehr empfindlich. Doch war keine Wunde zu sehen, und Hyzenthlay glaubte, sie müsse nur ruhen und sonst nichts, und das sagte sie den andern.

»Ruhen? Hier?« fragte ein Weibchen. »Und wie lange?«

»Bis es ihr bessergeht«, sagte Hyzenthlay knapp.

»Aber jetzt wird's Nacht. Wenn ein Feind kommt, kann sie nicht laufen, kann sich nicht verteidigen –«

»*Ich* werde bei ihr bleiben!« erwiderte Hyzenthlay. »Ihr andern geht sofort weiter, so schnell ihr könnt, auf diesem Pfad da drüben. Da kommt ihr geradewegs zum Watership Down, wo sie euch schon erwarten. Keine Widerrede jetzt! Auf geht's!«

Keines der Weibchen war je in seinem Leben sehr weit über Efrafra hinausgekommen; sie gehorchten ihr alle mit einer leichten Andeutung von Murren. Hyzenthlay machte es sich in dem hohen Gras neben Nyreem bequem. Das arme kleine Geschöpf, so rührend jung und völlig unerfahren, war außer sich vor Angst, und

Hyzenthlay konnte im Augenblick nichts anderes tun, als sie zu beruhigen und ihr das Gefühl einer Sicherheit zu geben, das sie selbst nicht im mindesten verspürte. Sie erzählte ihr alle Geschichten, an die sie sich erinnern konnte, und brachte sie schließlich dazu, in der Wärme ihrer Flanke einzuschlafen. Bald fühlte sich Hyzenthlay selber schläfrig, kämpfte aber gegen jedes Einnicken an. Eulenrufe ertönten, der Mond stieg auf, und aus dem Gras kamen jetzt all die kleinen Nachtgeräusche: Geraschel, leises Gesäusel, kaum hörbares Tappen und ein schnelles Tzsch-und-weg, das vielleicht gar nicht dagewesen war, vielleicht nur vernehmbar gewesen war in einem Paar langer Ohren, die aufs äußerste angespannt lauschten. Sie betete mit aller Macht zu El-ahrairah, er möge sie beschützen, und versuchte sich vorzustellen, daß er inmitten der Mondlichtschatten in ihrer Nähe wäre.

Wohl in keiner Nacht zuvor hatte sie jemals soviel Angst ausstehen müssen wie in dieser Nacht. Verkrampft lag sie da und versuchte, sich nicht zu rühren, um Nyreen nicht zu stören, und dabei kam ihr unwillkürlich alles in den Sinn, was sie je von *elil* gehört hatte – wie geräuschlos sie sich gegen den Wind bewegten, ihre Kaninchenbeute so still anpirschend, daß das ahnungslose Opfer erst merkte, was los war, wenn sich die Fangzähne in sein Fleisch bohrten. Sie hatte Würmer und Käfer in den Schnäbeln von Amseln zucken sehen und beobachtet, wie Drosseln die Häuser lebender Schnecken auf Steinen zerschmetterten. Würde es auch für sie so sein? Sie hatte auch aasfressende Käfer gesehen, die kleine Höhlen graben und ihre Eier dort hineinlegen, zusammen mit kleinen, toten Insekten, von denen sich die ausgeschlüpften Larven ernähren. Sie dachte an Fledermäuse und Eulen, die Nachtfalter und Mäuse jagen, ihre lebende Nahrung. Maulwürfe, wie sie wußte, würden sich unter der Erde auf Leben und Tod bekriegen, wenn sie sich in ihren unterirdischen Gängen begegneten. Waren Kaninchen die einzigen Geschöpfe, die nicht jagten und töteten? So kam es ihr in ihren trüben Gedanken vor. Woundwort hatte alles Erdenkliche getan, um Kaninchen zur Wildheit zu erziehen, aber am Ende hatte es ihm nichts Gutes eingebracht. Sie dachte an all die Efrafranier, die er in den Tod geschickt hatte, und wünschte sich von Herzen, sie hätte Woundwort jetzt neben sich liegen. Wenn das nicht die reine Verzweiflung war – was sonst?

Das junge Weibchen neben ihr schlief fest. Wenn sie es nur heil ins Gehege bringen könnte, dachte sie, dann wäre ihre Beharrlichkeit, allein herzukommen, schon gerechtfertigt. Um das fertigzubringen, mußte sie allerdings selber am Leben bleiben, doch mehr als aufpassen konnte sie dazu nicht tun.

Überrascht sah sie, daß der Mond fast untergegangen war. Sie war wohl eingeschlafen, ohne es zu merken, und nichts Böses hatte sich ereignet. Das gab ihr neuen Mut, und sofort besserte sich ihre Laune. El-ahrairah würde ein treues Kaninchen nie im Stich lassen, dachte sie.

Doch nach einiger Zeit hatte sie das Gefühl, beobachtet zu werden, und im selben Augenblick teilte sich schon das hohe Gras, und da stand eine Ratte.

Im schwindenden Licht des Mondes nahmen sie gegenseitig Maß, eine ganze Weile lang. Die Ratte war nicht sehr groß – doch groß genug. Sie war ganz offensichtlich auf Nahrungssuche. Auf ihren gefletschten Zähnen sah Hyzenthlay noch Fleischreste hängen. Die

Ratte blinzelte ein paarmal, ließ ihre Schnurrhaare zukken und kam näher. Noch war sie unentschlossen.

Hyzenthlay sprach zu ihr im Heckenjargon. »Junges Weibchen meins. Ich Mutter. Du kommen töten, ich dich kaputtmachen bis tot.« Instinktiv stellte sie sich auf die Hinterbeine, um der Ratte mit ihrer überragenden Größe und Höhe zu imponieren. Jetzt wurde Nyreem wach und fing an zu winseln.

Hyzenthlay stellte sich zwischen Nyreem und die Ratte. Aber nun fiel eine gefiederte Masse, krallenbewehrt und nach Blut riechend, völlig geräuschlos aus der Höhe herab und war sofort, noch ehe sich Angst einstellen konnte, wieder mit der Ratte in ihren schrecklichen Krallen verschwunden.

»Was ist passiert? Oh, was war das?« rief Nyreem und drückte sich ängstlich an Hyzenthlay.

»Eine Eule«, erwiderte diese. »Ist schon wieder weg. Brauchst keine Angst zu haben, Kleines. Ich bin hier. Schlaf jetzt wieder.«

Sie schlief selbst auch wieder ein und dachte noch in einer Art dumpfer Gleichgültigkeit, daß alles geschehen war, was überhaupt geschehen konnte, und jetzt brauche sie sich um nichts mehr zu sorgen.

Als sie erwachte, war es kurz nach Sonnenaufgang; eine Amsel in der Buche sang, als gäbe es keine Angst auf der Welt. Auch Nyreem wachte auf, und Hyzenthlay fragte sie, wie es ihrem Bein ginge. Die Schwellung war in der Tat sehr zurückgegangen, und sie konnte schon ein paar Schritte humpeln. Hyzenthlay gebot ihr, sich wieder hinzulegen und weiter zu ruhen. Sie ging etwas umher, um sich umzusehen, biß einen Wiesenknopf und ein paar Wiesenampferblätter ab, die sie zusammen fraßen, und legte sich in die Sonne, die allmählich wärmer wurde.

Hyzenthlay fragte Nyreem, warum sie Efrafra mit den anderen Kaninchen verlassen hatte. Das kleine Weibchen antwortete, daß es wie Quiens werden wollte, ein älteres Kaninchen, das es sehr bewunderte. »So hab' ich mir das Bein verletzt«, sagte Nyreem. »Quiens sprang einen Steilhang hinab und ich machte es ihr nach, aber für mich war das noch zu schwer. Zuerst dachte ich, ich hätte mir das Bein gebrochen. Ich weiß, es war dumm von mir, aber sie waren alle sehr nachsichtig. Ich hoffe wirklich, daß sie gestern abend heil in deinem Gehege angekommen sind.«

Die Sonne stieg gegen *ni-Frith,* und Hyzenthlay überlegte, ob sie von Nyreem schon verlangen könnte, sich anzustrengen, um weiterzulaufen. Sie hatte wirklich keine Lust, noch eine Nacht im Freien zu verbringen. Die Entscheidung war schwer, aber notwendig. Schließlich dachte sie, es wäre am besten, bis zum Abend zu warten und Nyreem dann zu ermutigen, sich nach Kräften zu bemühen. Den Kopf tief im Gras, ließ sie sich geduldig nieder, um die Insektenwelt zwischen Sonnenflecken und Tau zu beobachten. Aber in dem Herumgewusel im Gras konnte sie wirklich weder Sinn noch Verstand entdecken. Sie selbst lag so still, daß die Amsel, die nach Eßbarem suchte, neben ihr landete und herumpickte, bevor sie wieder davonflatterte.

Es war ein langer Tag. Das einzige, was sich bewegte, waren die Schatten der dünnen Grashalme und die Wolken, die vorüberzogen, und beides war so fließend und regelmäßig, daß nichts die Eintönigkeit unterbrach. Am späten Nachmittag ließ die Hitze etwas nach, und sie döste noch einmal und wurde erst wach, als ein Paar Finken neben ihr herabkamen, alle Grassamen abstreiften und rastlos weiterhüpften.

Kurz darauf schreckte sie hoch, hob die Ohren, lauschte angespannt und spähte nach allen Seiten. Irgendein Tier kam durch das Gras, mindestens so groß wie sie, wenn nicht größer. Es kam gegen den Wind, sie konnte nichts erschnüffeln, sah aber, wie das Gras geradewegs auf sie zu in stetiger Bewegung war. Instinktiv kauerte sie sich tief nieder, die Hinterläufe angezogen und zum Sprung bereit.

Als nächstes teilte sich das Gras vor ihr, und Bigwig erschien.

»Bigwig!« rief Hyzenthlay, zutiefst erleichtert und sofort überzeugt, daß all ihre Probleme so gut wie gelöst waren. »Bigwig! Wieso in aller Welt bist du hier?«

»Och, ich ... ich war gerade ... ich hab' gerade einen Spaziergang gemacht, weißt du«, antwortete Bigwig etwas verlegen. »Ich ... dachte mir, vielleicht bist du sogar hier irgendwo in der Nähe. Und wie geht's dir?« Das fragte er Nyreem. »Geht's besser mit dem Bein? Deine Freundinnen aus Efrafra warten schon auf dich und hoffen, daß du heute abend bei ihnen bist. Versuch mal, ob du damit laufen kannst, denn wir müßten jetzt aufbrechen.«

»Oh, das geht sicher ganz gut«, erwiderte Nyreem. »Wenn wir nicht zu schnell laufen, dann komme ich bestimmt gut mit.«

»Schön!« sagte Bigwig. »Dann wollen wir mal. Ich gehe auf der einen Seite und ... eh ...«, er würgte etwas herunter, » ... Hyzenthlay-rah auf der andern. So schaffst du es.«

Sie setzten sich langsam in Marsch. Nyreem hoppelte nach besten Kräften mit, entschlossen, nicht zu klagen. Wenn nicht alles täuschte, war das neben ihr kein anderer als Thlayli, der berühmte Hauptmann vom

Watership Down, der den grausigen General Woundwort im unterirdischen Kampf besiegt hatte. Sie blickte verstohlen zu ihm hin. Ja, das mußte er sein. Über und über vernarbt und auf seinem Kopf das charakteristische Fellbüschel, das ihm das Aussehen eines großen Anführers gab. War er wirklich nur ihretwegen gekommen? Oder eher wegen Hyzenthlay, die über ihren Kopf hinweg mit ihm sprach und Thlayli von der Ratte und der Eule berichtete. Daß sie sich um sie kümmerten, betrachteten sie offenbar als Teil ihrer täglichen Arbeit und als Pflicht der Gehegeführung. Sie hatten die Verantwortung für jedes Kaninchen vom Watership Down, wie klein und unbedeutend es auch sein mochte. Das also war es, was die Kaninchen dieses Geheges auszeichnete! Nyreem beschloß jetzt und hier, niemals etwas zu tun, wodurch sie ihren Platz im Gehege verwirken könnte.

Kurz vor Einbruch der Nacht kamen sie an und trafen Hazel und Silver, die so taten, als beendeten sie gerade ein spätes *silflay*, in Wirklichkeit aber nach ihnen ausgeschaut hatten. Nyreem war viel zu überwältigt, um ihnen zu danken; sie gesellte sich zu ihren Gefährtinnen aus Efrafra und erzählte von ihrem Abenteuer. Sogar Quiens schien recht beeindruckt, und Nyreem konnte sich des Eindrucks nicht erwehren, sie habe sich im neuen Gehege offenbar gut eingeführt.

17. Sandwort

Die Kinder haben harte Köpfe
und verstockte Herzen.

Hesekiel 2,4

Nach drei Tagen war Nyreems verletztes Bein wieder vollständig geheilt, und sie hatte sich so schnell und glatt im Gehege eingelebt wie alle Neuankömmlinge aus Efrafra. Das heißt, bis sie anfing, Sandwort zu bewundern.

Sandwort war ein stämmiges und willensstarkes Männchen, das schon wenige Monate nach seiner Geburt den Unwillen zahlreicher älterer Kaninchen auf sich gezogen hatte.

»Du solltest besser deinen jungen Sandwort gut im Auge behalten«, bemerkte Silver eines Tages zur Mutter von Sandwort, einem ruhigen, sanften Weibchen namens Melsa, einer Tochter von Clover, die einst im Stall der Nuthanger Farm eingesperrt gewesen war. »Er war heute morgen unverschämt und anmaßend mir gegenüber; ich mußte ihm eins an die Löffel geben.«

»Ich werde nicht mehr mit ihm fertig«, erwiderte Melsa. »Er hat keine Achtung vor mir – und genaugenommen vor keinem anderen Kaninchen. Leider ist er sehr groß und stark für sein Alter und hat auf mehrere jüngere Kaninchen schon solchen Eindruck gemacht, daß sie ihn bewundern und als eine Art von Anführer betrachten.«

»Na, dann sag ihm mal, er sollte ein bißchen weniger großschnäuzig sein«, sagte Silver, »wenn er sich nicht mit Hazel-rah und Bigwig anlegen will. Oder mit mir.« Er hatte Melsa gern, und deswegen wollte er es dabei bewenden lassen, zumindest für den Augenblick.

Es war jedoch Sandwort, der es nicht dabei bewenden ließ. Es dauerte nicht lange, da beschwerten sich noch weitere Veteranen über sein Verhalten. Er hatte Holly ignoriert, der ihn ermahnt hatte, sich im langen Gras unsichtbar zu machen, als Menschen auf den Down gekommen waren. Er hatte sich glatt geweigert, Buckthorn zu gehorchen, einem so ruhigen und unbeschwerten Kaninchen, wie es kaum eines gab, das ihm eines Abends gesagt hatte, er solle seine rauflustigen Genossen aus dem Wabenbau hinausbringen, irgendwohin, wo sie krakeelen konnten. »Wir haben dasselbe Recht, hier zu sein wie du«, hatte er gesagt, und Buckthorn, angesichts der kleinen Horde von Sandwort-Anhängern, hatte es für das Beste gehalten, nichts mehr zu sagen und selber aus dem Wabenbau zu gehen.

Kurzum, es war bald nicht mehr zu übersehen, daß Sandwort sich keinem der Kaninchen im Gehege mehr untergeben fühlte. In solch einer freien und nachsichtigen Gesellschaft wäre das auch nicht weiter störend gewesen, wenn er nicht angefangen hätte, jüngere Kaninchen, Männchen und Weibchen, zu überreden, ihm auf Ausflüge außerhalb des Geheges zu folgen, und jede Auskunft zu verweigern, wohin sie gingen oder wo sie gewesen waren.

»Ich bin dir überhaupt keine Auskunft darüber schuldig, weder dir noch sonst jemandem, wo ich gewesen bin«, erklärte er eines Abends Silver, der ihn nach seiner Rückkehr mit zwei, drei anderen von einem offenbar längeren und ermüdenden Streifzug befragt hatte. »Ich kann gehen, wohin ich will, und das geht keinen was an.«

Diesmal jedoch war er im Unrecht, denn nicht nur Silver, sondern auch mehrere der älteren Kaninchen hatten bemerkt, daß er jetzt ein Kaninchen weniger dabei hatte als bei seinem Auszug.

»Wo ist Crowla?« fragte Silver, der sich viel Mühe gegeben hatte, das junge Weibchen von dem Ausflug mit Sandwort abzuhalten.

»Wie soll ich das wissen?« antwortete Sandwort. »Ich bin nicht der Hüter jedes Kaninchens, das Lust hat, das Gehege zur selben Zeit wie ich zu verlassen.«

»War sie denn nicht bei dir?« fragte Silver beharrlich.

»Kann sein, kann auch nicht sein.«

»Willst du damit sagen, es interessiert dich nicht, was mit Crowla passiert ist, die mit dir losgezogen ist?«

»Wenn du mich fragst: Jedes Kaninchen kann kommen oder gehen, wann und wie es will«, sagte Sandwort. »Ich nehme an, sie kommt vielleicht noch, etwas später.«

Crowla kam jedoch nicht zurück, und nach mehreren Tagen mußten ihre Freundinnen folgern, daß sie nie mehr zurückkommen würde. Sandwort blieb weiterhin gleichgültig und betonte, was ihr auch zugestoßen sein möge, habe mit ihm nichts zu tun. An diesem Punkt fühlte sich Hazel verpflichtet, sich um die Sache zu kümmern. Am Abend ging er Sandwort an; es war beim *silflay* auf dem Down.

»Hast du Crowla aufgefordert, auf deinen Ausflug mitzukommen?«

»Nein«, antwortete Sandwort und knabberte weiter am Gras. »Sie hat mich gefragt, ob sie mitkommen darf.«

»Und du hast es ihr erlaubt?«

»Ich habe gesagt, sie solle machen, was sie wolle.«

»Immerhin, du hast sie bei den anderen gesehen, als du aufgebrochen bist. Du hast gewußt, daß sie dabei ist.

Wann hast du zum erstenmal gemerkt, daß sie gefehlt hat?«

»Weiß nicht mehr. Wahrscheinlich auf dem Rückweg.«

»Und du hast gemeint, das geht dich eigentlich gar nichts an?«

»Ja sicher. Ich suche mir nicht aus, welche Kaninchen mitgehen. Das ist ihre Sache, nicht meine.«

»Selbst in so einem Fall? Bei einem unerfahrenen Weibchen, das so viel jünger ist als du?«

»Viele Weibchen sind jünger als ich.«

»Gib mir anständig Antwort«, sagte Hazel verärgert. »Hast du dich für sie verantwortlich gefühlt? Ja oder nein?«

Sandwort machte eine Pause. Schließlich erwiderte er: »Nein.«

»Nur das wollte ich wissen«, sagte Hazel. »Nyreem war auch an jenem Tag dabei, ist das richtig?«

»Ja, ich glaub', sie war dabei.«

»Ein völlig unerfahrenes junges Weibchen, das gerade mit einem verletzten Bein aus Efrafra gekommen war?«

Sandwort antwortete nicht.

»Und wegen ihr warst du auch nicht besorgt?«

»Nein, nicht besonders.«

Hazel ließ ihn ohne ein weiteres Wort stehen.

Später am Abend besprach er die Sache mit Fiver und Bigwig. »Wir haben ein liebes junges Weibchen verloren, er hat sie in den Tod geführt. Ich habe Crowla gern gehabt, sie hatte sich gut entwickelt. Und wenn ich das recht sehe, macht er das ganz sicher wieder.«

»Ich könnte ihn doch rausholen und ihn windelweich prügeln«, meinte Bigwig.

»Nein«, sagte Fiver. »Das bringt nichts. Das verklärt

ihn nur zum rebellischen Helden bei seinen Freunden. Denn genaugenommen, hat er ja nichts Verbotenes getan. Schließlich darf er aus dem Gehege hinausgehen, wohin er will, jederzeit. So wie jedes Kaninchen. Und wenn andere Kaninchen zur selben Zeit gehen wollen, ist es nicht seine Aufgabe, sie davon abzuhalten. Nur würde halt kein halbwegs vernünftiges Kaninchen so etwas tun, erst recht nicht, wenn eine Freundin vermißt wird, eben weil sie mit ihm gegangen ist.«

»Jedenfalls muß verhindert werden, daß er es noch mal tut«, sagte Bigwig.

»Die einzige Möglichkeit, das zu verhindern, wäre ein striktes Ausgangsverbot – außer, um *silflay* zu machen«, meinte Fiver.

»So weit möchte ich nicht gehen«, erklärte Hazel. »Das schmeckte mir zu sehr nach Woundwort. Im Augenblick wollen wir ihn noch in Ruhe lassen. Sollte allerdings noch einmal jemand aus seiner Clique nicht mit ihm zurückkommen, müßten wir etwas unternehmen.«

Nur zwei Tage später benahm sich Sandwort abermals ruppig. Der Zwischenfall war nicht so schwerwiegend, wie der Verlust von Crowla, war indessen schlicht eine vorsätzliche Unverschämtheit. Silver und Blackavar waren am Fuß des Downs mit irgend etwas beschäftigt gewesen, und als sie zurückkehren wollten, stellten sie fest, daß Sandwort ihnen mit drei oder vier Jungkaninchen gefolgt war. Silver und Blackavar waren an eine kaum sichtbare Lücke zwischen dicken hohen Grasbüscheln gekommen und zögerten noch, ob sie sich hindurchzwängen oder die Stelle einfach umgehen sollten. In diesem Moment kam Sandwort von hinten heran und fragte: »Geht ihr da durch?« Weder Silver noch

Blackavar gaben sofort Antwort. »Also, ich geh' jedenfalls«, sagte Sandwort, stieß sie beiseite und drängte sich an ihnen vorbei in die Lücke, und die anderen Kaninchen folgten ihm und konnten sich zum Teil nicht verkneifen, das Zögern der beiden spöttisch zu kommentieren.

Kleinere Zwischenfälle dieser Art gab es immer wieder, bis ganz klar war, daß Sandwort sie bewußt bei jeder sich bietenden Gelegenheit provozierte, hauptsächlich in Gegenwart jüngerer Kaninchen, die dann im Gehege darüber klatschen konnten. Einmal artete das sogar in Handgreiflichkeiten aus, die aber dem älteren Kaninchen schlecht bekamen, da Sandwort stark und schwergewichtig war. Eines Tages hörte Holly zufällig mit, wie einer der Jüngeren von »Sandworts Owsla« sprach. Bigwig, der davon informiert wurde, wurde daraufhin so wütend, daß man ihn davon zurückhalten mußte, sich auf der Stelle mit Sandwort anzulegen. »Er selber hat es ja nicht gesagt«, stellte ihm Hazel nachdrücklich vor. »Er hätte dann nur einen begründeten Vorwurf dir gegenüber, und das würde er nach Kräften ausnutzen.«

Bevor sich jedoch die Situation durch Sandworts Verhalten weiter zuspitzte, kam es zu einer Krise ganz anderer Art. Eines Morgens, ein, zwei Stunden nach Sonnenaufgang, stürzten zwei Jungkaninchen, Crowfoot und Foxglove, beides Freunde von Sandwort, angsterfüllt ins Gehege und wollten sofort Hazel sprechen.

»Wir waren im Garten des großen Hauses unten am Hügel«, sagte Crowfoot, »nur wir zwei und Sandwort. Wir haben *flayrah* gesucht, und da kam plötzlich dieser Riesenhund bellend und knurrend auf uns zugestürmt. Sandwort sagte, wir sollten uns trennen, und wir liefen so schnell wir konnten in verschiedenen Richtungen davon. Der Hund hat uns nicht verfolgt, und nach einer Weile sind wir zurückgegangen, um Sandwort zu suchen. Und das ist passiert: Er ist in eine Grube gefallen und kann nicht mehr raus.«

»Eine Grube?« fragte Hazel. »Was für eine Grube?«

»Die haben Menschen gegraben«, sagte Foxglove. »Nicht ganz so tief wie ein Mann groß ist, und die Seiten sind genauso lang. Die Seiten und der Boden sind ganz glatt, wie eine Mauer, nirgends was zum Festhalten, und da liegt Sandwort unten drin.«

»Verletzt?«

»Glauben wir nicht. Wir glauben, er ist vor dem Hund weggerannt, genau wie wir, hat nicht aufgepaßt, wohin er trat, und da ist er in die Grube gefallen. Es ist kaum Wasser drin, und er liegt einfach da unten. Er kann nicht raus.«

»Und die Seiten sind glatt und ganz gerade, sagst du?« fragte Hazel. »Also, wenn er nicht allein rauskommt, dann kriegen wir ihn auch nicht raus. Aber ich geh' mal hin und sehe nach. Blackberry, du kommst bitte mit und Fiver auch. Niemand sonst. Ich will nicht, daß ein ganzer Kaninchenhaufen den Hund wieder rauslockt.«

Die drei Kaninchen brachen auf zum Fuß des Down, liefen über das leere Getreidefeld und die Straße und stiegen vorsichtig durch die Hecke in den großen Garten. Es dauerte eine Weile, bis sie die Grube fanden, von der Crowfoot gesprochen hatte. Doch als sie endlich davorstanden, sahen sie nichts, was ihnen Zuversicht gegeben hätte. Die Grube, etwa anderthalb Meter mal einen Meter und so tief, wie ein Kälbchen hoch ist, war glatt ausbetoniert; sie sollte als Wasserreservoir dienen.

Es gab keine Stufen, die hinunterführten, aber neben ihr lag ein Eimer, der an einem Seil befestigt war. Die Sohle war gerade fingerhoch mit Wasser bedeckt, und darin lag Sandwort auf der Seite und hielt den Kopf hoch, um zu atmen. Er sah sie nicht.

Am Rand der Grube waren sie völlig ungeschützt, und sowie sie diese ungünstige Position erfaßt hatten, zogen sie sich in die Deckung nahegelegener Lorbeerbüsche zurück, um sich zu besprechen.

»Den kriegen wir niemals da raus«, sagte Blackberry. »Das schaffen wir nicht.«

»Nicht mal mit einem deiner brillanten Tricks?« fragte Hazel.

»Tut mir leid. Es gibt keinen Trick, mit dem man ihn da rausholen kann. Wenn jemand käme, um Wasser zu holen, dann würde er ihn wahrscheinlich hochziehen und dann töten, aber es wird wohl keiner kommen. Viel zu wenig Wasser da unten.«

»Dann muß er da unten bleiben und sterben?«

»Ja, ich fürchte schon. Und es wird sicher lange dauern.«

Niedergedrückt kehrten die drei Kaninchen zum Gehege zurück. Der Verlust eines Kaninchens schmerzte Hazel immer, aber zu wissen, daß Sandwort ohne die leiseste Möglichkeit einer Hilfe da unten lag und einen langsamen Tod zu gewärtigen hatte, betrübte ihn zutiefst. Die Nachricht hatte sich schnell im ganzen Gehege verbreitet, und so viele Kaninchen wollten hingehen und Sandworts elende Lage selber sehen, daß Hazel sich gezwungen sah, den Ausgang grundsätzlich zu verbieten; noch nicht einmal bis zum Eisernen Baum am Fuß des Down zu gehen, war erlaubt.

»Wir müssen ihn also einfach sterben lassen?« fragte

Tindra, eines der Weibchen, die ihm nahegestanden hatten. »Und das wird lange dauern, nicht wahr?«

»Das kann wohl sein«, erwiderte Hazel. »Drei Tage, vier Tage. Ich habe so etwas noch nie erlebt, und ich habe einfach keine Ahnung.«

Den ganzen Tag über und auch den nächsten beschäftigte der Gedanke an Sandwort, der in der Grube lag, alle Kaninchen. Selbst diejenigen, die wie Silver und Bigwig allen Grund hatten, ihn nicht zu mögen, hätten ihm geholfen, sich aus seiner mißlichen Lage zu befreien, wenn sie nur gekonnt hätten.

Drei Tage verstrichen, nachdem die Nachricht im Gehege bekannt geworden war; am Nachmittag dieses Tages mißachteten Tindra und Nyreem Hazels Verbot und schlichen heimlich über den Hügelkamm und dann, in sicherer Entfernung und außer Sichtweite, den Hügel hinab. Jung und unerfahren, wie sie waren, verirrten sie sich und wanderten eine Weile orientierungslos herum, bis sie, eigentlich mehr durch Zufall, durch die Hecke stolperten und in den Garten des großen Hauses gelangten.

Sie brauchten nicht lange, um zur Grube zu kommen. Sandwort lag mit geschlossenen Augen unten im Wasser. Fliegen spazierten ihm über Lider und Ohren, doch alle paar Sekunden stiegen Bläschen hoch und zeigten an, daß er noch atmete. Etwas nasses *hraka* lag neben seinem Schwanz.

Die beiden Weibchen starrten hinunter. Obwohl sie wirklich nichts tun konnten, blieben sie eine Weile fasziniert, reglos und ungeschützt dort stehen, bis die Stimmen näherkommender Kinder sie aufschreckten. Sie rannten in die Lorbeerbüsche zurück, und da kamen drei, vier Kinder und brachen durch die Azaleen auf der anderen Seite der kleinen Lichtung. Ein etwa elfjähriger Junge nahm einen Anlauf und sprang über die Grube. Auf der anderen Seite hielt er inne, drehte sich um und schaute in die Grube.

»Seht mal, da unten liegt ein totes Kaninchen.«

Ein anderer Junge stellte sich neben ihn und spähte hinunter.

»Ist nicht tot.«

»Ist doch tot.«

»Ist nicht tot.«

»Doch tot.«

»Nicht tot. Paß auf, ich zeig dir's.«

Der zweite Junge stützte sich mit den Händen auf beiden Seiten ab und ließ sich hinab, bückte sich, hob das Kaninchen hoch, das schlaff in seinen Händen hing, und legte es auf den Grubenrand. Dann zog er sich wieder hoch.

»Hab' dir doch gesagt, daß es tot ist«, sagte der erste Junge.

»Glaub' ich nicht. Warte mal, ich hol mir einen Grashalm.«

»Oh, laßt das bloß liegen, ihr beiden«, rief ein älteres Mädchen, das neben den Azaleen stand, »sonst macht ihr euch noch die Hände an diesem dreckigen toten Ding schmutzig! Laß das liegen, Philip. Laßt das da, Hemmings räumt es weg, wenn ihr ihm Bescheid sagt.« Dann schrie sie mit schriller Stimme zum Haus: »Wir kommen!«

Die Jungen ließen das Kaninchen neben der Grube liegen und folgten ihr um einen Schneeballstrauch herum und an Buchsbüschen vorbei. Dann waren sie verschwunden. Kurz darauf kamen Tindra und Nyreem vorsichtig unter dem Lorbeer hervor und näherten sich dem Grubenrand.

»Sandwort!« sagte Tindra und schnüffelte am Leib des Kaninchens. »Sandwort! Er ist nicht tot«, erklärte sie Nyreem. »Er atmet, sein Blut fließt noch. Leck über seine Nase. Leck über seine Lider. Gut so!«

Die beiden Weibchen bemühten sich noch eine Weile. Schließlich hob Sandwort den Kopf leicht an und öffnete die Augen. Er versuchte ein paarmal, auf die Beine zu kommen, aber es gelang ihm nicht.

»Was ist passiert? Wo ist der Hund? Wo ist Foxglove?«

»Komm mit unter die Büsche, wenn du kannst«, sagte Tindra. »Der Hund ist weg, aber du mußt dich erholen.«

Erst spät am Abend erreichten die Weibchen mit dem humpelnden und schwankenden Sandwort den Hügelkamm. Als erstem begegneten sie Fiver, der Sandwort beschnüffelte, und dann zu Hazel eilte, um ihm zu berichten.

»Der sollte jetzt erst mal schlafen«, sagte Hazel grimmig. »Bring ihn zum nächsten Wohnkessel«, wies er Nyreem an. »Und was euch beide anbelangt«, fuhr er an Tindra gerichtet fort, »bleibst du jetzt mal da und gibst eine Erklärung ab. Was habt ihr beide da unten zu schaffen gehabt? Ich hatte angeordnet, daß niemand dorthin gehen soll.«

Die arme Tindra war von der Strenge des Leitkaninchens so eingeschüchtert, daß sie nur noch ein unzusammenhängendes Gestammel von allen möglichen Ausreden hervorbrachte, von denen keine etwas taugte. Hazel hielt ihr eine Strafpredigt, die sich gewaschen hatte, die jedoch abgemildert wurde durch die unbestreitbare Tatsache – die sie aber infolge ihres Schuldbewußtseins gar nicht zu ihrer Verteidigung vorbrachte –, daß ohne ihrer beider Verbotsübertretung Sandwort jetzt wahrscheinlich tot wäre. Am Ende legte auch Hazel das zu ihren Gunsten aus.

Was Sandwort betraf, so war er jetzt ein anderes Kaninchen. Er war verändert. Er erwähnte nie mehr, was er durchgemacht hatte, und zeigte sich den Älteren gegenüber von einer fast übertriebenen Ehrerbietung. Eines Abends, mehrere Wochen nach dem Zwischenfall mit der Grube, betreute Dandelion einen *hlessi*, der ein paar Tage lang im Gehege blieb. Beim Abend-*silflay* machte ihn Dandelion auf einige Persönlichkeiten aufmerksam, und der *hlessi* fragte: »Wer ist eigentlich dieses arme, bedrückte Kaninchen, das sich so eng an sein Weibchen hält?«

»Wo?« fragte Dandelion und schaute umher. »Ach so, das ist ein Kaninchen namens Sandwort, das eine ungewöhnlich glückliche Rettung erlebt hat. Die Sache war nämlich so ...«

18. Stonecrop

Diese Arten von Gestank, die unsere Nasen beleidigen, sind nicht die schädlichsten, sondern solche Dünste, welche denen des menschlichen Körpers ähnlich sind und so den Geist täuschen.

Francis Bacon (Natural History)

Kurz nach Sonnenaufgang an einem wunderbaren Sommermorgen kam Hazel aus seinem Wohnkessel durch den Wabenbau in die frische Luft draußen. Die Dämmerungen sind Aktivzeiten für Kaninchen, und am Hang und auf dem Kamm grasten schon mehrere in Zweier- oder Dreiergrüppchen, ohne groß auf den Nachbarn zu achten, während sie sich durch das kurze Gras fraßen. Es war ein friedliches Bild, und die Kaninchen, die wußten, daß sie nichts zu fürchten hatten, genossen das Fressen in der frühen Sonne vollen Herzens.

Hazel beobachtete sie befriedigt. Seit dem vergangenen Frühling, als sie dank Fivers Vision den Steilhang hinauf auf dieses hohe Gelände gezogen waren, hatte er immer wieder dankbar anerkannt, wie weise es gewesen war, sich diesen abgelegenen Ort für ein Gehege auszusuchen, wo die Kaninchen rings herum freie Sicht hatten und infolgedessen kaum etwas von ihren natürlichen Feinden zu befürchten hatten. Der vorherrschende Westwind wehte ihnen die Gerüche zu, sowohl vertraute wie auch alarmierend fremde, und ihre langen Ohren fingen sofort die Geräusche jedes Eindringlings auf, ob Mensch oder Tier, der sich ihnen über diesen Kalkboden näherte. Es war schon lange her, dachte Hazel mit Befriedigung, daß auch nur ein einziges Kaninchen seines Geheges einem Feind zum Opfer gefallen war. Das waren hier keine bequemen Jagdgründe für die Tausend – Fuchs, Hermelin, Hund, streunende Katze oder andere –, aber vor allem wurden seine Kaninchen hier nicht von Menschen gejagt. Die Annäherung eines Menschen war von allen *elil* am leichtesten auszumachen, aber dennoch blieb der Mensch der gefürchtetste Feind; er konnte mit einem Gewehr aus der Entfernung töten, und auf den Hügeln war er fast so scharfäugig wie ein Kaninchen. Frith sei gepriesen, dachte Hazel, der genießerisch ein Sonnenbad nahm, wir brauchen die Menschen in unserem Alltag nicht zu fürchten; diese wohlgenährten Jungkaninchen da drüben wissen kaum, was ein Mensch ist.

Plötzlich schreckte er auf, seine Ruhe war dahin, und er war ganz wachsam. Aus kurzer Entfernung, von der anderen Seite der nahe stehenden Bäume, hörte man die unguten Geräusche kämpfender Kaninchen. Tatsächlich, sie bekriegten sich untereinander, denn in dem Geknurre und wütendem Gekreisch waren Laute anderer Tiere nicht wahrzunehmen. Es waren aber auch nicht Männchen, die sich um ein Weibchen prügelten, denn er hörte nicht zwei, sondern drei, vier Kaninchen, die miteinander kämpften.

Normalerweise gab es kaum Kämpfe zwischen den Kaninchen vom Watership Down, abgesehen von Duellen wegen eines Weibchens. Es gab genügend Löcher, genügend Kessel und jede Menge Gras – worum also kämpfen? Doch wie Hazel jetzt deutlich hörte, war das ein wilder, brutaler Kampf voller Haß und sogar Verzweiflung. Er wandte sich um und rannte auf die Szene des Kampfes zu.

Als er unter den Bäumen hervorkam, überblickte er sofort, was hier vorging. Drei oder vier seiner eigenen

Kaninchen, die er erkannte, griffen einen Fremdling an. Diesen hatte es natürlich am schlimmsten erwischt, und jetzt wurde er zu Boden gedrückt. Doch wie Hazel feststellte, war es ein großes, muskulöses Kaninchen, das noch über eine Menge Kampfkraft verfügte.

Hazel lief hin und zerrte zwei Kaninchen aus dem Getümmel. Die anderen zwei setzten sich auf ihre Hinterbeine und sahen ihn an.

»Was ist hier los?« fragte Hazel. »Peerton und Woodruff, was macht ihr hier?«

»Wir bringen ihn um, Hazel-rah«, keuchte das Kaninchen mit Namen Peerton, das einen böse zugerichteten Vorderlauf darbot. »Laß uns allein. Es dauert nicht lang.«

»Aber weshalb? Aus welchem Grund?«

»Der riecht nicht nur nach Menschen, der stinkt geradezu aus allen Poren nach Menschen«, sagte Woodruff. »Riechst du das nicht, Hazel-rah? Wildkaninchen müssen Kaninchen töten, die nach Menschen riechen, das weißt du doch sicher.«

Hazel wußte das – es war ein unwandelbares Gesetz in der überlieferten Lebenserfahrung der Kaninchen. Doch hatte er es noch nie verwirklicht gesehen. Seine Kaninchen setzten dieses Gesetz instinktiv in Kraft, ohne lange zu fragen.

Nun, da der Kampf unterbrochen war, konnte er den Fremdling wirklich riechen. Bei diesem fürchterlichen Gestank verkrampfte sich alles in ihm vor Angst, und fast wäre er weggerannt. Doch er bezwang sich gewaltsam. Die vier Kaninchen beobachteten ihn sehr gespannt. »Du kannst nicht sagen, daß wir Unrecht tun, Hazel-rah, oder?« fragte Woodruff. »Laß uns das jetzt zu Ende bringen!«

»Nein«, sagte Hazel mit aller Entschiedenheit, die er aufbringen konnte. »Ich muß mit ihm reden, herausfinden, wieso er so stinkt. Da könnte eine Gefahr sein, die uns alle bedroht.«

In ihren Augen sah er feindseligen Widerstand. Seine Autorität stand auf der Kippe. Aber jedes weitere Wort würde Unsicherheit verraten, wäre eitles Geschwätz. Er wartete stumm.

Hazel war als Leitkaninchen hoch geachtet. Niemand hatte Einwände gegen seinen Rang, und er hatte keine Feinde. Doch jetzt mußte er feststellen: Es stand auf Messers Schneide. Nach einer langen Pause sagte Peerton endlich: »Na gut, Hazel-rah, ich hoffe, du weißt, was du tust. Die meisten im Gehege werden nicht damit einverstanden sein.«

Hazel schwieg immer noch, wartete nur darauf, daß seine Worte ihm Geltung verschaffen würden. Peerton sah seine Gefährten an. Schließlich sagte er: »Das werden alle erfahren.« Langsam entfernte er sich, und die anderen folgten ihm und machten keine Miene, ihre Gefühle zu verbergen.

»Steh auf«, befahl Hazel dem Fremdling. »Du kommst wohl besser mit mir. Falls du dich fragen solltest, wer ich bin – ich bin das Leitkaninchen hier. Bei mir bist du sicher.«

Der Fremdling rappelte sich mühsam hoch. Er hatte eine schlimme, klaffende Wunde auf dem Rücken und ein Ohr war aufgerissen. Hazel musterte ihn; der Kerl war jung, aber von beachtlicher Größe und beinahe so kräftig gebaut wie Bigwig.

»Wie heißt du?« fragte er.

»Stonecrop«, antwortete der andere.

»Na gut«, sagte Hazel. »Komm jetzt mit in meinen

Bau. Ich muß mit dir reden.« Als Stonecrop zögerte, fügte er hinzu: »Nur Mut, keiner tut dir was.«

Sie gingen das kurze Stück durch die Bäume hindurch in den Wabenbau, wo eine kleine Gruppe Kaninchen müßig herumstand, miteinander plauderte und sich bereit machte, einen schönen Tag zu genießen. Als Stonecrop erschien, fuhren alle erschreckt und abgestoßen zurück. Im geschlossenen Wabenbau war Stonecrops Geruch noch ärger. Selbst die Kaninchen, die noch nie einen Menschen gerochen hatten, wurden von lähmendem Entsetzen gepackt.

Hazel schaute in die Runde. »Das ist ein Kaninchen, das ich gerade draußen gefunden habe. Ich weiß, wie euch allen zumute ist, aber ich bin gewillt, mit ihm zu sprechen. Ich muß herausfinden, was mit ihm los ist und wie er zu diesem Gestank kam.«

»Bei allen Igelzecken, Hazel-rah«, rief Hawkbit. »Was in aller Welt –«

»Sei still«, erwiderte Hazel scharf. »Ihr habt mich alle gehört. Laßt ihn in Ruhe. Hyzenthlay, kommst du bitte mit mir!«

Wieder einmal hatte er das starke Gefühl, daß sie erschüttert waren und ihm nur widerwillig gehorchten. Seine Forderung widersprach jedem Kanincheninstinkt, jeder Regel im Kaninchenverhalten. Er zwang sich, ganz langsam durch den Wabenbau zu gehen, und Hyzenthlay und der tief verängstigte Stonecrop folgten ihm.

»Also, nur die Ruhe«, sagte Hazel, als sie zu dritt seinen Wohnkessel erreichten. »Mach's dir bequem. Schlaf ein bißchen, wenn du willst. Wie fühlst du dich?«

»Könnt' schlimmer sein«, antwortete Stonecrop. »Ich bin bereit zu reden, wenn du das willst.«

»Nun, du weißt ja sicher«, sagte Hazel, »daß du ganz

stark nach Mensch riechst, und deswegen sind all diese Kaninchen gegen dich und glauben, daß sie dich töten müssen. Hyzenthlay und ich möchten wissen, wie du zu dem Geruch gekommen bist und ob wir etwas von den Menschen zu fürchten haben, bei denen du warst.«

Stonecrop gab eine Weile keine Antwort. Schließlich sagte er: »Mit Wildkaninchen hatte ich bis jetzt noch nie zu tun.«

»Wie kommt das?« fragte Hazel.

»Ich bin in einem Verschlag zur Welt gekommen«, erwiderte Stonecrop. »Wir waren vier in einem Wurf – zwei Weibchen und zwei Männchen. Als wir die Augen offen und schon etwas Fell hatten, erzählte uns die Mutter, sie sei von einem *hrududu* angefahren und dabei bewußtlos geworden, viele Tage vor unserer Geburt. Die Männer im *hrududu* hatten sie aufgehoben und mit nach Hause genommen und gedacht, sie würde bald sterben, aber sie starb nicht und wurde in den kleinen Stall gesperrt, wo sie uns geboren hat. Da waren zwei Menschenkinder, Mädchen, die ihr immer Wasser und was zu fressen brachten. Sie war ein ziemlich großes und starkes Kaninchen, unsere Mutter, und deswegen war sie nach dem Zusammenstoß nicht gestorben und auch nicht später in dem kleinen Stall.«

»Wie hieß sie denn?« wollte Hyzenthlay wissen.

»Thrennion«, antwortete Stonecrop. »Sie hat uns erzählt, Thrennions seien hübsche rote Beeren, die im Winter auf Bäumen wachsen, aber ich habe bisher natürlich noch nie Thrennion-Beeren gesehen.

Sie erholte sich, zum Teil jedenfalls, und konnte uns sogar säugen, und so wuchsen wir auf. Die Menschenmädchen kümmerten sich um uns, und als wir größer waren, brachten sie uns Löwenzahnblätter und kleingeschnittene Karotten – Mutter hat uns die Namen beigebracht. Ich war der größte und stärkste von uns, und das eine Mädchen machte ein Mordsgetue mit mir, hob mich immer aus dem Verschlag heraus und hielt mich fest, um mich ihren Freundinnen zu zeigen. Sie hat sicher gehofft, daß ich zahm werde, aber das wurde ich nicht. Ich habe mich immer gewehrt und versucht ihr zu entkommen, aber sie hielt mich zu fest. Und bevor sie mich aus dem Stall herausnahm, hat sie immer alle Türen und Fenster verschlossen, und da habe ich mir keine Hoffnung mehr gemacht.

Ich war erstaunt, daß wir am Leben blieben, denn wir grämten uns und verloren an Kraft. Wir waren unglücklich. Mutter erzählte uns immer Geschichten vom Leben in der Wildnis und ermahnte uns, immer nach einer Gelegenheit zum Weglaufen Ausschau zu halten.

Dann starb Mutter, sie welkte einfach dahin, und als sie nicht mehr da war, wurden wir noch verzweifelter. Ich war der mit der größten Chance, denn ich war der Liebling der Mädchen und wurde öfter aus dem Stall genommen als die anderen. Und einmal, als sie mich herausholten, sah ich ein Loch in der Wand, direkt über dem Boden. Da war ein Mann, der den glatten Boden immer mit einem festen Besen schrubbte und mit dem kehrte er das Schmutzwasser durch das Loch hinaus. Ich merkte mir die Stelle genau.

Eines Tages haben mich die beiden Mädchen herausgeholt, um mich einer Freundin zu zeigen. Soviel ich verstanden habe, hat mich dieses Mädchen auch einmal halten wollen. Sie war älter als die anderen beiden Mädchen, die ihr offenbar nicht gern etwas abschlugen.

Das Mädchen, das mich hielt, wollte mich gerade dem größeren Mädchen herüberreichen, aber irgendwie war sie ungeschickt, und plötzlich hab' ich gemerkt, daß meine Hinterbeine frei waren. Ich trat gewaltig nach hinten aus, und ich merkte, wie meine Pfoten über den ganzen nackten Arm des Mädchen kratzten. Sie schrie, und ich sprang weg und landete auf dem Boden. Die Mädchen versuchten, mich zu fangen, aber ich entwischte ihnen und rannte wie verrückt auf das Abflußloch zu, schoß hindurch und fand mich im Hof wieder.

Ich hatte keine Ahnung, wohin ich mich wenden sollte, ich lief einfach los. Ich hatte Glück. Ich kam aus dem Hof heraus und war auf einmal auf einem Feld mit lauter großen Tieren. Ihr nennt sie Kühe, nicht wahr? Ich lief über das Feld, und da war ein Haufen Bäume, da habe ich mich die ganze Nacht versteckt. Kein Tier hat mich gestört, und natürlich weiß ich jetzt auch, warum.

Ein paar Tage bin ich da herumgewandert, hab' etwas gefressen und mich versteckt, und eines Nachts bin ich einem Igel begegnet, der offenbar an meinem Geruch keinen Anstoß nahm. Der Igel hat mir erzählt, es gebe einen Haufen Kaninchen oben auf dem Hügel. In der Nacht bin ich bei ihm geblieben, und sowie es hell wurde, hab' ich ihn nach dem Weg gefragt. Er sagte ›Geradeaus auf den Hügel‹, und so bin ich raufgeklettert.

Ich wollte mich eben ins Gras setzen, als diese Kaninchen – deine Kaninchen, nicht wahr? – als die mich gefunden und überall beschnüffelt haben. Dann haben sich alle auf mich gestürzt. Ich habe gekämpft, so gut ich konnte, aber sie haben mich natürlich untergekriegt. Sie haben dauernd geschrien ›Macht ihn tot! Macht ihn tot!‹, und sie hätten mich wirklich getötet, ganz klar, wenn du nicht gekommen wärst, um mich zu retten.

Und jetzt? Was passiert jetzt? Machen mich jetzt andere Kaninchen tot? Macht ihr mich tot?«

»Nein«, sagte Hazel. »Hyzenthlay und ich werden das verhindern. Hier bist du sicher. Aber momentan mußt du noch hier in diesem Bau bleiben. Geh auf keinen Fall hier raus! Einer von uns wird heute bei dir bleiben.«

»Aber was machen wir denn bloß mit ihm?« fragte Hyzenthlay. »Du kennst unsere Gesetze. Das Gehege wird ihn niemals dulden.«

»Ich weiß«, erwiderte Hazel. »Aber ich lasse nicht zu, daß man ihn umbringt, solange ich es verhindern kann. Jetzt habe ich seine Geschichte gehört, und nun bin ich ganz auf seiner Seite.«

»Dann muß er hier in deinem Wohnkessel bleiben. Außerhalb ist er nirgendwo sicher. Und wenn wir ihn wegschicken, wird er allein gegen die *elil* überhaupt nichts ausrichten können.«

»Das ist mir klar. Ich weiß genausowenig wie du, was wir tun sollen. Aber er muß natürlich etwas fressen. Ich werde bei Dunkelheit selber mit ihm *silflay* machen, wenn niemand sonst draußen ist. Du gehst zu den anderen zurück und stellst fest, ob welche bereit wären, ihn anzunehmen. Sprich mit Bigwig und auch mit Fiver, wenn du kannst.«

Hyzenthlay ging. Hazel blieb den ganzen Tag bei Stonecrop, der recht erschöpft schien und die meiste Zeit schlief. Keine anderen Kaninchen kamen bei ihm vorbei. Am Abend kehrte Hyzenthlay zurück.

»Schlechte Aussichten, fürchte ich, Hazel-rah«, sagte sie. »Peerton und seine Freunde haben allen von Stonecrop erzählt und gesagt, wenn wir ihn nicht töten, wie es die Überlieferung verlangt, würde großes Unheil über das Gehege kommen. Es ist mir nicht gelungen, außer

Vilthuril und Thethuthinnang jemanden zu finden, der mir überhaupt zuhören wollte. Selbst Bigwig hatte seine Zweifel und mochte nicht zugeben, daß du recht gehandelt hast.«

Nach Einbruch der Dunkelheit nahmen die beiden Stonecrop hinaus auf den Down, um *silflay* zu machen. Er war an Gras nicht gewöhnt und war ohnehin viel zu verängstigt, um viel zu fressen. In vielen Kleinigkeiten, auch in seinem Benehmen, zeigte sich, daß er sich von normalen Wildkaninchen unterschied und sich ganz anders verhielt. Hazel bemerkte es und verzweifelte fast wegen Stonecrop. Wahrscheinlich würde er nie ein Wildkaninchen werden, auch nach Monaten nicht. Dennoch sagte er nichts darüber, sondern bemühte sich nach Kräften, Stonecrop aufzumuntern und ihm die Gewißheit zu geben, daß er jedenfalls zwei Freunde hatte. Sie kamen in Hazels Bau zurück, ohne jemanden getroffen zu haben.

Am nächsten Morgen besuchte sie Fiver, hauptsächlich, wie er sagte, »um sich ein Bild von Stonecrop zu machen«. Er erwähnte den Geruch nicht und hatte eine längere Unterhaltung mit Stonecrop, der ihn offenbar mochte und infolgedessen lebhafter und gesprächiger wurde.

»Was sollen wir denn machen, Fiver?« fragte Hazel, als Fiver es sich neben Stonecrop bequem machte und offensichtlich noch bleiben wollte.

»Keine Ahnung«, sagte Fiver. »Laß mir etwas Zeit, laß mir Zeit, Hazel, du bist immer so ungeduldig.«

»Na, du wärst auch nicht gerade geduldig, wenn du hier sitzen müßtest und spürst, wie es im ganzen Gehege hinter deinem Rücken gärt und schäumt«, sagte Hazel. »Zum ersten Mal spüre ich, daß sie nicht auf meiner Seite sind. Das gefällt mir gar nicht.«

Diesmal leistete ihnen Fiver Gesellschaft, als sie nach Einbruch der Nacht *silflay* machten. Er hatte offenkundig Stonecrops Vertrauen so weit gewonnen, daß er ihm raten und ihn auf verschiedene Dinge hinweisen konnte, die ihn von Wildkaninchen unterschieden.

»Kopf hoch«, sagte er. »Letzten Sommer haben wir zwei oder drei Kaninchen geholfen, aus ihrem Verschlag zu fliehen, und die haben sich hier sehr gut eingelebt. Allerdings war die Sache damals etwas anders. Wir brauchten dringend Weibchen, wollten sie unter allen Umständen haben, und die rochen längst nicht so stark nach Menschen wie du. Aber das wird schon, keine Angst.« Und danach legte er sich schlafen.

Am nächsten Morgen kam Bigwig unerwartet zu Besuch, prallte aber sofort vor dem Gestank zurück.

»Heilige Mohrrübe! Hazel«, sagte er, »ich hatte ja keine Ahnung, wie penetrant das ist. Wie hältst du das aus?«

»Hoffentlich bist du gekommen, um mir zu raten«, gab Hazel zurück, der sich wirklich freute, ihn zu sehen. »Ich habe dich in den letzten Tagen vermißt.«

»Ich werde dir in der Tat raten«, antwortete Bigwig, »aber mein Rat wird dir nicht gefallen. Hazel-rah, klipp und klar gesagt, du kannst nicht darauf hoffen, daß dieses Kaninchen im Gehege angenommen wird. Das ist völlig ausgeschlossen. Unsere Kaninchen wollen es auf keinen Fall haben, wie immer du ihnen auch zureden willst. Dafür haben Peerton und seine Freunde schon gesorgt. Aber abgesehen von Peerton, sie hätten ihn auch ohnehin nie angenommen. Hazel, das ist doch ein Schlag ins Gesicht der Natur. Ich glaube, nicht einmal El-ahrairah selbst hätte seine Aufnahme durchgesetzt. Ein Kaninchen, das nach Menschen stinkt, muß umgebracht werden, so lautet das Gesetz seit undenklichen Zeiten und überall.«

Hazel sagte nichts, und nach einer Weile fuhr Bigwig fort. »Aber leider ist die Sache noch ernster, Hazel. Tatsache ist, daß deine Position als Leitkaninchen in Frage gestellt wird. Deine Autorität bröckelt immer weiter weg, solange sie dich nicht sehen, solange du dich mit diesem verfluchten Kaninchen hier einsperrst. Was du auch vorhast – vergiß es. Sonst sitzt du ganz tief in der Klemme, noch tiefer als Flyairth. Du kannst es dir einfach nicht leisten, so weiterzumachen. Um unsertwillen, um des Geheges willen, gib es auf! Jetzt!«

Hazel blieb immer noch stumm, und jetzt war es Fiver, der eingriff.

»Ich sag' dir, was zu tun ist, Hazel. Bring Stonecrop zum neuen Gehege und bitte Groundsel, ihn aufzunehmen. Das ist das einzig vernünftige, glaub mir.«

»Das ist doch der reine Unsinn, Fiver«, meinte Bigwig ungeduldig. »Groundsels Kaninchen wollen ihn genausowenig wie unsere.«

»Doch, die wollen ihn«, antwortete Fiver ruhig.

»Aber wieso? Wie kommst du darauf?«

»Ich weiß nicht«, sagte Fiver. »Ich weiß nur eines ganz genau: Wenn Stonecrop zum Gehege von Groundsel gebracht wird, hat er seine Ruhe. Mehr habe ich nicht sehen können.«

»Ach so«, höhnte Bigwig. »Du hast wohl wieder eine Vision gehabt, wie?«

Hazel sprach. »Moment mal, Bigwig. Hast du noch nicht gelernt, Fiver zu vertrauen? Denk an Cowslips Gehege und die Fallen – hat er nicht recht gehabt? Und unser Überfall auf die Farm? Und die Idee, die er mir in den Kopf gesetzt hat, nämlich den Hund auf die Efrafranier zu hetzen? Und Vervain – er hat ihn besiegt, ohne einen Schlag auszuteilen. Fiver, du bist dir in dieser Sache sicher, nicht wahr?«

»Ja, ich bin mir sicher, daß das das einzig Richtige ist, Hazel«, erwiderte Fiver. »Ich kann nicht sehen, wie es ausgeht. Irgendwas Gewaltsames ist da, so kommt's mir vor. Trotzdem, es ist genau das, was wir tun müssen.«

»Mir reicht das«, sagte Hazel. »Wir brechen morgen noch vor der Dämmerung auf, bevor die anderen Kaninchen auf sind. Bigwig, du kommst doch mit, hoffe ich? Mir wäre wohler, wenn ich dich bei mir hätte.«

Bigwig zögerte einen Augenblick. Schließlich sagte er langsam: »Na gut, ich komme mit. Aber Frith helfe dir, Fiver, wenn du nicht recht hast.«

»Hyzenthlay bleibt hier und sagt ihnen morgen, daß wir gegangen sind«, erklärte Hazel. »Ich weiß natürlich nicht, wann wir zurückkommen, aber bis dahin ist sie hier das Leitkaninchen.«

Die drei brachen am nächsten Morgen auf, und bei Sonnenaufgang hatten sie den Watership Down schon weit hinter sich gelassen. Allmählich ließ jedoch ihr Tempo nach, denn Stonecrop war ja, trotz seiner Größe und Stärke, nicht an Märsche dieser Art gewöhnt; so waren sie gezwungen, immer häufiger anzuhalten und Rast zu machen. Bigwig war sehr geduldig und munterte ihn in freundlichster Weise auf. Aber Hazel, der natürlich Bigwig ganz genau kannte, spürte, daß er sich sehr unbehaglich fühlte; ihn beunruhigte die lange Zeit, die sie in freiem Gelände verbrachten, zumal mit einem völlig unerfahrenen Kaninchen, das so wenig von der Lebensweise normaler Kaninchen wußte und auch die unzähligen kleinen Zeichen nicht kannte, mit denen sich Kaninchen, meist unbewußt, auf Reisen untereinander verständigen.

Als sie in der Mittagsglut unter einem dicken Dornbusch rasteten, sagte Stonecrop zu Bigwig: »Ich bin doch etwas darüber erstaunt, wieviel Angst ihr beiden vor diesen ... *elil* habt, wie ihr sie nennt.«

»Hast wohl noch nie welche getroffen?« fragte Bigwig.

»Nein, aber wenn, dann würde ich doch nicht weglaufen. Dann würde ich kämpfen. Ich kämpfe gegen jeden, der mich töten will.«

»Du mußt noch eine Menge lernen«, meinte Bigwig. »Es gibt *elil*, gegen die kannst du nicht an, sie sind einfach zu groß oder zu stark für Kaninchen, dann mußt du dich entweder verstecken oder rennen. Ich würde ungern mit ansehen, wie du dein Leben wegwirfst für nichts und wieder nichts.«

»Also ich würde ungern vor einem Feind davonlaufen«, sagte Stonecrop. »Aber ich will natürlich nicht mit dir streiten; du nimmst soviel auf dich, um mir zu helfen.«

»Du bist bestimmt besser dran, wenn du einfach meinen Rat annimmst«, entgegnete Bigwig. »Jedenfalls im Augenblick. Aber wenn du jetzt ausgeruht bist, dann sollten wir weitergehen. Wir haben noch einen weiten Weg vor uns.«

Am Nachmittag ging es noch langsamer voran, und es war schon fast Abend, als sie in die Nähe von Groundsels Gehege kamen. Als sie in Sichtweite waren, hielten Hazel und Bigwig abrupt an und setzten sich erschreckt auf die Hinterläufe.

»Da stimmt etwas nicht«, rief Bigwig aus. »Was in aller Welt mag da vorgehen? Sieh mal, als ob sie alle um ihr Leben liefen.«

Während sie noch sprachen, sahen sie lauter Kaninchen, die mit großen Sätzen aus den Löchern im Hang sprangen und in alle Richtungen rannten, nur noch auf Flucht bedacht. Hazel und Bigwig beobachteten es entgeistert.

»Schau doch, da ist Groundsel selber, und er rennt wie die anderen«, sagte Hazel.

»Ich werde ihn aufhalten«, erklärte Bigwig. »Wir müssen der Sache auf den Grund gehen.«

Er lief auf die linke Seite, bis er vor Groundsel stand, der ihn aber gar nicht wahrzunehmen schien, sondern mit ihm zusammenstieß und ihn fast umrannte. Bigwig sprang auf ihn und hielt ihn am Boden fest.

»Was ist los, Groundsel?« fragte Hazel. »Was geht hier vor?«

»Laßt mich los, laßt mich geh'n«, kreischte Groundsel. »Geht weg, laßt mich laufen!«

»Erst sagst du uns, was hier los ist!« befahl ihm Hazel. »Seid ihr alle verrückt geworden? Los, rede!«

»Die Wiesel!« keuchte Groundsel. »Seht ihr sie nicht? Sie jagen durchs ganze Gehege. Laßt mich los, verdammt!«

Hazel und Bigwig starrten auf den Hang und die Kaninchenlöcher. Und richtig, da sahen sie die Wiesel, mehr als vier, die im Rudel jagten, von einem Ende des Geheges bis zum anderen. Es war ein erschreckender Anblick. Wie Ameisen rannten sie sehr geschwind über einen kurze Strecke, verhielten und durchsuchten beide Seiten, bevor sie sich wieder zu ihren Kumpanen gesellten und in einer Linie wieder weiter vorgingen, und zwar ganz systematisch, wie es den entsetzten Zuschauern schien. Hier und da schoß ein Rotkopf kurz aus einem Loch, verschwand wieder und tauchte in einem anderen auf. Die ganze Zeit schrien sie sich gegenseitig kurze, scharfe Laute zu.

Hazel und Bigwig, nicht weniger entsetzt als alle anderen, wandten sich schon zur Flucht, als Stonecrop sie zur Seite stieß.

»Ich hab' keine Angst«, schrie er. »Ich hab' keine Angst vor diesen dreckigen kleinen Biestern, diesen *elil* oder wie ihr sie nennt. Los! Kommt! Auf sie!«

Und damit lief er stracks zum Hang.

»Stonecrop, komm zurück!« brüllte Bigwig. »Zurück mit dir, die bringen dich um!«

»Das wollen wir erst mal sehen, verdammt noch mal«, rief Stonecrop und setzte sich in Galopp, der ihn mitten zwischen die Wiesel auf dem Hang katapultierte.

Hazel sah, wie sie herumschnellten, um ihn zu Boden zu reißen. Aber was war das? Die zwei, die ihm am nächsten waren, schreckten plötzlich schnüffelnd zurück und quiekten vor Entsetzen; die anderen verstanden, was gemeint war, und dann quiekten sie alle mit ihren garstigen schrillen Stimmen: »Mensch! Mensch! Lauft, rennt! Mensch!«

Sie taumelten alle zusammen den Hang hinunter, fielen übereinander, sammelten sich unten und flohen kreischend und quiekend ins Unterholz.

»Na, seht ihr?« sagte Stonecrop, als Hazel und Bigwig noch zitternd am Fuß des Hangs zu ihm stießen. »Diese widerlichen kleinen Drecksdinger. Ich hätte ein paar von denen noch kaltgemacht, wenn sie nicht so schnell weggerannt wären.«

Langsam kamen die anderen Kaninchen zurück und starrten Stonecrop an wie ein übernatürliches Wesen. Endlich tauchte auch Groundsel wieder auf, zusammen mit drei oder vier seiner Owsla, die alle noch schwer erschüttert waren.

»Ich habe dich gesehen«, sagte einer von ihnen zu Stonecrop. »Ich habe mit eigenen Augen gesehen, wie du die Wiesel weggescheucht hast. Ich kann immer noch nicht fassen, was ich gesehen habe.«

»Ich bitte euch, das war doch gar nichts«, erwiderte Stonecrop. »Das hätte doch jeder machen können. Man muß ihnen einfach nur die Stirn bieten, das ist alles.«

»Nein«, sagte Hazel und grüßte Groundsel in der vorgeschriebenen Weise von Leitkaninchen zu Leitkaninchen, »das ist nicht alles. Es verblüfft mich, daß wir offenbar genau zur richtigen Zeit aufgetaucht sind. Groundsel-rah, darf ich dir erklären, wer dieses Kaninchen ist und warum Bigwig und ich mit ihm hergekommen sind?«

Inzwischen waren weitere Mitglieder der Owsla zurückgekommen, und Hazel, der sich in ihre Mitte gesetzt hatte, erzählte ihnen alles über Stonecrop, über den Aufruhr auf dem Watership Down und von Fivers Rat, ihn hierher zu bringen und Groundsel zu bitten, ihn aufzunehmen.

»Aufzunehmen?« fragte Groundsel, als Hazel geendet hatte. »Aufzunehmen?« sagte er und wandte sich an Stonecrop. »Du hast das ganze Gehege gerettet. Wenn du willst, kannst du jahrelang bleiben. Du kannst deinen eigenen Wohnkessel haben und dir jedes Weibchen aussuchen, das dir gefällt. Als Gegenleistung bitte dich dich lediglich darum, daß du jeden Morgen und Abend langsam durch alle Gänge und Röhren im Gehege gehst und dich vergewisserst, daß sie riechen, wie es sich gehört.«

Hazel und Bigwig blieben noch ein paar Tage als Groundsels Gäste. Das schöne Wetter hielt an, und mit Genugtuung sahen sie Stonecrop nicht nur angenommen, sondern von den anderen Kaninchen fast wie eine Berühmtheit behandelt.

»Fiver hat also recht gehabt«, sagte Bigwig eines Abends, als sie unter einem karminroten Himmel *silflay* machten.

»Er hat immer recht«, erwiderte Hazel. »Und das kann uns ja nur recht sein, oder?«

19. Campion

Erscheint es gleich ein wenig aus der Mode,
der Wäl'sche hat viel Sorgsamkeit und Mut.

Shakespeare (Heinrich V.)

Es blieb weiter schön, und Groundsels Kaninchen, die den Schock der Wieselattacke mehr oder weniger gut überwunden hatten, bauten ihr Gehege in vorbildlicher Weise weiter aus; es wurde unter dem Namen Vleflain bekannt. Viele Weibchen, teils vom Watership Down, teils aus Efrafra, waren schwanger, und der natürliche Instinkt trieb sie dazu, Setzbaue und Kessel zu graben. Die Männchen waren hauptsächlich damit beschäftigt, Röhren und Quergänge zwischen den verschiedenen Teilen des Geheges anzulegen. Wer jemals in alten Gehegen frettiert hat, weiß, über welch unglaubliche Entfernungen sich solche Gänge im Innern eines Geheges erstrecken können. Die Gründer von Vleflain wurden jedoch weder von Frettchen noch von anderen marderartigen Raubtieren belästigt, und es sah so aus, als wäre Groundsels Furcht vor Wieseln in der Nähe völlig unbegründet gewesen.

Hazel machte sich nicht die Mühe, Vleflain noch einmal zu besuchen, er gab sich mit den gelegentlichen Berichten Kehaars, daß alles zum Besten stehe, zufrieden. Er hatte Avens, den Anführer der Efrafra-Emigranten, nie selbst kennengelernt, aber warum sollte er Groundsels Urteil in Zweifel ziehen, der ihn dem Job gewachsen hielt?

Hazels Veteranen schien es eine große Verbesserung, daß die Einwohnerzahl im Gehege vom Watership Down auf ein annehmbares Maß verringert worden war; sie waren im übrigen seiner Meinung. »Keine Nachrichten sind gute Nachrichten, Hazel-rah«, sagte Bigwig. »Wären sie von Gefahren bedroht oder hätten sie Ärger, dann würden sie uns das sehr schnell mitteilen. Ein paar von unseren Kaninchen haben mich gefragt, ob sie nicht auch nach Vleflain ziehen könnten. Ich hätte natürlich Groundsel erst per Boten fragen sollen, dachte mir aber, das geht schon in Ordnung, und hab' ihnen nur gesagt, sie sollten sich von Kehaar den Weg zeigen lassen.«

Der Frühling mündete in den Sommer, und eines Abends, als alles beim *silflay* war, kam kein Geringerer als Buckthorn von Vleflain mit einer Nachricht von Groundsel: Hazel möge doch so bald wie möglich hinkommen und ihn beraten.

»Nanu, was gibt's da für Schwierigkeiten?« fragte Hazel.

»Also, nicht direkt Schwierigkeiten, Hazel-rah«, antwortete Buckthorn. »Man könnte es eher einen gewissen Ärger nennen. Wir sind ziemlich besorgt. Aber Groundsel-rah hat mir aufgetragen, nichts zu sagen, das wolle er selber tun, wenn du erst da bist. Falls du noch einen Anstoß brauchen solltest, kann ich dir sagen, daß es sich um Efrafra handelt.«

»Efrafra? Ach du heiliger Kohlkopf«, rief Hazel. »Ich dachte, das sei alles längst erledigt. Also gut, dann werden wir wohl morgen gehen, Fiver und ich, wenn das Wetter so bleibt. Wenn du keine Lust hast, gleich wieder umzukehren, bleib doch ruhig ein paar Tage bei mir im Bau, besuch ein paar alte Freunde und kehr zurück, wenn dir danach ist. Übrigens«, fügte er hinzu, »warum muß ich eigentlich dort hingehen? Warum kommt Groundsel nicht selber her, wenn er mich sehen will?«

»Er organisiert ein Treffen«, erwiderte Buckthorn, »und ich glaube, sogar Hauptmann Campion wird kommen.«

»Campion? Heiliger Frith, dann muß es etwas wirklich Unangenehmes sein«, sagte Hazel. »Wo immer Campion ist, da gibt's Ärger, jedenfalls war das bisher so, das habe ich inzwischen begriffen.«

Am nächsten Morgen brachen sie nach Vleflain auf, Hazel und Fiver, mit gelegentlicher Luftüberwachung von Kehaar. Sie kamen spät nachmittags an, und Groundsel war fast zu überschwenglich froh, als er sie begrüßte. »Ah, jetzt wird alles gut, da ihr beide hier seid«, sagte er. »Kommt und setzt euch in die Sonne. Erzählt mir alles von den Freunden daheim. Wie geht's dem unglückseligen Sandwort? Schickt ihn doch her, die Veränderung wird ihm guttun.«

»So wie es ihm jetzt geht, käme er nie hier an«, sagte Fiver. »Es wird noch lange dauern, bis der sich ganz berappelt hat. Viele Kaninchen hätten gar nicht überlebt, was der durchgemacht hat.«

»Komm, wir machen mal einen Rundgang ums Gehege. Möchte mal sehen, was ihr draus gemacht habt. Alle gut untergebracht, hoffe ich.«

»O ja«, antwortete Groundsel. »Wir haben ja eine Menge Platz hier, und das macht schon viel aus. Ich habe sogar noch zwei mehr aus Efrafra angenommen, Freunde, die ich letztes Jahr kennengelernt habe, als ich selbst in Efrafra war. Wie zu erwarten, sagen sie, ohne Woundwort sei es jetzt da viel besser.«

Hazel und Fiver übernachteten in Groundsels Wohnkessel und wurden am nächsten Morgen schon früh geweckt durch ein junges Kaninchen, das etwas ausrichtete. »Hauptmann Campion ist hier, Groundsel-rah«, sagte es, »und er sagt, er ist jederzeit zu einem Gespräch bereit.«

»Wo hast du denn den ›Hauptmann‹ her?« fragte Groundsel scharf. »Für dich ist das ›Campion-rah‹, weißt du das nicht?«

»Ich bitte um Verzeihung, Sir«, sagte der Junge. »Man spricht überall von ihm als Hauptmann, und ich habe es einfach übernommen.«

Sie gingen in den herrlich frischen, klaren Morgen hinaus und fanden Campion in der Sonne sitzend, am Fuß des Hangs. Er und Hazel begrüßten sich reserviert und etwas verlegen. Als sie das letzte Mal zusammengewesen waren, an jenem schrecklichen Abend am Watership Down, hatte Campion Woundwort gefragt, ob er Hazel töten solle. Das hatte keiner von beiden vergessen, doch waren beide bemüht, nicht mehr darauf zurückzukommen. Als Strawberry zu ihnen stieß, konnte Hazel die peinliche Situation überspielen, indem er ihn als alten Freund und Gefährten begrüßte und fragte, wie es ihm im neuen Gehege gefalle. In seiner Antwort lobte Strawberry vor allem seine Kaninchen, die schwer gearbeitet und sich gut eingelebt hätten, sowohl die vom Watership Down wie die von Efrafra.

»Campion«, begann Groundsel, »du bist zwar lange Zeit das Leitkaninchen von Efrafra gewesen, genauer gesagt seit dem Verschwinden von Woundwort im letzten Sommer, hast aber trotzdem eine Menge mit meinem Gehege hier zu tun, nicht wahr? Du bist öfter hier gewesen.«

»Das stimmt«, antwortete Campion.

Er ist zu vornehm und stolz, um Ausreden zu machen oder etwas zurückzuhalten, dachte Hazel. Worum es hier auch immer geht – jedenfalls brauchen wir keine

Informationen aus ihm herauszuquetschen oder ihm vorzuwerfen, daß er lüge. »Jeden, der kommen will«, fuhr Campion fort, »nehme ich mit auf die Große Streife.«

»Warum begnügst du dich nicht damit, deine eigenen Leute aus Efrafra mitzunehmen?«

»Weil sie nicht mitkommen«, antwortete Campion, ohne zu zögern. »Kein einziger.«

»Und warum nicht? Weißt du das?«

»Weil sie die Große Streife mit Woundwort in Zusammenhang bringen«, sagte Campion. »Sie wollen nirgends teilnehmen, wenn sie denken, es hat mit Woundwort zu tun.«

»Na und? Die Großen Streifen haben eben eine Menge mit Woundwort zu tun, das stimmt doch, oder?«

»Das stimmt«, bestätigte Campion und wartete schweigend, daß Groundsel weiterspräche.

»Er hat sie doch erfunden, nicht wahr?«

»Ja.«

»Aber du kommst hierher und pumpst Woundworts Ideen in meine Kaninchen.«

»Das tue ich nicht. Ich gehe auf Große Streife und nehme einfach alle Kaninchen mit, die mitkommen wollen.«

»Das ist alles? Du erzählst ihnen nichts von Woundwort und seinen Taten?«

»Ich spreche nie von ihm.«

»Und du hast nicht vor, Einfluß auf meine Kaninchen zu gewinnen, so daß sie für dich kämpfen? So daß du dieses Gehege übernehmen kannst?«

»Ganz sicher nicht.«

»Da bin ich anderer Meinung.«

»So etwas kann dir kein Kaninchen, das ich mitgenommen habe, jemals erzählt haben.«

»Und warum nicht?«

»Weil ich ihnen immer wieder versichere, daß ich keine Pläne in dieser Hinsicht habe. Ich habe nicht den mindesten Ehrgeiz, Vleflain zu übernehmen.«

»Und warum kommst du dann her und überredest meine Kaninchen, mit dir auf die Große Streife zu gehen?«

»Ich überrede sie nicht. Sie sind ganz wild darauf mitzukommen.«

»Wegen deiner Ausstrahlungskraft. Sie möchten dich zum Freund haben.«

Campion antwortete nicht darauf.

»Ist es nicht so?«

»Möglicherweise.«

»Du bist ein berühmtes Kaninchen. Du warst Woundworts bester Offizier. Du hast den Angriff auf Nutley Copse geführt. Du hast seinetwegen alles Kaninchenmögliche getan, um mit den Efrafraniern Hazels Gehege zu vernichten, und du hast die Überlebenden nach Efrafra zurückgeführt, was kein anderer fertiggebracht hätte. Glaubst du wirklich, daß meine Kaninchen dich bewundern und so werden wollen wie du?«

»Das kann sein. Aber wie gesagt, ich nehme lediglich alle Kaninchen mit auf Große Streife, die mitkommen wollen.«

»Zu welchem Zweck?«

»Zu meiner Freude und zu ihrem Besten.«

»Das ist alles?«

»Ja.«

Eine Pause entstand. Ein junges Kaninchen kam, um mit Groundsel zu sprechen, der es kurz angebunden wegschickte. »Nicht jetzt, nicht jetzt!«

Fiver ergriff das Wort. »Du hast gesagt ›zu meiner

Freude und zu ihrem Besten«. Könntest du uns das etwas erläutern? Was macht dir dabei Freude, und warum glaubst du, ist es zu ihrem Besten?«

Campion schwieg eine Weile, als überlegte er seine Antwort. Als er dann wieder sprach, geschah es in einem gelösten, sanftem Ton, ganz anders als vorher in seinen scharfen, kurzen Antworten.

»Ich bin in Efrafra aufgewachsen; ich habe Woundwort schon früh bewundert, obwohl er damals keinen Blick für mich hatte; und nach einer Weile stellte ich fest, daß ich einer der wenigen war, die er respektierte und denen er zutraute, das zu tun, was er wollte, auch wenn er nicht selber da war – all das sind Erfahrungen, die mich zu dem gemacht haben, der ich bin – sei es gut oder schlecht. Sie haben mir Selbstvertrauen gegeben, mich befähigt, selber zu denken, in Woundworts Sinn zu denken und zu handeln, wenn er mir nicht sagen konnte, was ich tun sollte. Das war mein ganzes Leben. Und nun, da er von uns gegangen ist, kann doch niemand erwarten, daß ich seine Lehren binnen Monaten für nichtig erkläre. Natürlich weiß ich jetzt, daß alles, was er getan und gedacht hat, falsch war. Das brauche ich euch wohl nicht zu sagen.«

Er machte eine Pause, aber niemand sprach, und so fuhr er bald darauf fort:

»Die Überlebenden letzten Sommer allein zurückzubringen, vom Watership Down bis nach Efrafra – das war das Schwerste, das ich je zu tun hatte, und zwar ohne den General. Da war das letzte bißchen Kraft und alles Selbstvertrauen, das ich in mir aufbringen konnte, gefordert. Es hat mich fast umgebracht, aber als wir endlich heimgekehrt waren und ich mich erholt hatte – warum sollte ich da nicht stolz auf das sein, was ich fertiggebracht hatte? Da wußte ich endlich, wozu ich fähig war.

Aber ich zeigte es nicht. Ich dachte eigentlich, sie würden mich wohl töten, die Kaninchen, die Woundwort gehaßt hatten und die nur Vervain und Woundworts eigene Autorität bis jetzt zurückgehalten hatten. Aber sie töteten mich nicht. Sie machten mich zum Leitkaninchen. Sie brauchten mich, um für sie zu denken und zu handeln, um Woundwort Stück für Stück abzubauen und nur das von ihm zu bewahren, was nützlich war.

Und am nützlichsten erschien mir immer die Große Streife – nützlicher als alles andere zusammengenommen. Woundwort predigte immer wieder, daß Kaninchen nicht wegzulaufen brauchten; sie müßten sich auch nicht in Löchern verstecken, sie könnten die *elil* schlagen, wenn sie nur entschlossen und mit Selbstvertrauen kämpften. Und deswegen müßten sie lernen, wachsam, selbstbewußt, zäh und tapfer zu sein – und das lernten sie durch die Großen Streifen.

Eine Große Streife an einem sonnigen Morgen anzuführen – es gibt nichts Schöneres auf der Welt. Zu wissen, sie vertrauen dir, sie wollen mitkommen. Zu wissen, daß Gefahren drohen und trotzdem zu gehen, und dieses Gefühl vermitteln zu können. Und wenn dann wirklich Gefahren auftreten, dann trotzt man ihnen und bekämpft sie oder entkommt ihnen, indem man seinen Kopf benutzt. Und dann siehst du deine Kaninchen, die drei oder vier, die mit dir auf Streife gehen, wie sie ständig besser werden, bis sie so gut sind, daß sie selber eine Streife führen können. All das ist erfreulich, das kann ich euch versichern. Große Streifengänge erziehen jeden zum geschickten Fährtenleser, schnellen Renner und mutigen Kämpfer. Das weißt du, Groundsel. Du bist selber Offizier in Efrafra gewesen und hast so manche Streifengänge mitgemacht.«

Er machte eine Pause und schaute seine Befrager der Reihe nach an. Hazel fragte: »Kamen denn auf diesen Streifen nicht auch Kaninchen zu Tode?«

»Nicht mehr, als wir uns zu verlieren leisten konnten«, antwortete Campion. »Nachdem ich letzten Herbst zu einem einigermaßen normalen Leben zurückgekehrt war, versuchte ich, die Tradition der Großen Streifen weiterzuführen, aber niemand wollte mitkommen. Die Kaninchen sagten, sie hätten genug von ›Woundworts Spinnereien‹, und da mußte ich es aufgeben. Sie unter Druck zu setzen, hätte sicher mein Todesurteil besiegelt.

Aber es drängte mich, wieder eine Große Streife anzuführen, einfach zu meiner eigenen Freude. Aber allein kann man nicht auf Große Streife gehen. Ihr wüßtet das, wenn ihr's je probiert hättet. Das gegenseitige Vertrauen und die Kameradschaft fehlen.

Deshalb kam ich her. Ich wollte sehen, ob die Lage hier in Vleflain vielleicht anders wäre. Und sie war anders. Ich brauchte niemanden zu beschwatzen. Von Anfang an hatte ich Anwärter für drei, vier Streifen und sogar noch mehr. Und das meine ich, wenn ich sage, ich mache es zu meiner Freude und zu ihrem Besten. Die Kaninchen, die ich hinausgeführt habe, haben sehr viel zugelernt.«

»Aber es stimmt doch«, beharrte Hazel, »daß eine beachtliche Anzahl Kaninchen auf deinen Streifengängen getötet worden ist oder als vermißt gilt?«

»Beachtliche Anzahl würde ich nicht sagen«, entgegnete Campion. »Einige wenige ist angemessener. Und das ist der Preis, der bezahlt werden muß für das, was man gewinnt.«

»Warum hast du das nicht vorher mit mir besprochen?« fragte Groundsel. »Ich bin hier das Leitkaninchen, falls das deiner Aufmerksamkeit entgangen sein sollte.«

»Sprich nicht so mit mir«, sagte Campion aufbrausend. »Ich weiß noch, wie du ein Niemand warst. Und wenn du die Wahrheit hören willst, dann sag ich dir, ich hatte keine Lust, einen untergebenen Efrafra-Offizier um eine Gefälligkeit zu bitten.«

»Wir sind aber jetzt nicht in Efrafra«, belehrte ihn Groundsel. »Wir sind in Vleflain, und ich bin das Leitkaninchen.«

Bevor der aufgebrachte Campion antworten konnte, meldete sich Fiver zu Wort.

»Ich glaube, wir sollten eine kleine Pause machen. Würde mich gern mal mit deinem Löwenzahn beschäftigen, Groundsel. Der riecht erstklassig, besser als alles, was wir sonst auf dem Down haben. Offenbar gedeiht Löwenzahn nicht so gut auf den Downs.«

In Begleitung von Hazel ging er ein kleines Stück am Hang entlang, wo die beiden eine ganze Weile in ein ernsthaftes Gespräch vertieft waren. Als sie zu den anderen zurückkehrten, sagte Hazel sofort: »Campion-rah, willst du nicht ein Weilchen in unserem Gehege bleiben? Was hältst du davon? Du kannst sooft auf Streife gehen, wie du willst, und wir haben genug junge Kaninchen, die sich darum reißen werden, dich begleiten zu dürfen. Ich bin überzeugt, sie würden davon nur profitieren, wenn du erst einmal eingezogen bist und damit anfängst.«

Groundsel und Campion waren beide gleichermaßen verblüfft. Keiner von ihnen gab eine Antwort, und

Hazel fuhr fort: »Ich kenne ein Kaninchen, das hocherfreut wäre, dich zu sehen, nämlich Bigwig. Er hat oft in den höchsten Tönen von dir gesprochen und sich immer gewünscht, dich besser kennenzulernen.«

Es war offenkundig, daß Campion der Idee nicht ablehnend gegenüberstand. Während er noch schwieg, meldete sich Fiver: »Ich bin sicher, es findet sich jemand, der sich eine Weile um Efrafra kümmert. Natürlich nicht so einer wie du, das ist klar, aber wenn es da wirklich Schwierigkeiten geben sollte, dann kannst du doch leicht in anderthalb Tage wieder dort sein. Kehaar sagt sofort Bescheid, wenn man dich dort braucht.«

»Also gut«, antwortete Campion endlich. »Ich würde sehr gern für eine gewisse Zeit kommen, und natürlich würde ich mit Wonne Bigwig wiedersehen, diesmal als Freund. Allerdings glaube ich, daß mich eine Menge deiner Jungkaninchen vermissen werden, Groundsel, davon bin ich überzeugt.«

»Du kannst ja jederzeit eine deiner Großen Streifen hierher führen und sie wiedersehen«, sagte Groundsel, beinahe ernsthaft. »So weit weg ist das ja wirklich nicht.«

Als Campion seinen Freunden und Verehrern in Vleflain Bescheid sagte, waren sie sehr enttäuscht. Zwei der Kaninchen, Loosestrife und Knapweed, baten Hazel, mitkommen zu dürfen, und Groundsel hatte keine Einwände.

Sie brachen am nächsten Tag auf und erreichten Watership Down ohne Feindberührung. Hyzenthlay war völlig überrascht und begrüßte Campion und seine Anhänger, und Hazel teilte ihnen einen eigenen Wohnkessel zu – übrigens den von Flyairth.

Campion fing klugerweise klein an, das heißt mit kurzen, leichten Streifengängen, die Bluebell »Hin-und-zurück« nannte. Einer seiner ersten und eifrigsten Rekruten war Sandwort, dem Campion allerdings sagte, nachdem er ihn eingeschätzt hatte, er solle sich zunächst einmal mit kleineren Aufgaben zufrieden geben. Nach einer langen und anstrengenden Streife in die Gegend westlich von Beacon Hill, berichtete Bigwig, der teilgenommen hatte, Hazel und Fiver, daß Campions Führungseigenschaften bewundernswert waren – besser als seine eigenen.

»Was für ein Segen, daß sie sich angefreundet haben«, meinte Fiver. »Ich hatte schon Angst.«

Den ersten Verlust hatten sie im Hochsommer zu beklagen: ein Weibchen namens Lemista, das sich eine Vorderpfote verletzt hatte, wurde von einem Hund angefallen und getötet, bevor Campion ihn vertreiben konnte. Hazel war fassungslos, aber Bigwig betrachtete das, wie Campion, »als Preis, der zu bezahlen war«.

»Wo immer dieses Kaninchen seine Arbeit macht, Hazel-rah«, sagte er, »und es macht sie wirklich gut, wird es immer mal Verluste geben; unsere Kaninchen sind nicht verschieden von anderen Kaninchen.«

»Doch, sind sie«, antwortete Hazel. »Sie sind anders, wenn du sie persönlich kennst.« Doch unternahm er nichts, um Campions Maßnahmen einzuschränken oder zu ändern, denn niemand verlangte das von ihm. Die jüngeren Kaninchen verehrten Campion. Er hatte keine Feinde. Im Gehege betrachteten sie ihn als einzigartige Bereicherung. Man konnte nur dann Ansehen gewinnen, wenn man ein paar Streifen mitgemacht hatte.

Jedenfalls blieb er, bis er zu einer festen Einrichtung im Gehege geworden war – ein hageres, graues Kaninchen, das hier und da auch gern einem seiner besten und verläßlichsten Anhänger die Streifenführung anvertraute, obwohl jeder Lehrling von ihm geführt und angelernt werden wollte. »Jeder kann das übernehmen, wenn er es erst einmal gelernt hat«, pflegte er zu sagen, »und viele können es schon besser als ich.« Aber das stimmte nicht, und seine Maßstäbe blieben so hoch wie eh und je.

Besonders eine Eigenschaft schätzten alle an ihm: Er nörgelte nie. Er sagte niemals etwas wie »Diese jungen Kaninchen von heute sind nicht so, wie wir einmal waren«. Im Gegenteil, er war freundlich, lobte seine junge Mannschaft und machte ihr Mut. »Aber glaubt nur nicht, daß ihr gut seid«, fügte er dann hinzu. »Mir braucht ihr nicht zu beweisen, wie gut ihr seid, sondern den *elil*, wenn ihr ihnen über den Weg lauft. Dann könnt ihr es euch nämlich nicht mehr leisten, nicht gut zu sein. Ich hoffe, ihr versteht das.«

Er starb auf einer Streife, so wie er sich das gewünscht hätte. An einem regennassen Nachmittag im April führte er eine Streife über Kingsclere hinaus, und da tauchten direkt vor ihnen zwei streunende Katzen auf. Alle fünf Kaninchen behaupteten sich tapfer, und es gab ein scharfes Gefecht, bis die Katzen endlich doch froh waren, abhauen zu können. Doch Campion war tödlich verwundet worden und starb noch auf dem Kampfplatz.

Mit der Zeit wurde er ebenso zur Legende wie Woundwort. Wenn sich an regnerischen Abenden eine von der Dunkelheit überraschte Streife verirrte und nicht weiterwußte, zog auf einmal Zuversicht ins Herz des Streifenführers ein und geleitete sie alle sicher nach Hause. Sie wußten dann, daß es Hauptmann Campion war, der sie geleitet hatte – einst Held von Efrafra, doch nicht minder ein Held für die Kaninchen vom Watership Down.

Danksagung

Ich bin meiner Sekretärin Mrs. Elizabeth Aydon sehr dankbar. Sie hat nicht nur das Manuskript mit großer Geduld und Genauigkeit getippt, sondern war darüber hinaus auch sehr hilfreich im Aufdecken von Widersprüchen. Außerdem hat sie im Verlauf unserer Zusammenarbeit wertvolle Vorschläge eingebracht.

Glossar

Häufig vorkommende Wörter der Kaninchensprache
(Das H wird immer ausgesprochen)

Efrafra	Das Gehege von General Woundwort.
El-ahrairah	Legendärer Volksheld der Kaninchen. Der Name bedeutet »Feinde-Tausend-Fürst« – der Fürst, der tausend Feinde hat. Ausgesprochen wird der Name: El-ahrärah.
Elil	Feinde der Kaninchen.
Emblier	Gestank – z. B. des Fuchses.
Fley	Nahrung – z. B. Gras oder anderes Futter.
Flayrah	Besonders schmackhaftes Fressen, z. B. Kopfsalat.
Frith	Die Sonne, personifizierter Gott der Kaninchen.
Frithrah	Ausruf: O Sonne, Herr der Welt!
Fu Inlé	Die Zeit nach Mondaufgang.
Hlessi	Ein streunendes oder fahrendes Kaninchen, das weder Gehege noch eigenen Bau hat; es lebt im Freien. Mehrzahl = *Hlessil*.
Hrair	Viele, große Menge, mehr als vier. *U Hrair* = 1000. (Im Namen El-ahrairah enthalten.)
Hrairoo	»Kleines Tausend« – so wird Fiver von seinen Genossen genannt.

Hraka	Kot.
Hrududu	Motor oder Maschine (Mehrzahl = *Hrududil*).
Hyzenthlay	Wörtlich »Glanz-Tau-Pelz« = ein Haarkleid, glänzend wie Tau. Name eines Weibchens.
Inlé	Der Mond. Auch Mondaufgang. Auch Bedeutung von Dunkelheit, Angst und Tod.
Lendri	Ein Dachs.
Narn	Hübsch, erfreulich, köstlich.
Ni-Frith	Mittag.
Owsla	Die Herrschenden im Gehege, dank Kraft oder Alter.
Rah	Ein Fürst oder Führer. Wird oft als Nachsilbe angehängt.
Ruh	Nachsilbe der Verkleinerungsform. Ähnlich wie bei uns -chen oder -lein. Oft liebevoll gebraucht.
Sayn	Kreuzkraut.
Silflay	Fressen außerhalb der Höhle.
Tharn	Verwirrt, vor Angst wie betäubt. In anderem Zusammenhang auch »dümmlich«, »untröstlich« oder »verlassen«.
Thethuthinnang	»Schwebende Blätter« = Name eines Weibchens.
Thlay	Pelz.
Thlayli	Pelzkopf – ein Spitzname.
Thrier	Eberesche.
Thrennions	Vogelbeeren.
Vair	Kot ausscheiden.
Zorn	Vernichtet, ermordet. Bezeichnet eine Katastrophe.